시간은 이야기가 된다

시간은 이야기가 된다

1판 1쇄 발행 2017. 11. 17.
1판 3쇄 발행 2017. 12. 11.

지은이 강세형

발행인 고세규
편집 임지숙 | 디자인 홍세연
발행처 김영사

등록 1979년 5월 17일 (제406-2003-036호)
주소 경기도 파주시 문발로 197(문발동) 우편번호 10881
전화 마케팅부 031)955-3100, 편집부 031)955-3250, 팩스 031)955-3111

값은 뒤표지에 있습니다. ISBN 978-89-349-7930-2 03810

독자 의견 전화 031)955-3200
홈페이지 www.gimmyoung.com 블로그 blog.naver.com/gybook
페이스북 facebook.com/gybooks 이메일 bestbook@gimmyoung.com

좋은 독자가 좋은 책을 만듭니다.
김영사는 독자 여러분의 의견에 항상 귀 기울이고 있습니다.

이 도서의 국립중앙도서관 출판시도서목록(CIP)은 서지정보유통지원시스템 홈페이지(http://seoji.nl.go.kr)와 국가자료공동목록시스템(http://www.nl.go.kr/kolisnet)에서 이용하실 수 있습니다.(CIP제어번호 : CIP2017027666)

**이 책은 다양한 책과 영화에 대한 저자의 감상을 담고 있습니다.
일부 스포일러가 포함될 수 있습니다.**

시간은
이야기가 된다

강세형

김영사

#
Prologue

그래도 나는 아직, 이야기의 힘을 믿어

소설 쓰는 친구와 연극하는 친구가 만났다. 연극하는 친구가 말했다. "사람들이 생활에서 연기를 하면서 살아가는 탓인지, 연극들을 잘 안 봐." 소설 쓰는 친구 또한 고개를 끄덕이며 이런 생각을 한다. '그건 소설도 마찬가지야. 세상이 소설보다 더 소설 같으니까.' 두 친구는 말없이 술잔만 부딪쳤다.

꽤 오래전 책을 읽다 발견한 이 장면에서 나는 어쩐지 좀 쓸쓸해졌다. "요즘엔, 소설은 아예 안 보는 사람들도 꽤 많아." 내 주위의 글쟁이들도 이런 얘길 참 많이 한다. 그때마다 나 역시 조금 쓸쓸해진 마음으로 고개를 끄덕이게 되지만, 내 마음 한편에선 이런 소리가 들려온다.

'아니야. 그래도 나는 아직, 이야기의 힘을 믿어.'

누군가 말했다. "이봐요! 책을 판다는 건 단지 340그램어치의 종이와 잉크와 풀을 파는 게 아니에요. 새로운 인생을 파는 거라고요. 책에는 사랑과 우정과 유머와 밤바다에 떠 있는 배, 그러니까 온 세상이 들어 있어요. 진짜 책에는 말이에요."

이 말 또한 나는 책, 이야기를 통해 전해 들었다. 그 어느 때보다 내 마음속 고개가 격하게 끄덕이고 있는 것이 느껴졌다. 나 또한 그렇다고 믿으니까.

책 안에는,
이야기 안에는,
'온 세상'이 들어 있다고.

어려서부터 이야기를 좋아했다. 소설, 영화, 드라마, 만화…. 장르는 아무래도 좋았다. 재밌는 이야기, 흥미로운 이야기, 내 마음을 움직이는 이야기라면 무엇이든 좋았다. 이야기에는 정말 그런 힘이 있었으니까. 그 누구도, 그 무엇도 움직일 수 없었던 '내 마음'을 움직이는 힘. 그래서 나는 정말, 내 인생의 많은 것들 혹은 대부분의 것들을 '이야기'를 통해 배웠다.

주저앉고 싶을 정도로 힘들 때, 나는 이야기에서 위로받았고, 그 과정을 통해 또 누군가를 위로하는 법을 배웠다.

길이 보이지 않는 깜깜한 어둠 속에 나 홀로 서 있는 것 같을 때도, 나는 이야기 안에서 길을 찾았고, 그렇게 또 누군가와 함께 걷는 법을 배웠다.

누가 옳고 누가 그른지, 어느 쪽 말을 들어도 확신이 서지 않을 때 역시, 무엇이 맞고 무엇이 틀린지, 사방을 두리번거려 봐도 혼란스럽기만 할 때 역시, 답은 늘 이야기 안에 있었다. 그렇게 나는 세상을 보는 법 또한 알아 갔다.

그래서 나는 아직도, 이야기의 힘을 믿고 있다. '생활에서 연기를 하면서 살아가야'하는, '소설보다 더 소설' 같은 현실일수록, 우리에게 필요한 건 '이야기'라고, 나는 믿고 있다.

이야기 안에는 온 세상이 들어 있으니까.

이야기 안에는 정말 그런 힘이 있으니까.

그 누구도, 그 무엇도 움직일 수 없었던 내 마음을, 내 세계를 움직이게 하는 힘이….

1

#
01

당신의 엉뚱섬은 안녕하십니까?

누군가를 보며 궁금해한 적 있나요?
그의 머릿속에서 도대체 무슨 일이 벌어지고 있는지.
음, 전 알아요. 적어도 라일리의 머릿속은 잘 알죠.

우리 머릿속 다섯 가지 감정, '기쁨, 슬픔, 소심, 까칠, 버럭' 가운데 '기쁨이'의 내레이션으로 영화는 시작된다. 이제 막 태어난 아이가 눈을 뜬다. 그때 아이의 머릿속엔 노란 옷을 입은 '기쁨이'가 버튼이 하나뿐인 컨트롤 패널, 제어판 앞에 서 있다. 조심스레 버튼을 눌러 보는 기쁨이. 그 순간 까르르 옹알이하듯 웃는 아이.

기쁨이 앞에 펼쳐진 모니터는 곧 아이가 바라보는 세상. 그 세상 속에서 아빠와 엄마가 사랑과 경외의 감정을 듬뿍 담아 아이를 내려다보고 있다. "안녕? 라일리…." 그때 아이의 머릿속에선 노란색 구슬 하나가 생성된다. 아이의 첫 기쁨에 대한 기억. 그 기억이 노란색 구슬 안에 담겨 있다. 그때만 해도 기쁨이는 이런 생각을 한다.

그건 정말 놀랍고 멋진 일이었어요.
라일리와 나, 단둘이 이렇게 함께 영원히…

하지만 금세 얼굴을 찌푸리며 울음을 터뜨리는 아이. 기쁨이와 라일리, 둘만의 시간은 '영원히…'는커녕 고작 33초 정도? 어느샌가 기쁨이 옆에 다른 친구 한 명이 서 있다. 머리부터 발끝까지 온통 파란색인, 팔자 눈썹의 큰 뿔테 안경, 아무 말 없이 가만히 서 있는데도 마냥 슬퍼 보이는 '슬픔이'가.

그 후 라일리의 머릿속 본부는 훨씬 더 붐비게 된다. 어느새 서너 살 꼬마가 되어 장난감 사이를 질주하는 라일리. 그때 라일리의 머릿속에선 "안 돼! 모퉁이야! 위험해!" 삐쩍 마른 신경 쇠약증 환자 같은 표정의 보라색 '소심이'가 소리를 지르고 있다.

소심이는, 라일리를 지켜 주는 데 능숙하죠.

브로콜리를 처음 본 라일리가 '이걸 먹어도 되는 걸까?' 의아해할 때는, 머리부터 발끝까지 온통 초록색인 '까칠이' 등장.

얜 까칠이예요. 신체적으로든 사회적으로든 라일리가 해를 입는 걸 막아 주죠.

까칠이의 등장으로 브로콜리 접시를 뒤집어버린 라일리를 꾸짖는 아빠. "이걸 안 먹으면 디저트도 없을 거야." 그러자 이번엔 온몸이 빨간색인 '버럭이' 등장. 머리에 불을 뿜으며 제어판을 조작한다. "디저트가 없다고?! 이 아저씨가 지금 나랑 해보자는 거야?"

얜 버럭이예요. 버럭이는 부당한 일들에 대단히 민감하죠.

그렇게 라일리의 머릿속 감정들을 하나하나 설명해 가던 기쁨이는 마지막 순간, 조금 주춤한다.

음… 그리고 얘는, 슬픔이예요.
음, 얘는, 그러니까 얘는….

라일리가 자꾸 운다. 뜯어진 봉제 인형을 손에 들고 울고, 바닥에 떨어진 푸딩을 보면서 울고, 마트에서 엄마 손에 질질 끌려가면서 울고, 카시트에 자신을 앉히려는 아빠를 보면서 또 울고. 슬픔이가 컨트롤 패널 앞에 설 때마다 라일리는 자꾸 울음을 터뜨리고, 기쁨이는 그게 이해도 안 되고 싫다.

솔직히 얘는 무슨 일을 하는지 모르겠어요.

그래도 갈 곳 없는 친구 같으니까, 뭐.

그래서 기쁨이는 컨트롤 패널 가까이 슬픔이가 오지 못하도록 애를 쓴다. 패널에서 멀리 떨어진 곳으로 슬픔이를 데려가 바닥에 동그란 작은 원을 그려 놓곤, 제발 그 안에서 나오지 말라며 슬픔이를 격리하기도 한다. 그런 기쁨이의 노력으로, 아직 십 대에 이르지 못한 라일리의 기억 구슬들은 정말 대부분 노란색, 기쁨이가 만들어 낸 구슬들이다.

그리고 그 구슬들 가운데 몇 가지는 핵심 기억으로, 라일리의 각기 다른 인격의 원동력이 된다. 목욕을 마친 라일리가 알몸으로 뛰어나와 소파 위에서 우스꽝스러운 춤을 출 때의 기억은 '엉뚱섬'의 원천이다. 그 외에도 어깨동무한 친구와 발맞추어 걸으며 생성된 '우정섬'. 엄마 아빠에게 자신이 망가뜨린 물건을 솔직히 고백하며 만들어진 '정직섬'. 또 하키에서 처음 득점했을 때의 기쁨은 '하키섬'이 되고, 엄마 아빠와의 소중한 기억들은 '가족섬'의 바탕이 된다.

어느새 라일리는 열한 살이 됐다. 기쁨이는 말한다.

그래요, 우린 이 아이를 사랑해요.

멋진 친구도 있고, 멋진 집도 있고, 더 좋을 수가 없죠.
앞으로 또한 별일 있겠어요?

* * *

영화 '인사이드 아웃Inside Out'의 처음 5분은 이렇게 전개된다. 시작부터 눈을 뗄 수 없었다. 딴생각도 할 수 없었다. 굉장히 흥미롭고 상상력 넘치는 재밌는 영화를 만났다는 기쁨에, 내 머릿속 기쁨이 또한 마구 노란색 버튼을 눌러대고 있는 기분이었다.

그런데 불과 5분 후, 그러니까 영화가 시작되고 10분 남짓의 시간이 흘렀을 뿐인데, 내 머릿속 기쁨이가 한 발 한 발 뒤로 발을 빼고 있는 듯한 느낌이 들었다. 엉뚱섬의 불빛이 처음으로 지지직 꺼졌다 켜졌다를 반복하던 순간부터. 그리고 20분 후, 내 눈엔 눈물이 차오르기 시작했다. 이미 내 머릿속 컨트롤 패널은 슬픔이 차지가 돼버렸다. 라일리의 인격과 개성을 상징하는 여러 개의 섬들 가운데, 가장 먼저 무너져 내린 엉뚱섬. 그 엉뚱섬이 저 아래 기억 쓰레기장, 낭떠러지 속으로 사라져 가는 장면을 바라보고 있던 내 머릿속은 이미 온통….

욕조 안에서 목욕을 하며 인어를 상상하고, 소파 아래 붉은 카펫을 보며 용암을 상상하고, 무엇보다 '빙봉'. 대부분의 몸은 솜사탕이지만, 일부는(꼬리 부분은) 고양이, 일부는(코 부분은) 코끼리, 일부는(두 팔을 지느러미처럼 만들어 박수 치며 초음파 소리를 지를 때는) 돌고래인, 눈물 대신 캔디를 흘려대는 빙봉. 라일리의 최고의 친구이자 상상 속 친구였던 빙봉. 바로 빙봉을 만들어냈던 라일리의 엉뚱섬이 무너져 내릴 때는 이미, 나의 머릿속은 온통 슬픔이의 세계였다.

그리고 영화가 끝날 때까지도 계속 훌쩍훌쩍, 창피한 줄도 모르고 울어댔다. 집에 돌아와서도 생각이 멈추질 않았다. 고작 만화 영화 한 편에 그토록 울어대다니. 평소의 나는 눈물이 많은 편도 아닌데 왜? 하지만 언젠가부터 나는 슬픔이 피규어를 사 모으고 있었고, 국내에서 구할 수 없는 피규어는 해외여행 떠나는 친구들에게까지 부탁해 수집하고 있었으며, IPTV에 이 영화가 나오길 기다렸다 평생 소장용 구입. 나는 벌써 이 영화를 열 번도 넘게 봤고, 지금도 볼 때마다 어김없이 훌쩍거린다. 매번 같은 포인트에서.

우리집에 놀러 온 한 친구는, 내가 사 모은 슬픔이 피규어를 보며 이렇게 말했다. "야, 너랑 똑같이 생겼어." 그러곤 나보고 슬픔이를 들고 서 있어 보라더니, 휴대폰을 꺼내선 사진까지 찍어댔다. 솔직히 나도, 인정하지 않을 순 없다. 나 또한 팔자 눈썹에 뿔테 안경. 아무 생각 없이 멍 때리고 앉아 있는데도 종종 이런 얘길 듣는다. "무슨 일 있어?" 한번은 편의점에 과자를 사러 갔는데, 편의점 아저씨한테 이런 얘길 들은 적도 있다. "혹시, 제가 뭘 좀 도와 드릴까요?",

"네?", "무슨 안 좋은 일 있으신 것 같아서요. 표정이 너무…." 난 그냥 만화책 보다가 과자 사 먹으러 나온 건데…. 팔자 눈썹을 갖고 태어나면 종종 받게 되는 오해다. '웃어야지, 웃어야지.' 애써 표정 관리에 힘쓰지 않는 한, 평소의 내 표정은 슬픔이. 물론, 내 성격 또한 기쁨이에 가깝다곤 말하기 힘들다. 나는 기쁨이처럼 해맑고 낙천적이며 열정으로 가득 찬 사람이 아니다. 그래서 실은 영화 내내 슬픔이를 격리하고 구박하는 기쁨이가 좀 얄밉기도 했다.

하지만 그것만으론 어쩐지 설명이 부족했다. 영화를 보는 내내, 것도 여러 번을 봤는데 볼 때마다 매번, 내가 훌쩍거리는 이유에 대한 설명으론….

그런데 한 후배가 이렇게 말했다. "나도 정말 펑펑 울었어. 다섯 살 난 우리 딸이랑 같이 보러 갔는데, 엉뚱섬이 무너졌을 때부터 나 혼자 아주 펑펑." 한 친구는 또 이렇게 말했다. "빙봉이가 기쁨이를 살리기 위해 스스로 기억 쓰레기장에 남았을 때! 어떻게 안 울 수가 있어?", "난 마지막 부분. 기쁨이가 결국 슬픔이에게 컨트롤 패널을 내줄 때. 야, 너무 슬프더라. 라일리가 엄마 아빠 품에서 우는데, 살짝 미소 짓잖아. 어우 야, 지금 생각해도 눈물 나." 이건 또 다른 친구의 이야기.

그 이야기들을 들으며, 나는 조금 신기하면서도 기뻤던 것 같다.

내가 훌쩍였던 부분들에서, 그들도 훌쩍였다는 사실에. 우리는 그럴 때 안도감을 느끼니까. 세상에 나와 비슷한 사람들이 있다는 사실을 깨달을 때, 그리고 그들과 이야기하며 '맞아, 맞아' 진심으로 공감하며 고개를 끄덕일 수 있을 때. 어쩌면 이 영화를 보며 내가 훌쩍였던 이유 또한, 그렇게 훌쩍여대면서도 틈만 나면 이 영화를 다시 찾아보고 있는 이유 또한, 그래서인지도 모른다. 영화는 마치 우리의 마음을, 우리의 머릿속을 다 들여다보고 있었다는 듯 말했다. 우리가 생각해 온 '어른'에 대한 의미를, 아주 정확하게.

두 아이의 엄마인 후배가 말했다. "곧 우리 애들한테도 저런 시기가 올 거 아니야. 엉뚱섬이 무너지는 시기. 생각하니까 너무 슬픈 거야. 내 엉뚱섬 사라진 것도 슬퍼 죽겠는데." 한 친구는 또 이렇게 말했다. "빙봉은 알고 있었던 거잖아. 자신은 언젠가 잊힐 존재라는 거. 그렇게 우리는 다 어른이 되어야만 하니까." 또 다른 친구 역시 말을 더했다. "기쁨이가 차지하고 있던 제어판을 슬픔이에게 넘기는 순간. 그거, 어린 시절이 끝났다는 거잖아. 이제 마냥 기쁠 수만은 없는 어른이 됐다는 얘기잖아. 어떻게 안 슬플 수가 있어?"

맞다. 우리는 모두, 그래서 슬펐던 거다. 이 사악한 영화가, 어린 시절이 끝나는 순간을 너무 적나라하게 잘 그려내서. 이 몹쓸 영화는 다 알고 있었던 거다. 우리가 어떻게 어른이 됐는지, 어른이 된다는 것은 무슨 의미인지, 그렇게 어른이 된 우리가 왜 종종 한없이 슬퍼지는지, 모두 다.

언젠가 이런 글을 쓴 적이 있다. '어쩌면 우리는 그 어느 때보다 상상이 필요한 시대를 살고 있는지도 모른다'는 글. 그때도 나는 한 만화 영화를 보고 그 글을 썼다. 풍선으로 나는 집. 어린 시절 누구나 한 번쯤 상상해 보았을 그 집을, 누군가는 어른이 된 다음에도 계속 꿈꿨다. 그리고 만화 영화로 만들어냈다. 그 만화 영화를 본 수많은 사람들은 또 함께 모여, 그 상상을 현실로 만들어냈다. 300개의 커다란 헬륨 풍선만으로 3,000미터 상공까지 날아오른 정말 '풍선으로 나는 집'을 현실로. 상상은 바람을 품게 하니까. 정말 그런 일이 현실에서도 가능하다면 멋질 텐데! 그리고 그 바람이 간절해지면, 그것은 현실이 되기도 한다.

상상은 바람을 일으키고,
바람은 희망을 꿈꾸게 하고,
희망은 사람을 움직이게 하는 법이니까.

그런데 우리는 언제부터 상상하지 않게 된 걸까? 2009년 '풍선으로 나는 집'을 만들었던 감독은, 6년 후 상상력 넘치는 또 다른 영화 한 편을 들고 우리를 찾아왔다. 우리 머릿속 다섯 가지 감정, '기쁨, 슬픔, 소심, 까칠, 버럭이'를 내세워, 마냥 신기하고 재밌기만 할 것 같은, 마치 어린아이들을 위한 만화 영화인 양 우리를 극장으로 불러들인 다음, 너무도 사악하게 정곡을 콕콕 찔러 가며 어른인 우리를 울려버렸다.

당신은, 그렇게 어른이 됐어요.
당신은 더 이상 상상하지 않게 되었죠.
그렇게 빙봉이는 기억 쓰레기장으로 사라졌고, 엉뚱섬은 무너져 버렸답니다.

그리고 그 가운데 '슬픔이'가 서 있었다. 팔자 눈썹에 뿔테 안경, 아무 말 없이 가만히 서 있는데도 마냥 슬퍼 보이는 슬픔이. 어쩌면 그래서였는지도 모른다. 내 머릿속 컨트롤 패널을 '기쁨이'가 장악했던 어린 시절을 지나, 우리는 언젠가부터 '슬픔이'를 만나게 됐다. 하나둘 슬픔이 쌓여 갈수록, 우리의 모습도 조금씩 슬픔이를 닮아 갔다. '내가 할 수 있을까', '또 쓰러질 텐데. 더는 아프고 싶지 않은데', '괜히 상상하고 바라고 희망하고 움직이다, 또 슬퍼지면 어떡하지.' 내 주위로 내가 그려 놓은 동그란 작은 원 안에서 한 발짝… 내딛기는커녕, 발을 뻗어 보기도 전에 생각만으로 벌써 팔자 눈썹에 한없이 슬퍼 보이는 슬픔이가 되어버렸다. 그리고…

당신은, 그렇게 어른이 됐어요.

상상을 멈추지 않고, 풍선으로 나는 집을 만들어냈던 감독이 또 다시 우리에게 말을 건네 왔다. 이번엔 그의 표정에서 '슬픔이'가 보인다. 그렇게 상상하지 않는, 재미없는 어른이 돼버린 우리가 안쓰럽다는 듯 팔자 눈썹을 지으며 그가 우리를 바라본다. 그래서 우리는, 엉엉 울어버렸는지도 모른다. 그깟 만화 영화 한 편에. 당신은 정말, 너무 잔인한 사람입니다.

그런데 그는, 거기서 끝내지 않았다.

"엄마. 근데 왜 기쁨이 머리 색깔이, 슬픔이랑 똑같아요?"

다섯 살 난 딸에게서 이런 얘기를 들었다는 후배. 정말 그랬다. 영화 속 다른 감정들은 모두 머리부터 발끝까지 한 가지 색깔이지만, 오직 기쁨이만이 자신의 몸과는 다른 색깔의 머리카락을 가지고 있다. 결국 감독이 우리에게 하고 싶었던 이야기는 그게 아니었을까.

우리는 모두 어른이 됐다. 마냥 노란색의 기억, 기쁨이의 세계에만 머물 순 없는 어른이. 그러니 지금의 우리는, 어린 시절의 우리와 똑같을 순 없다. 어린 시절의 빙봉과 엉뚱섬을, 그 모습 그대로는 간직할 수 없는 거다. 하지만, 기쁨이의 머리카락만은 파랗게 칠해 놓았던 이 사악한 감독은 우리에게 이런 질문을 던지고 있는지도 모른다.

"당신의 엉뚱섬은 안녕하십니까?"

마냥 기쁘지 않아도 괜찮아요. 그래요, 우리도 이젠 슬픔을 아는 나이가 됐죠. 하지만 원래 모든 기쁨에는 슬픔이 조금씩 묻어 있는 거예요. 슬픔이 없이는 기쁨이도 존재할 수 없는 거잖아요. 그런데 파란 머리카락만 보고 지레 겁을 먹고 도망 다니다간, 당신은 영원히 상상할 수 없는, 재미없는 어른으로 남게 되겠죠. 어른인 당신에게도, 당신에게 어울리는 엉뚱섬이 분명 있을 텐데. 하지만 당신은 오늘도, 그 작은 원 안에서 나오지 못하고 있군요.

팔자 눈썹의 슬픔이의 모습으로,
당신이 그려 놓은 그 작은 원 안에서….

#
02

도깨비, 너의 이름은?

데우스 엑스 마키나deus ex machina. 꼬여 있는 갈등 상황에서 갑자기 초자연적인 힘, 신적 존재가 나타나 모든 문제를 해결해버림으로써 상황 종료. 주로 고대 그리스에서 사용되던 이 극작법은, 현대에 이르러서도 여러 가지 형태로 응용 확대되어 영화, 드라마, 문학 등 스토리텔링 전 분야에 걸쳐 나타난다. 신의 모습이 달라졌을 뿐.

'현실에서 이게 말이 돼?' 지나친 우연의 연속으로 문제가 해결된다거나, 초능력자나 외계인이 등장한다거나, 키다리 아저씨나 신데렐라 이야기도 마찬가지다. 신데렐라 이야기의 변형인 재벌 2세. 가난한 여자 주인공의 모든 문제를 해결해 주곤 하는 재벌 2세가 현실에도 그렇게 빈번하게 등장해 준다면 참 편하고 좋겠지만, 우리는 알고 있다. 우리에게 그런 일은 일어나지 않는다. 현실에서의, 적어도 나의 갈등 상황에선 초월적 존재의 신 따윈 나타나지 않는 것처럼.

그런데 이 드라마의 남자 주인공은 재벌인 데다 도깨비다. 가난한 여자 주인공의 빈곤을 해결해 줄 뿐만 아니라, 초월적인 힘으로 여러 번에 걸쳐 여자 주인공을 위기에서 구해낸다. 만나기 어려운 것도 아니다. 그냥 촛불을 '후' 불면 내 등 뒤에 바로 신과 다름없는 능력의 그가 서 있다. 심지어 멋있다. 이 정도면 데우스 엑스 마키나의 끝판왕이 아닐까 싶을 정도다. 그럼에도 나는 이 드라마를 1회부터 마지막 회까지, 심지어 방송이 있는 날엔 외출까지 자제해 가며 다 봤다. 물론 처음에는 배우 '공유'에 대한 사심으로 보기 시작했음을 고백한다. 그가 나오는 모든 장면이 공들여 만든 한 편의 CF처럼 아름다우니 눈을 떼기 힘들었음을 고백한다. 하지만 그게 다일까. 빠심 충만한 내 지인들에게서 '냉정한 년'이란 소리를 들을 정도로 신심이 모자란 나는, 아무리 내가 좋아하는 배우가 나온다 해도 중도 포기하는 경우가 빈번하다. 그러니 이런 생각도 해 보게 됐던 것 같다. 냉정하기 그지없는 나조차도 데우스 엑스 마키나, 초월적 존재에 기대고 싶을 만큼, 나는 혹은 우리는 지금 몹시도 어지러운 날들을 보내고 있는 건 아닐까.

'마음이 좀 말랑말랑해질 필요가 있어.'

그래서 찾게 된 극장이었다. 영화관에 들어설 때까지도 나는 이 영화에 대한 아무런 정보가 없었다. 그저 '초속 5센티미터秒速5センチメートル'와 '언어의 정원言の葉の庭'을 만든 감독의 영화라는 것뿐. 어렸을 때도 순정 만화보단 명랑 만화와 SF 판타지 만화를 더 좋아했던 나지만, 소녀 감성이 좀 짙은 그의 영화들은 지금도 가끔 다시 꺼내 보곤 한다. 검붉은 밤하늘을 배경으로 별처럼 아름답게 쏟아지는 벚꽃 잎(초속 5센티미터)과 푸른 나무들 사이로 끊임없이 내리는 빗소리(언어의 정원)를 보고 듣고 있자면, 어쩐지 마음이 말랑말랑 과하거나 불쾌하지 않게 가라앉는 기분이 들어, 요즘처럼 날카롭고 어지러울 땐 틀어 놓고 멍하니 보고 있곤 하는데, 지금 나에게 딱 필요한 감성이었다.

영화의 초반은 예상에서 크게 벗어나지 않았다. 도쿄의 한 소년과 '이토모리'라는 시골 마을에 사는 한 소녀가, 무슨 이유인지 모르게 몸이 자꾸 바뀐다. 소년은 가슴 달린 자신의 몸이 신기하고, 소녀는 동경하던 도시의 생활을 만끽한다. 처음엔 꿈인가 생시인가 헛갈려 하다 둘 다 이 상황을 현실로 받아들인 순간, 두 사람은 각자의 휴대폰에 메모를 남겨 주의 사항을 알려 준다. 대부분의 순정 만화가 그러하듯 처음엔 '너 내 몸으로 지낼 때는 이런 건 하지 마, 저런 건 안 돼' 티격태격하지만 서서히 서로에게 애정을 느낀다.

그런데 혜성이 떨어지던 날, 모든 것이 달라진다. 소년은 더 이상 소녀의 몸으로 깨어나지 않는다. 소년의 휴대폰에 기록돼 있던 소녀의 흔적들도 모두 사라진다. 마치 그런 일은 처음부터 없었던 것처럼. 극장 의자 깊숙이 몸을 묻은 채 말랑말랑한 마음으로 영화를 보고 있던 나 또한 그때부턴 조금씩 몸에 힘이 들어갔다. 소년은 소녀를 찾고 싶다. 그 모든 것이 꿈이 아니었음을 증명하고 싶다. 그렇게 찾아간 소녀의 마을, 이토모리. 그런데 그 마을은 이미 3년 전, 혜성이 떨어지던 날 완전히 파괴됐고, 대부분의 주민들 또한 목숨을 잃었으며, 그 수많은 희생자들에 소녀 또한 포함돼 있다는 것을 알게 된 소년. 그러니까 소년은 3년 전의 소녀, 지금은 이미 죽은 자와 소통하고 있었던 거다. 말랑말랑한 마음을 기대하며 극장을 찾은 나는, 예상치 못하게 흘러가는 영화에 점점 조마조마해져 갔다. 대체 이 영화는 어떻게 끝맺음을 하려고, 일을 이렇게 키우는 거지?

결론부터 말하자면, 이 영화의 끝맺음 역시 '데우스 엑스 마키나'였고, 나는 울고 있었다. 초월적인 힘에 의해 3년 전 소녀의 삶으로 들어간 소년. 물론 소년은 혜성은 막지 못한다. 그건 누구도 막을 수 없는 거다. 사고는, 언제나 일어날 수 있다. 하지만 소년은 소녀와 주민들을 구해내기 위해 애쓴다. 친구들과 힘을 모아 산불을 내고, 학교 방송국을 점거하고 산불이 났으니 대피하라는 방송을 내보낸다. 하지만 이들을 믿지 못하는 어른들은, 다음과 같은 방송을 한다. 조금 전 방송은 오보라고, 괜찮다고, 그냥 가만히 있으라고, 집에 가만히 있는 것이 가장 안전하다고. 영화 내내 우리에게 웃음을 안겨 줬던 어린 소녀의 동생이 천진난만한 표정으로 말한다. "우리 그냥 가만히 집에 있으면 되는 거지?" 그때부터였던 것 같다. 나는 울음을 참을 수 없었다. 말랑말랑 소녀 감성 충전을 위해 극장을 찾았건만, 무방비 상태로 엄청나게 두들겨 맞은 듯 아팠다.

물론 영화는, 해피엔딩이었다. 3년 전 혜성이 그 마을을 덮치는 사고는 그대로 일어났지만, 3년 전 과거와 달리 주민들은 대부분 대피에 성공했다. 물론 소녀도 살아남았다. 세월이 흘러 살아남은 소녀와 소년 또한 재회한다. 아무 정보 없이 극장을 찾았던 나는, 이 영화가 일본에서 엄청난 흥행 돌풍을 일으켰다는 사실을 나중에야 알게 됐다. 이 영화를 만들기 시작할 때부터 감독의 마음속엔 후쿠시마 원전 사고가 있었다는 것도, '가만히 있으라'는 말 또한 감독이 2014년 4월 한국에서 일어난 사건에서 따와 의도적으로 삽입했다는 것도 나중에야 알게 됐다. 이 영화는, 이 감독의 전작들과 달리 한국에서도 큰 화제를 일으키며 흥행에 성공했다. 나 역시, 울려버렸다. 시간을 되돌릴 수 있다면…. 아니, 그때 그날 우리에게도 그들을 구해낼 기회가 있었다면…. 그것이 말도 안 되는 초월적 힘에 의한 것일지라도, 제발….

불가능한 일이다. 데우스 엑스 마키나는 현실에선 일어나지 않는다. 그럼에도 우리는(적어도 나는) 극장을 찾았고, 도깨비에 열광했다. 그렇다, 다시 도깨비 얘기다. 날씨는 춥고, 현실은 어둡다. 뉴스는 시끄럽고, 마음은 날카롭다. 도깨비가 떠나간 후, 도깨비의 기억을 모두 잊은 여자 주인공은 매일 밤 가슴을 쥐어뜯으며 슬퍼한다. 대체 나는 무엇을 잃었기에, 잊었기에, 이렇게 마음이 아픈 거지. 신경안정제 없이는 생활이 불가능할 만큼 아파하는 여자 주인공. 그녀는 라디오 피디가 됐고, 그녀의 방송에선 이런 멘트가 흘러나온다.

"상식적인 주말 보내세요."

작가가 의도했든 그렇지 않든, 한 번도 아닌 여러 번에 걸쳐 반복되는 그 말이 자꾸만 내 마음에 남았다. "상식적인 주말 보내세요." 그렇다면 상식적인 주말이란 뭘까. 월화수목금, 학업에 치여 일에 치여 고단한 하루하루를 보내며 사람들은 주말을 기다린다. 야근과 차가운 도시락, 고단한 업무와 날카로운 말들, 찌든 몸과 시끄러운 마음에서 벗어나 오랜만에 가족들과 둘러앉아 따뜻한 저녁을 먹고, 친구들과 만나 밀린 수다를 떨고, 혼자 영화와 책을 보고 고요한 산책을 즐기며 마음을 달랠, 사랑하는 사람과 마주 앉아 서로의 상처를 보듬어 줘야 할 소중한 시간. 상식적인 주말이란 그런 게 아닐까?

그런데 우리는 언젠가부터 그 소중한 시간을 쪼개 거리로 나가기 시작했다. 거리로 나갈 수 없을 때는, 대신 나가 차가운 바람을 맞으며 촛불을 들어 주는 사람들을 응원하며 빚진 마음과 고마운 마음을 함께 갖게 됐다. 현실에선 촛불을 '후'하고 불어도 도깨비는 나타나지 않는다. 우리를 도와줄 초월적 존재는 없다. 2014년 그날부터였는지, 아니 어쩌면 그보다 훨씬 전부터였는지, 그건 잘 모르겠다. 우리의 삶은 조금씩 더 힘들어져 갔고, 우리의 마음 또한 조금씩 더 어두워져 갔지만, 어디서부터 어떻게 해야 할지 몰라 갈팡질팡. 일상에 치여 하루하루에 치여, 마음의 빚이 늘어 가는지도 모른 채, 그렇게 조금씩 희망 또한 잃어 가고 있는지도 모른 채, 날카롭고 어지러운 마음으로 살아가고 있던 어느 날. 그건 참 놀라운 일이었다. 아마도 그곳에 한 번이라도 서 본 사람이라면, 끝도 없이 이어지는 촛불을 보며 한 번쯤은 이런 생각을 해 봤을지도 모른다.

이건 정말, 기적 같은 일이라고.

현실에선 존재하지 않는 도깨비. 현실에선 불가능한 결말, 데우스 엑스 마키나. 그래서 우리는, 우리 스스로 도깨비가 되었다. 촛불을 '후' 부는 대신, 옆 사람의 초에 불을 붙여 주기 시작한 거다. 소중한 주말, 상식적인 주말을 반납하며 차가운 거리로 나선 사람들. 어쩌면 그들이 혹은 우리가 꿈꾸는 건 역설적이게도 그 '상식적인 주말', '상식적인 삶'일지도 모르겠다. 시간을 되돌릴 순 없지만, 이미 일어난 사건을 일어나지 않게 할 순 없지만, 적어도 내일은 상식이 통하는 세상이기를…. 우리는 그렇게 우리의 힘으로 '데우스 엑스 마키나'를 꿈꾸기 시작한 거다. 이제야 우리도 알게 됐으니까.

조금 늦었을지는 몰라도, 우리의 자각은 이미 시작돼 버렸으니까. 드라마 '도깨비'처럼, 영화 '너의 이름은.君の名は。'처럼 현실에서도 해피엔딩을 만들어내고 싶다면, 우리 스스로 도깨비가 되면 된다는 것을. 현실에서의 '도깨비, 너의 이름은?' 바로 우리 자신이라는 것을.

03

악동의 해피엔딩

"그러니까 내 말을 들어 보세요. 이렇게 하는 겁니다. 그 작자가 원하는 건 다리뿐이라고 했죠. 그렇죠? 맞죠? 그러니까 그 작자가 돌아오기 전에 이 자리에서 얼른 다리만 잘라내자 이겁니다."

한 시골 마을 사람들이 지금, 어떤 낡은 장롱의 다리를 잘라내려 하고 있다. 이 마을을 지나던 한 목사가 그 장롱의 다리에 관심을 표했기 때문이다. 자신이 아끼는 탁자의 다리가 망가졌는데, 저 다리가 제법 어울릴 것 같다는 거였다. 시골 마을 사람들과 목사의 흥정이 시작됐다. 목사는 안 사도 그만이라는 태도로 몇 번을 돌아섰고, 사람들은 그를 붙잡아 20파운드에 장롱을 넘기기로 했다. 목사가 그럼 자신의 차를 가져오겠다며 자리를 떠났고, 그때부터 시골 마을 사람들의 걱정이 시작된다. "장이 차에 안 들어간다고 안 사겠다고 하면 어쩌지? 목사가 큰 차를 타고 다닐 리 없잖아!" 그래서 빼도 박도 못하게 다리를 미리 잘라 놓자는 사람들.

책 읽어 주는 팟캐스트를 듣다 나도 모르게 머릿속으로 이런 말을 했다. '하지 마….' 나는 이 책을 이미 읽었고, 그래서 이 이야기가 어떻게 끝이 날지 이미 알고 있는데도, 어김없이 이 장면 앞에서의 나는 미간을 찌푸린 채 이런 생각을 하게 된다. '하지 마. 제발….'

그 장롱은 사실, 18세기에 만들어진 유명 장인의 작품 시리즈 중 하나로 발견될 때마다 경매에서 늘 최고가를 경신하는 어마어마한 예술품이었다. 그걸 목사는 알고 있었다. 사실 그 목사는 '목사복을 입은 사기꾼', 골동품 가구 상인이다. 그는 일요일마다 시골 마을을 돌아다니며 고가구들을 아주아주 싸게 사들여, 아주아주 비싸게 되파는 일을 하고 있었다. 이 소설의 초반부에는, 그가 어떻게 사기를 쳐서 시골 사람들에게서 헐값에 고가구를 사들이는지, 더불어 오늘 그가 발견한 이 장롱이 얼마나 가치 있는 물건인지를 아주아주 상세하게 설명하고 있다. 그런데 그 장롱이, 값을 매길 수 없을 정도로 엄청난 가치를 가진 그 장롱이, 다리가 잘리다 못해 아주 산산조각이 나고 있다. "다리만 가져가겠다고 더 깎아 달라고 하면 어떡해? 지금 아예 다른 부분도 땔감으로 만들어 주고 끝내버리자고! 도끼 어딨지?" 그 과정을 지켜보는 독자들은 희한하게도 마음이 바짝바짝 말라 간다. 이건 이야기일 뿐이고, 그 장롱이 실제로 존재하는 것도 아니고 내 것이 될 수 있는 것도 아닌데, 땔감이 되어 가는 장롱을 그저 지켜볼 수밖에 없는 독자들의 마음에선 자신도 모르게 이런 말이 흘러나온다. '하지 마. 제발!' 독자들의 이런 마음을 아는지 모르는지, 태연하게도 이 이야기는 이렇게 끝이 난다.

"시간 한번 잘 맞추었군! 마침 저기 오네!"

장롱은 이미 산산조각이 났고, 이 사실을 전혀 모르는 목사(아니, 골동품 가구 사기꾼)가 '오늘도 한 건 제대로 했네' 룰루랄라 그들을 향해 다가오면서.

이것이 천연덕스러운 악동 작가, '로알드 달Roald Dahl'이 이야기를 풀어 가는 방식이다. 그의 이야기들을 읽고 있자면 나도 모르게 이런 생각이 들 때가 있다. '이 작가는 정말 못돼 처먹은 게 틀림없어.' 이야기 속 등장인물들은 물론, 이야기 밖 독자들의 마음까지도 쥐었다 폈다 하며 작가는 갈등 상황을 끝 간 데 없이 밀어붙인다. 그런데 또 미워할 수는 없다. 웃는 낯에 침 못 뱉는 심정이랄까. 어쩐지 불편하긴 한데, 생글생글 웃으며 시종일관 유쾌하게 이야기를 이끌어 가는 그의 입담에서 우리는 좀처럼 헤어날 수가 없다. 생각해 보면 위에서 언급한 저 이야기도 해피엔딩이다. 수없이 시골 사람들을 등쳐 먹었던 목사, 아니 골동품 가구 사기꾼이 제 꾀에 제가 넘어간 이야기. 권선징악 스토리. 악동이 '악당'을 혼내 주고 있는 거다. 그래서 불편한데 또 매력적이다. '찰리와 초콜릿 공장', '내 친구 꼬마 거인', '마틸다' 등 동화 작가로 더 유명한 그는, 2000년 '세계 책의 날', 전 세계 독자들이 가장 사랑하는 작가로 선정되기도 했다. 그렇다, 심지어 그는 동화 작가다. 어쩌면 그는 세계에서 가장 못돼 처먹은 동화 작가일지도 모르겠다.

'찰리와 초콜릿 공장Charlie and the chocolate factory' 또한 해피엔딩이다. 하지만 착한 찰리를 제외한 초콜릿 공장을 방문했던 다른 아이들이 어떤 끔찍한 일들을 당했는지 돌아보면, 이런 생각이 절로 든다. '이거 어린이들을 위한 동화 맞아?' 그의 다른 동화들이나 소설들도 마냥 아름답고 행복한 이야기는 하나도 없다. 동화 하면 떠오르는 풋풋함이나 선량함, 입가에 절로 미소가 지어지는 따뜻함 따위는 그의 이야기에 없다. 그런데 희한하게 그의 이야기는 모두, 굳이 따지자면, 해피엔딩이다. 조금은 희한한 해피엔딩. 악동의 해피엔딩.

'마틸다'는 무척 특별한 아이이다. 한 살 반이 되었을 때 이미 어른과 같은 어휘력으로 말을 할 수 있었고, 세 살 때 집 안에 흩어져 있는 신문이나 잡지들을 보며 스스로 읽기를 터득했다. 네 살 때는 공공 도서관에 가서 어린이 책을 모두 섭렵한 다음, 찰스 디킨스의 '위대한 유산'까지 읽기 시작한다. 혼자 대수학책을 보고 웬만한 수학 원리까지도 다 깨우친 후 학교에 입학한 마틸다는, 당연히 담임 선생님을 놀라게 만든다. '하니 선생님'은 마틸다의 집을 찾는다. 이 아이는 특별한 아이라, 상급반으로 올라가서 공부하면 몇 년 안에 대학 수준에도 이를 수 있다는 말을 전하기 위해서였다. 하지만 마틸다의 부모는 TV를 봐야 하는 저녁 시간에 찾아온 선생님이 귀찮기만 하다. 마틸다의 엄마가 말했다. "나를 봐요. 그리고 당신을 보라고요. 당신은 책을 선택했고, 나는 외모를 선택했어요. 그 결과 누가 낫죠? 나는 이 성공적인 사업가와 멋진 집에서 부러울 것 없이 살고 있고, 당신은 애먹이는 꼬맹이들한테 에이A, 비B, 씨C나 가르치느라 혹사당하고 있잖아요?" 그런 아내를 보며 마틸다의 아빠가 말한다. "말 한번 잘했어, 우리 예쁜이." 그들에게 마틸다는 이마에 난 부스럼 딱지보다 못한 존재다. 마틸다가 말을 시작했을 땐 '여자아이가 조신하게 놀아야지, 수다쟁이가 됐네'라며 귀찮아했고, 처음으로 책을 사 달라고 했을 때는 'TV가 있는데 무슨 소리냐며, 떼쟁이가 됐다'고 혀를 찼다.

'모든 부모가 자신의 아이를 사랑하고, 자신의 아이에게 특별한 관심을 갖고 있는 건 아니다'라는 이 불편하기 짝이 없는 얘기를, 이 동화는 처음부터 명시하고 있다. 부모들이 아이들에게 읽어 주는 동화책에서 말이다. 신데렐라로 대표되는 구박받는 아이들은 지금껏 대부분 계모나 계부에 의해 학대당해 왔다. 하지만 마틸다는 자신을 낳아 준 '친부모'에게 소외받는다. 학대받는 동화 속 아이들은 그럼에도 무척 착하다. 모든 시련을 그 착한 마음으로 이겨낸다. 하지만 마틸다는 다르다. 자신을 인정해 주지 않을 뿐 아니라, 폐차 직전의 중고차를 사들여 적당히 조작한 다음 비싸게 되파는 나쁜 아빠를, 마틸다는 그 비범한 머리를 써서 혼내 준다. 착한 하니 선생님과 아이들을 구박하는 악당, 교장 선생님도 마틸다의 희생양이 된다. 영화 '마틸다Matilda'에선, 복수를 앞둔 마틸다가 이렇게 말한다. "더 이상 착한 아이는 없어요No more Miss nice girl." 무엇보다 이 동화의 놀라움은, 그 결말에 있다. 물론 이 이야기 또한 해피엔딩이다. 그렇다고 마틸다에게 혼쭐이 난 부모가 개과천선해서 착한 사람이 됐을까? 그래서 마틸다는 그 후 행복하게 엄마 아빠와 오순도순 살게 됐을까? 미안하지만 그건, 악동 '로알드 달'의 스타일이 아니다. 마틸다는 부모로부터 벗어나 스스로 자신을 돌봐 줄 사람을 선택한다. 놀랍게도 이 동화는 '가족의 해체'를 통해 해피엔딩을 맞는다. 가족의 해체는 솔직히 지금도 무척 조심스러운 얘기인데, 이 책은 무려 30년 전에 쓰인 이야기다. 그때 이미 로알드 달은 이렇게 말하고 있었던 거다. '너를 이해해 주지 않는 못된 부모랑, 굳이 같이 살 필요는 없잖아?' 그러면서도 어쩐지 씨익 웃고 있을 것만 같은 그는 정말, 악동이 틀림없다.

영화 '땡스 포 쉐어링Thanks for Sharing'은 섹스 중독자들의 치료 모임에 대한 이야기다. 그 모임엔 몇 가지 규칙이 있는데, 그중 특이한 건 대중교통을 이용해선 안 된다는 것이다. 우리가 무심코 지나치는 버스와 지하철의 수많은 광고들이 이렇게 자극적이었구나, 이 영화를 보면서 나는 깨달았던 것 같다. 심지어 택시를 타도 광고 모니터에 헐벗은 여인들의 모습이 나오고 있었다. 당연히 TV나 인터넷도 금지다. 무심코 채널을 돌리다가도, 서핑을 하다가도, 그들은 무방비 상태로 자극적인 사진과 영상에 노출된다. 아주 작은 자극에도 무너질 수 있는 그들에게 이 세상은, 너무 폭력적이었다.

그런데 나는 가끔 이런 생각을 한다. 우리가 그렇게 수많은 성적 자극에 무방비 상태로 노출되어 있는 것과 마찬가지로, 우리는 이런 이야기들에도 무방비 상태로 지배받고 있다는 생각. '가족의 사랑'을 강조한 이야기들에 말이다. 당연히 남자와 여자는 사랑을 나누고 아이를 낳아야 하며, 그렇게 혈연관계로 맺어진 가족은 당연히 서로를 사랑하고 아끼며 행복해야 한다는 것. 드라마, 영화, 책, 광고에서도, 심지어 그냥 일상에서 이뤄진 대화에서도 그것은 너무나 당연한 대전제로 깔려 있다. 누군가에게는 폭력적으로 느껴질 수 있는 그 이야기가. 세상에는, 행복한 가정만 있는 건 아닌데도 말이다.

동거녀에게 폭력을 행사해 끝내 그녀를 죽음에 이르게 한 한 남자가 중형을 면했다. 그녀의 아버지와 합의를 했기 때문이었다. 우리나라 법에선 친족의 합의가 있을 경우, 감형 대상이 된다. 그런데 그녀는 이미 몇십 년 전에 아버지와 절연을 했고, 그 후 단 한 번도 만난 적이 없었다. 그 아버지는 그냥 돈을 받고, 자신의 딸을 죽인 그 남자의 중형을 면하게 해 주었을 뿐이었다. 세상에는 그런 아버지도 있다. "친족 간의 살인 43프로 증가, 친족 간의 폭행 1,300프로 증가. 지난 20년간의 수치입니다. 가족이 죽었다고 누구나 다 상처 입지 않습니다." 어떤 드라마에 나오는 대사. 그런데 이 드라마에서조차 그런 대사를 내뱉는 주인공은, 감정이 없는 이상한 사람 취급을 받는다. 꼭 그렇게 극단적인 예까지 언급하지 않아도, 세상에는 행복하지 않은 가정도 많다. 부모에게 사랑받지 못하는 아이, 마틸다처럼 부모에게 그저 인정받지 못하는 아이도 많다. 행복하지 않은 가정에서 자라, 자신만은 행복한 가정을 꾸리고 싶었지만, 끝내 실패하고 이혼 후 상담 치료를 받고 있는 어떤 소설 속 주인공은, 이 말에 무너져 내린다. "인생에서 가장 중요한 일은 사랑하고 사랑받는 것입니다." 가족의 사랑을 강조하는 그 말에 그는 무너져 내린다. 간판에서, 영화에서, 잡지 표지에서, 텔레비전 광고에서 모두가 자신에게 이렇게 말하고 있는 것처럼 느껴졌기 때문이었다.

'우리는 가정과 사랑의 세계에 속해 있고, 너는 그렇지 않아.'

나는 지금 2017년을 살고 있고, 지금 동화책을 쓰고 있는 게 아닌데도, 이런 얘기는 참 조심스럽다. '그렇다고 제가 불행한 어린 시절을 보낸 것은 아니랍니다.' 제가 하고 싶은 이야기가 가족애는 다 쓸데없다, 뭐 그런 극단적인 얘기도 아니고요. 네, 네. 저도 물론 우리 가족을 사랑하고…. 네, 네. 그럼요, 노력해야죠. 가족이니까.' 어쩐지 구구절절 변명을 늘어놔야만 할 것 같은 기분마저 든다. 그런데 우리의 악동 '로알드 달'은 30년 전에 이미, 그것도 우울하거나 슬프지 않게, 너무도 천연덕스럽다 못해 독자로 하여금 어쩐지 통쾌한 마음마저 들게, 가족의 해체를 해피엔딩으로 끌어냈다. 그렇다고 이 책의 마지막 구절이 '그리하여 마틸다는 오래오래 행복하게 살았답니다'도 아니다. 마틸다가 자신의 새로운 보호자인 하니 선생님 품에 안겨, 부모가 떠나는 모습을 그저 지켜보는 것으로 이야기는 끝이 난다. 그런데 어쩐지 독자들은 '오래오래 행복하게 살았답니다'라는 말을 들은 것보다도 더 안심이 된다. 어쩐지 동화가 주는 '따뜻함'이 느껴지는 것 같기도 하고, 그러면서도 '이게 동화 맞나' 불편하기도 하고, 아이러니한 기분에 사로잡힌다.

그런데 사실 악동 '로알드 달'의 따뜻함은, 바로 거기에 있다. 아이러니. 값을 매길 수 없을 정도로 어마어마한 가치를 가진 고가구를 끝내 산산조각 내버리는 로알드 달의 이야기는, 어쩐지 불편하지만 미워할 수가 없다. 해피엔딩은 맞으니까. 사기꾼인 목사한테

---

o 자서전이라고 하기엔 지나치게 재밌는 로알드 달의 실제 어린 시절 이야기를 담은 책 '보이Boy'를 보면, 그 또한 대가족이라 부를 수 있을 정도로 형제자매가 많은 다복한 가정에서 엄마의 사랑을 듬뿍 받고 자랐음을 알 수 있다. 물론 실제 어린 시절에서도 그는 '못된 어른'들에겐 '악동'이긴 했다.

그 장롱을 내주는 대신, 그는 장롱을 땔감으로 만들어버린다. 악동만이 할 수 있는 일이다. 모두가 가족의 사랑을 강조하는 시대에 가족을 해체해버리는 마틸다의 해피엔딩도 마찬가지다. 그가 냉정하고 못돼 처먹은 건 맞는데, 그는 모두가 외면하고 있는 가장 소외된 구석 자리의 누군가에겐 따뜻한 손길을 내민다. '우리는 가정과 사랑의 세계에 속해 있고, 너는 그렇지 않아.' 그런 말 따위는 무시해도 된다고, 행복하지 않다면 돌아서도 된다고, 피가 섞였다는 이유만으로 반드시 사랑해야 하는 건 아니라고, 그 누구도 해 주지 않았던 얘기들을 그는 해 준다. 모든 것을 그냥 견뎌내며, 나는 왜 나의 가족을 사랑할 수 없나 죄책감까지 안고 살아가는 누군가에게, 악동은 악동만의 방식으로 해피엔딩을 선물한다. 그래서 우리는 이 악동을 미워할 수가 없다. 그는 세상에서 가장 못돼 처먹은 동화 작가이긴 하지만, 그 누구보다 따뜻한 마음을 가진, 그래서 그 누구보다도 해피엔딩을 좋아하는 '악동'이니까.

[+]

내가 정말 사랑하는 로알드 달의 이야기가 한 편 더 있다. '내 친구 꼬마 거인The BFG: Big Friendly Giant'. 우리의 꼬마 거인은 거인 마을의 왕따다. 키가 7미터에 달하지만, 다른 거인 친구들에 비해선 반 토막밖에 안 되는 꼬마이기 때문이다. 게다가 다른 거인들은 사람을 잡아먹는다. 하지만 우리의 꼬마 거인은, 더럽게 맛없는 '큥큥 오이'만 먹으면서도 아이들을 잡아먹지 않는다. 대신 아이들의 잠든 방 창가로 몰래 다가가 그들에게 아름다운 꿈을 불어넣는다. 자고 일어났을 때, '아, 정말 꿈같은 일이었어' 행복한 미소를 짓게 할 수 있는 그런 꿈을. 그런데 그 행복한 꿈이란 게 이런 식이다.

내가 잠에서 깨어났을 때까지만 해도 나는 세계적인 작가가 되었다는 기쁨에 젖어 있었다. 그런데 그 기쁨은 엄마가 방으로 들어오셔서 '어젯밤 너의 시험지를 보니까 맞춤법과 띄어쓰기가 형편없는 지경이더라'하고 말할 때까지뿐이었다.

어쩐지 꼬마 거인이 아이들에게 선물하는 '행복한 꿈'은, 로알드 달이 우리에게 들려주는 조금은 희한한 '해피엔딩 이야기'들과 닮아 있다. 마치 그 꼬마 거인이 로알드 달 본인인 것만 같다. 괴팍한 외모에, 더럽게 맛없는 큥큥 오이를 먹을 때마다 욕지거리를 늘어놓는 꼬마 거인은, 어쩐지 무서운 것 같으면서도 따뜻하다. 착한 아이들은 절대 잡아먹지 않는다. 못된 사람들에겐 더 못돼 처먹은 방법으로 응징을 가하지만, 모두가 외면하는 가장 소외된 구석 자리의 누군가에겐 따뜻한 손길을 내미는 로알드 달처럼 말이다. 맞춤법이 엉망이라 매일 혼나는 아이에게도, '왜, 너도 세계적인 작가가 될 수 있어! 기죽지 마!' 따뜻한 응원을 보내는 그. 가족의 해체와 같은 불편하기 짝이 없는 얘기조차도 천연덕스럽게 해피엔딩으로 둔갑시켜버리는 그. 어쩌면 그가 꿈꾸는 해피엔딩은 이런 것일지도 모르겠다. 가장 소외된 구석 자리에서 외로워하고 있는 누군가를 세상으로 불러내는 것.

'걱정 마, 그 길의 방해꾼들은 악동인 나한테 맡겨!'

자, 이제 거인 세계의 왕따 '꼬마 거인'이 어떻게 세상 밖으로 나와 해피엔딩을 맞는지는 직접 경험해 보시길 바란다. 그렇다, 당연히 이 이야기도 해피엔딩이다. 나쁜 꿈은 병 안에 가두고 아름다운 꿈만 아이들에게 선물하는 꼬마 거인처럼, 못돼 처먹었지만 따뜻한 악동 '로알드 달'은, 그 누구보다도 해피엔딩을 좋아하니까.

#
04

그게 너희라서, 참 다행이다

참, 좋은 영화.
하지만 지금 생각나는 내 친구가 '그 영화 어때?'라고 묻는다면,
'넌 보지 마'라고 말할 것 같은 영화.
심약하고 외로움이 많은 친구에겐 추천하고 싶지 않은 영화.

몇 해 전 이 영화를 처음 봤을 때, 나는 이런 메모를 남겼다. 좋은 영화였지만, 외로움이 많지 않은 나에게조차 이 영화는 어쩐지 좀 쓸쓸한 후유증을 남겼으니까.

아타오는 내가 태어나기 전부터 우리집에 있었다.

'로저'의 독백으로 시작되는 이 영화의 주인공은, '아타오'. 일흔이 넘은 가정부다. 그녀에겐 남편도, 가족도, 친구도 없어 보인다. 열여섯 나이에 그녀는 로저네 집안으로 들어왔다. 벌써 60년 전 일이다. 이제 로저의 가족들은 모두 미국으로 이민을 갔고, 영화 제작자인 로저만이 홍콩에 남아 아타오의 도움을 받고 있다. 하지만 두 사람은 가족이 아니다. 겸상도 거의 하지 않는다. 시장에서 마늘 하나하나까지 꼼꼼하게 고르고 골라, 아타오는 정성스럽게 로저의 밥상을 차려 준다. 아타오의 식사는, 로저가 거실에 앉아 신문을 보며 과일을 먹고 있을 때 부엌 문간에서 이뤄진다. "우설 먹은 지 오래됐네. 먹고 싶어." 신문에서 눈을 떼지 않은 채 로저가 말했다. "안 먹은 지 오래됐으니까, 앞으로도 안 먹으면 되겠네. 또 혈관 막히면 어쩌려고 그래?" 몇 년 전 심장 수술을 받은 로저는, 아타오의 잔소리엔 답을 하지 않는다.

그런데 어느 날 아타오가 중풍으로 쓰러졌다. 아타오를 병원에 데려다주고 집으로 돌아온 로저가 제일 먼저 한 일은, 세탁기 설명서를 읽는 일이었다. 로저에겐 다른 가정부가 필요했다. 이제 아타오의 병 수발까지 들어줄 가정부를 구해야 했다. 하지만 아타오는, 신세 지고 싶지 않다며 요양원에 들어가길 원한다. 그렇게 시작된 아타오의 요양원 생활. 그리고 아타오가 죽음에 이를 때까지 이어지는 이 영화가, 나는 참 쓸쓸하게 느껴졌다. 심약하고 외로움이 많은 내 친구에게는 추천하고 싶지 않았다. 이 영화를, 처음 봤을 때는.

얼마 전 이 영화를 다시 봤다.

그리고 이젠, 내 친구들과 이 영화를 나누고 싶어졌다.

불과 몇 해 전, 내가 이 영화를 처음 봤을 때의 내 나이는 아직 40보단 30쪽에 더 가까웠다. 그 즘 한 선배가 내게, 이런 말을 했던 기억이 난다. "요즘의 삼십 대는 예전의 이십 대 같아서 제일 힘들 때지. 근데 오히려 마흔 넘어가면 좀 쉬워진다?" 그때의 나는 이 말을 꽤 낙관적으로 받아들였던 것 같다. 오래전 노래 '내 나이 마흔 살에는'에 나오는 가사처럼 '이 힘겨운 하루하루를 어떻게 이겨 나갈까' 무섭기만 해서, 어서 빨리 마흔이 되고 싶기도 했다. 마흔쯤이 되면 지금의 고민들도 덜해지지 않을까, 내 마음도 자리를 잡지 않을까.

그런데 나와 내 친구들 대부분은, 스물아홉에도 그냥 훅 지나쳤던 아홉수를 서른아홉에 이르러서는 아주 제대로 맞이하게 됐다. 가장 바쁜 나이대가 된 만큼, 야근 또는 육아(혹은 그 둘 모두)로 인해 우리는 바빴고, 그래서 예전처럼 자주 만날 수 없었다. 어렵게 시간을 맞춰 다 함께 모인 자리는 물론 예전과 마찬가지로 깔깔대는 웃음으로 가득했지만, 그 웃음 사이사이에는 왠지 모를 무력함이 깃들어 있었다. '몇 년 전만 해도 며칠씩 밤을 새워도 괜찮았는데, 이젠 정말 체력이 너무 떨어져서. 운동도 뭐 여유가 돼야 하지. 쉬는 날엔 잠자기 바빠.' 식사가 끝나면 다들 한두 개 이상씩의 약을 먹으며 각종 영양제에 대한 정보를 나누고, 어느새 다들 자주 가는 병원이 한두 개쯤은 생겼다. 하지만 그런 신체적 노화만이 문제라면 그건 오히려 좀 더 쉽게 받아들일 수 있었을 것 같다. 하지만 우리가 앓고 있는 아홉수는, 그보다 조금 더 어려운 문제에 직면해 있었다. '아, 이게 정말 나구나.' 그걸 받아들여야 하는 문제에.

우리에겐 언제나 꿈이 있었다. 그것이 비록 막연하고 두리뭉실한 것이라 할지라도, 우리는 모두 '지금의 나'와는 조금 다른 나를 꿈꿨다. 우리에겐 모두, 그리고 언제나, '내가 되고 싶은 나'가 있었다. '비록 내가 지금은 이렇게 살고 있지만….' 나는, 나의 삶은, 달라질 것이다. 나는 보다 좋은 사람이 될 자격, 보다 나은 삶을 살 자격이 있으니까. 어쩌면 그런 희망과 믿음 때문에 우리는 더 불안하고 초조했는지도 모르겠다. '내가 지금 이러고 있을 때가 아닌데, 여긴 내 자리가 아닌데….' 그런데 참, 시간은 빨랐다. 스무 살 이제 갓 대학에 입학했던 게 엊그제 같은데, 어느덧 스무 해가 또 빠르게 흘러 서른아홉, 마흔…. 그제야 우리는 어렴풋이 이런 생각을 하게 됐는지도 모른다. '아, 이게 나구나. 지금 내가 서 있는 이곳이 내 자리구나. 나는 앞으로 또한 (물론 이런저런 사소한 변화는 있겠지만 큰 이탈은 없이) 이 자리에서 살아가겠구나.' 그 사실을 처음 인지했을 때 밀려든 허전함과 무력함. 아주 오래된 친구 하나를 떠나보내는 것 같은 기분이었다. 그래서 더 가혹하게 느껴졌던 아홉수.

그런데 산다는 건 참 아이러니의 연속이기도 해서, 그렇게 거센 아홉수를 지나 '지금 내가 서 있는 이곳'을 내 자리로 받아들이고 나자, 그동안 보이지 않던 것들이 보이기 시작했다. 우리는 내 인생의 절반을 사는 동안 새로운 것에 목말라하고, 다른 자리만 쳐다보고 탐내 하느라 바빴다. 나의 앞으로의 삶을 함께해 줄 무언가를 찾아 헤매느라 늘 초조했다. 그땐 몰랐다. 내 남은 삶을 나와 함께 버텨 줄 무언가는, 이미 내 곁에 있었다는 것을. 그제야 '내 곁의 것'들이 보이기 시작한 거다. 내가 이미 가지고 있던 것들, 긴 시간 동안 '이미' 나의 옆에서 나와 함께 버텨 주고 있었던 내 사람들도.

지난해 나와 내 친구들이 가장 열심히 봤던 드라마는, '디어 마이 프렌즈'였다.

참 이상해. 나이를 먹어도 마음이 안 늙어.
마음도 같이 늙으면 덜 외로울 텐데.

이런 말을 읊어대는 할아버지 할머니만 잔뜩 나오는 이 드라마를, 우리가 조금만 더 어렸어도 이렇게 열심히 봤을까. 거센 아홉수를 겪어내고 있지 않았다 해도, 드라마를 보며 그렇게 서로에게 열심히 공감의 문자들을 보내곤 했을까. 드라마가 중반을 넘어 후반으로 접어들자, 우리는 하나둘 모여 이 드라마를 함께 보기도 했다. 그러다 이 대사가 나왔을 때, "내가 뭐해 줄까? 뭐든 해 줄게"라고 물어보는 늙은 친구에게 다른 늙은 친구가 했던 말, "나보다 먼저 죽지나 마." 이 대사가 나왔을 땐, 나와 내 친구들의 입에서도 동시에 앓는 소리가 흘러나왔다. 그리고 우리 또한 서로가 서로에게 그 말을 했다. "나보다 먼저 죽지 마." 그런데 그중 가장 이기적인 나만이 이렇게 말했던 것 같다. "싫어. 내가 제일 먼저 죽을래." 그리고 여기저기서 쏟아지던 욕설. 친구들의 웃음 섞인 욕설을 들으면서도, 나는 정말 그랬다. 우리 중, 내가 제일 먼저 죽고 싶었다.

어쩌면 우리가 그런 나이에 와 있기 때문이었는지도 모르겠다. 나는 '이 영화' 또한 친구들과 나누고 싶어졌다. 이 영화를 처음 봤을 때의 나는, 노년이나 죽음에 대한 이야기들을 세세히 들여다볼 여유가 없었다. 아직 살아온 날보다 살아갈 날이 더 많다고 생각했던 그때의 나는, 너무 바빴으니까. 지금 내 곁에 있는 것들보다, 앞으로 내가 갖게 될 (거라 믿었던) 다른 것들에 더 관심이 많았던 그때의 나는, 늘 조급했고 불안했고 초조해서 이 영화 또한 세세히 들여다보지 못했던 것 같다. 남편도 가족도 친구도 없이 요양원에서 삶의 마지막 시간을 보내고 있는 아타오도, 가족이 있어도 각자의 사연으로 결국은 요양원에서 홀로 죽음을 기다리고 있는 사람들의 이야기도, 나는 그저 한없이 쓸쓸하게만 느껴졌다. 그런데 거센 아홉수를 지나 다시 만난 이 영화는, 그런 얘기가 아니었다.

아타오는 내가 태어나기 전부터 우리집에 있었다.

로저의 독백으로 시작하는 영화 '심플 라이프A Simple Life'.

스무 살 때 난 미국으로 유학을 갔고 서른 살에 홍콩에 돌아왔다.
그 시절만 빼고 아타오는 늘 나와 함께 있었다. 2년 전까지는.

이 영화는 아주 긴 시간을 함께해 온, 친구에 대한 얘기였다. 나이도 다르고, 성별도 다르고, 서로 피 한 방울 섞이지 않았지만, 그렇게 긴 시간을 함께해 왔기에 누구보다 나를 잘 이해해 주는 '내 친구'를 떠나보내는 것에 대한 얘기였다.

"우설 먹은 지 오래됐네. 먹고 싶어." 로저는 이 말을, 아타오에게만 할 수 있다. 밖에서의 그는 못 먹는 음식도 많고, 딱히 뭔가를 먼저 먹고 싶다고 하는 일도 없다. "전 괜찮아요. 드시고 싶은 것들 드세요." 회식 자리에서의 로저는 늘 이런 모습이다. 그건 미국에 살고 있어 오랜만에 마주한 가족들 앞에서도 마찬가지다. 언제나 조심하고 배려하고 최선을 다하려 노력한다. 하지만 요양원에 있는 아타오를 데리고 나와 외식을 할 때면, 다시 까다로운 입맛이 튀어나온다. "기름, 소금, 굴 소스는 넣지 말고요, 생선은 여기 적힌 거밖에 없어요? 도미 없어요?" 그건 아타오도 마찬가지다. "소스가 너무 짜." 아타오의 말에 로저가 답한다. "다음엔 우리 소스 따로 가져오자." 그러곤 잠시 후, "이래서 내가 입맛이 까다로워진 거야!" 두 사람은 동시에 웃음을 터트린다. 요양원을 찾아온 로저에게 아타오가 말한다. "다음에 올 때 삭힌 두부 좀 사 와, 매운 두부 볶음 안 먹은 지 오래됐어." 그때 로저는 이렇게 답한다. "안 먹은 지 오래됐으니까, 앞으로도 안 먹으면 되겠네." 두 사람은 또 동시에 웃음이 터진다. 티격태격 혹은 무심한 듯 보이지만, 아주 긴 시간을 함께해 왔기에 이해할 수 있는 두 사람만의 농담.

수술을 앞둔 아타오가 신부님과 얘기를 나누고 있다. "성경 말씀에 만물엔 때가 있으니 울고 웃고 나고 죽는 것도 다 때가 있다고 했죠." 그 모습을 지켜보던 로저가, 두 사람의 대화에 끼어든다. "호박 삶는 것도 때가 있고, 오리 알 사는 것도 때가 있지." 아타오는 웃음을 터트린다. "그래도 웃어서 아픈 게 낫지?" 로저의 말에 아타오는 또 아픈 배를 움켜쥐며 웃는다. 그건 가족 혹은 연인, 혈연이나 사랑으로 얽혀 있는 관계에서 이뤄지는 대화가 아니다. 아주 긴 시간을 함께해 온, 그래서 슬픈 얘기도 무심한 듯 웃으면서 할 수 있는 내 오랜 친구만이 건넬 수 있는 위안. 나만 해도 그렇다. 나는 우리 엄마나 가족들에게 '나보다 먼저 죽지 마. 내가 먼저 죽을 거야' 이런 말은 할 수 없다. 드라마 '디어 마이 프렌즈'에서 그 비슷한 말(엄마 오래오래 살다가 나 죽은 다음 날 죽어)을 했던 딸은, 그게 엄마한테 할 소리냐며 등짝을 두들겨 맞는다. 친구는 그 관계가 아무리 오래됐다 해도 가족도 아니고 연인도 아니다. 하지만 그렇기에 또, 우리들만이 할 수 있는 농담과 위안과 이해가 있다.

어쩌면 그렇기에 영화 '써드 스타Third Star'의 주인공인 '제임스' 또한, 그의 마지막 여행을 친구들과 함께한 것일지도 모른다. 모르핀 없이는 단 하루도 버틸 수 없는 말기 암 환자인 제임스. 그의 스물아홉 번째 생일 파티를 열어 주고 있는 가족들을 보며, 그는 생각한다. '고통은 나의 것이고, 비극은 그들의 것이다.' 아무리 그들이 내 앞에서 웃으며 밝은 척을 해도, 그들의 슬픔과 걱정이 제임스의 눈에도 다 보인다. 내 뒤에서 언제나 울고 있는 그들의 모습을 그는 안다. 그래서 그는, 친구들과 마지막 여행을 떠난다. 내가 환자이든 아니든, 마지막 순간까지도 시답잖은 농담을 주고받으며 함께 웃어 줄 오랜 친구들과. 마치 드라마 '디어 마이 프렌즈'의 마지막 장면, 오랜 친구들이 캠핑카를 타고 여행을 떠나듯, 제임스 또한 자신의 마지막을 친구들과 함께하길 원한다. 가족들은 자신의 선택을 이해해 줄 수도, 인정해 줄 수도, 받아들일 수도 없을 테니까. 그는 그 여행의 마지막에서 스스로 죽음을 택한다. 그걸, 이 친구들이 아니라면 이해해 줄 수 있을까.

자네는 이제 모든 게 아무치도 않어 참 좋겠네.
어디 현몽이라도 하여 저승 소식 알려 줄 수 없나.
자네랑 나랑 친하지 않었나, 왜.

화가 이중섭의 친구였던 시인 구상은, 이런 시를 남겼다. 이중섭의 애달픈 가족애는 많이 알려진 얘기. 일본에 있는 아내와 아이들

이 보고 싶어, 담뱃갑 종이에 그림을 그리고 하루가 멀다 하고 편지를 썼던 이중섭. 끝내 가족들을 만나지 못하고 죽음을 맞은 이중섭의 슬픈 이야기 뒤에는, 친구 구상이 있었다. 그의 마지막을 지켜보고, 그의 시신을 거두고, 그에 대한 그리움조차 '자네랑 나랑 친하지 않었나, 왜' 무심한 듯 농담처럼 적어 내려간 친구가.

입맛이 까다로워 회식 자리에서 채소나 집어 먹던 로저가, 아타오의 병실 밖에 서서 컵라면을 먹는다. 아타오의 병간호에 고생이 많겠다고 물어보는 친누나에게 로저가 말한다. "우리 둘 다 행운인 거 같아. 나는 몇 년 전에 심장 수술을 받았고, 지금은 아타오가 아프잖아. 우리 둘이 같이 아팠으면 어떡할 뻔했어. 신에게는 슈퍼컴퓨터 같은 게 있어서, 전 세계인의 운명을 안배할 수 있나 봐."

어쩌면 그래서였던 것 같다. 나는 이제 내 친구들과 이 영화를 나누고 싶다. 얼마 전 다녀온 친구들과의 여행에서 우리는 모두 빵 터졌다. 아침에 일어나 아직 세수도 하기 전인데 다들 뭔가를 부스럭부스럭 꺼내고 있었다. 공복에 먹어야 하는 약들이었다. "우리 엄마가 친구들이랑 여행 가면 식탁에 각자 가져온 약봉지가 한가득이라고 하던데, 우리도 다를 거 없네." 우리는 깔깔거리며 웃어댔다. "하긴, 우리도 뭐 이제 내일 죽어도 요절 소리는 못 듣는 나이잖아." 누군가의 말에 또 다 같이 웃어댔다. 그러곤 이내 '넌 뭐 먹니? 너는? 피로감에는 이게 좋대. 너는 요즘 입이 자주 헌다고 하지 않았어?

아연 들어간 영양제 먹어야 돼' 각자의 약에 대한 정보를 나눈다. 아직은 대부분 영양제나 건강 보조제들이지만, 얼마 지나지 않아 우리의 여행에도 고혈압 약, 당뇨 약, 고지혈증 약, 진통제 등 엄마들의 약이 추가될지도 모른다. 우리는 이제 알고 있다. 우리에게도 곧 그날이 올 것이고, 우리는 지금까지와 마찬가지로 함께 늙어 가리라는 것. 아직 내가 대단한 사람이 될 줄 알았던, 더 큰 사람이 될 줄 알았던 시절에는 몰랐다. 나는 사실 이만한 사람이었고, 지금 서 있는 이 자리가 내 자리라는 것을 어렴풋이 깨닫기 시작하면서, 우리는 알게 된 거다. 나는 지금 '내 곁의 것'들과 함께 늙어 가겠구나.

그게 너희라서, 참 다행이다.
나는, 운이 좋은가 봐.

그래서 나는 이제, 이 영화를 내 친구들과 나누고 싶다. 어느 날 불쑥 늙어 간다는 것이 슬프고 두렵게 느껴질 때, 어느 날 불쑥 아무리 가까운 내 가족도 내 연인도 웃어 주지 않는 내 농담이 너무 머쓱해서 외롭다 느껴질 때, 어느 날 불쑥 나는 결국 이만한 사람이었나 한없이 슬퍼질 때, '우리가 있잖아. 그래도 너는, 운이 좋은 거야.' 그것만으로도 나쁘지만은 않은 삶이었다 말할 수 있지 않을까. 남편도 가족도 없던 아타오의 삶 또한, 그리 쓸쓸하지만은 않았으니까. 각자의 사연이 가득했던 드라마 '디어 마이 프렌즈'의 늙은 친구들 얘기 또한 마냥 슬프지만은 않았으니까. 스물아홉의 말기 암 환자, 영화 '써드 스타'의 제임스조차 그의 마지막 여행에서 맘껏 웃을 수 있었으니까. 내 오랜 친구인, 너희가 있어서.

[+]

하지만 나는 역시 이기적인 사람이라서, 나의 답은 여전히 똑같다. '나보다 먼저 죽지 마'라고 말하는 너에게, 나는 또 이렇게 똑같이 답할 것이다. '싫어. 내가 제일 먼저 죽을래.' 홀로 남아서 '자네랑 나랑 친하지 않았나, 왜.' 이런 시 따위 쓰고 싶지 않다고.

#
05

시간은 이야기가 된다

"그냥 단편 소설 한 편 읽는다고 생각해."

소개팅이나 선 볼 날짜가 다가올수록 울상이 되어 가는 친구나 후배들에게 나는 종종 이런 말을 한다. "뭐가 부담스러워. 그냥 단편 소설 한 편 읽는다고 생각하면 되지." 그 소설이 (어떤 의미로든) 꽤 흥미로웠고 그래서 그 작가의 다른 얘기들에도 호기심이 생긴다면 몇 번 더 만날 수 있는 거고, 그 한 편으로도 '이 작가 책은 이걸로 됐어' 싶으면 못 만나는 거고, 어쨌든 새로운 작가의 새로운 이야기 한 편 정도는 부담 없이 읽을 수 있잖아.

나는 정말 그렇다. 낯선 작가의 이야기를 처음 접할 때도, 낯선 사람을 처음 만나는 자리도, 한두 시간 정도 그의 얘기를 듣는 건 부담스럽지도 지루하지도 않다. 아무리 상대가 평범한 삶을 살아온 것처럼 보여도, 그는 어쨌든 몇십 년을 나와는 다른 장소에서 살아온 사람이기에, 그에겐 언제나 '이야기'가 있다. 내가 모르는 이야기가. 그의 직업, 그의 일상, 그의 가족, 그의 친구, 내가 가 본 적 없는 세계, 내가 만나 본 적 없는 사람들에 대한 이야기가 있다. 그는 어쨌든 몇십 년의 '시간'을 살아온 사람이니까. '시간'은 언제나 이야기를 남기니까. 그것이 아무리 시시콜콜하고 평범해 보이는 이야기일지라도, 그래서 누가 이런 책을 읽어 줄까 싶은 이야기일지라도, 그 대단찮은 이야기들이 때론 기적을 일으키기도 하니까.

"시간은 우연이라는 저 재미난 친구와 힘을 합해 엄청난 기적을 탄생시키고 있습니다."

책을 읽다, 나도 모르게 밑줄을 그었다. 한 남자가 지금 연설을 하고 있다. 오늘은 그의 딸 '데이지'의 결혼식. 채석장 인부로 시작해 그는 이제 석회암을 파는 회사의 경영자가 됐다.

"한번 생각해 보십시오. 약 삼천만 년 전 다행히도 따뜻하고 맑고 얕은 바다가 있어서, 그 조합으로 저 유명한 인디애나 석회암을 만들어냈습니다. 바로 그것이 지금 이 자리에 있는 우리 모두에게 훌륭한 기여를 하고 있고 말입니다."

만약 그 바닷물이 약간만 더 차가웠더라면, 그 바닷물이 약간만 덜 맑았더라도, 그 고대의 바닷물이 몇 센티미터만 더 깊었더라도, 일어날 수 없는 일이었다. 그리고 무엇보다 시간.

켜켜이 쌓인 시간은 인디애나의 석회암을 만들었고, 그 석회암은 그와 데이지를 먹고살 수 있게 만들었다. 그리고 켜켜이 쌓인 그 시간은, 너무도 평범해 보이는 한 여자 '데이지'의 탄생부터 죽음까지를 기록한 이 책을 만들었다.

처음 만나는 작가 '캐럴 실즈Carol Shields'의 이 책을 처음 잡았을 때, 나는 그냥 덤덤했다. 큰 기대나 설렘도 없었고, 그렇다고 재미없으면 어쩌지 미리 걱정이 됐던 것도 아니었다. 그냥 처음 만나는 사람과 간단히 인사를 나누고 자리에 앉아, 그의 얘기를 듣기 시작할 때의 느낌이랄까. '제1장 1905년 탄생', 나는 이렇게 태어났어요. 그녀는 자신의 탄생 설화로 입을 열었다. '그런 사람이 있지. 맨 처음부터 시간의 순서대로 차근차근 얘기하길 좋아하는 사람. 자, 이제 한번 들어 볼까.' 그렇게 시작된 이 책과의 만남.

우리는 누구나 나의 탄생 순간을 기억할 수 없다. 우리가 알고 있는 나의 탄생은 대부분 누군가에게서 전해 들은 것이다. 데이지 또한 마찬가지였다. '나는 그날 이렇게 태어났어요.' 오래전 누군가에게서 전해 들은 설화나 전설처럼, 그녀는 자신이 태어난 날을 '나는'이라는 1인칭을 쓰고 있으면서도 마치 이 이야기에 등장하는 모든 사람의 마음을 다 알고 있듯 그래서 3인칭 전지적 작가 시점인가 착각이 들 정도로 아주 세세하게 묘사하고 있었다. 하지만 그리 놀랍거나 대단한 이야기는 아니었다. 익숙한 탄생 설화의 조금 변형된 또 하나의 이야기를 듣듯, 나는 평온한 마음으로 제1장 그녀의 탄생 이야기를 들었다.

'제2장 1916년 어린 시절', 다음 장은 십여 년 후의 기록이다. 탄생 후 10년 동안 그녀가 어떤 어린 시절을 보냈는지에 대한 이야기를 1916년의 시점에서 기록하고 있었다. 다음 장은 그로부터 또 십여 년 후 '결혼', 그다음 장은 그로부터 또 십여 년 후 '사랑', 그다음 장은 그로부터 또 십여 년 후 '어머니가 되다'. 그렇게 이 책은 '제10장 죽음'까지 그녀의 인생을 십여 년 단위로 끊어 기록하고 있었다.

그 시간 동안 그녀는 두 번 결혼했고, 두 번 다 남편의 죽음으로 결혼 생활이 끝났고(한 번은 신혼여행지에서 사고로, 한 번은 30년 가까이 무난한 결혼 생활을 하다 남편의 병사로), 세 아이를 낳았으며(세 아이 모두 큰 탈 없이 잘 자랐다), 평범한 가정주부로 정원을 가꾸며 살다 9년 정도 '원예 부인'이란 필명으로 신문에 칼럼을 기고하기도 했으며, 한때는 우울증을 겪기도 했지만, 노년에는 실버타운과 같은 곳에서 나이 든 친구들과 카드 게임을 하며 시시덕거리다 아흔이 넘어 천수를 다 누린 다음 죽었다.

이 세상에 사연 없는 인생은 없듯, 그녀 또한 이런저런 크고 작은 사건 사고들을 겪으며 살아오긴 했지만, 그렇다고 그것들이 뭔가 한 편의 영화로 제작될 수 있을 만큼 또 대단한 것들은 아니었다. 그런데 희한하게도 이 책은, 참 재밌다. 대단한 이야기를 나누고 있는 것도 아닌데, 헤어지는 것이 아쉬워 돌아서는 그 순간까지도 쉴 새 없이 떠들다, '다음 얘기는 곧 또 만나서 하자' 죽이 잘 맞는 친구와의 수다처럼 이 책은 묘하게 계속 읽힌다. 그러다 마지막 책장을 덮는 순간엔, 나도 모르게 이런 생각까지 든다. 이게, 기적이구나. 시간이 만드는 기적. 그래서 이 책은 경이롭다.

> 이 일은 십이 년 동안 계속되었다. 나로서는 단 한 번도 소멸된 시간을 이해해 본 적이 없다. (……) '십이 년이 지났다'고 말하는 것은 곧, 전기적인 논리성을 부인하는 행위인 것이다. 어떻게 그리 많은 시간에 그렇게 아무 일도 없을 수 있을까? 어떻게 그 시간이 깨끗이 사라질 수 있을까?

드라마나 영화를 보면서, 나는 가끔 그런 게 궁금할 때가 있다. 어려운 시험을 준비하던 주인공이 머리에 띠를 매고 공부하기 시작하면 잠시 후 '몇 년 후'라는 자막이 뜨고 그는 시험에 합격해 있다. '몇 년 후'는 만병통치약이다. 주인공이 군대에 가도 '몇 년 후'란 자막만 뜨면 그는 제대해 있고, 주인공이 대단한 슬픔에 빠져 있어도 '몇 년 후'란 자막이 뜨면 새로운 생활을 하고 있고, 오래전 헤어진 연인도 '몇 년 후'면 재회해 다시 사랑을 하고 있고, 아무튼 '몇 년 후'는 참 많은 걸 해결해 준다. 그런데 내가 궁금한 건, 정작 그 '몇 년'인 경우가 더 많다. 머리에 띠를 매고 공부를 시작한 주인공은 그 몇 년 동안 어쩌면 하루에도 몇 번씩 찾아왔을 포기하고 싶었던 순간과 이제 그만 쉬고 싶다는 욕망과 이런저런 유혹들을 어떻게 이겨냈는지, 대단한 슬픔에 빠져 있던 주인공이 새로운 생활을 시작하기 전 그 몇 년 동안 어떻게 그 시간들을 견뎌냈는지, 그게 더 궁금할 때가 많다. '그건 너무 시시콜콜하고 진부하고 흥미로운 이야기가 될 수 없어서 건너뛴 거예요.' 그리고 떠오르는 자막, '몇 년 후'. 그리고 다시 숨 가쁘게 전개되는 드라마틱한 사건 사고들. 수많은 창작자들이 그 '몇 년'을 건너뛰는 데는 다 그럴 만한 이유가 있다. 그런데 이 책은 그 시시콜콜하고 진부하고 대단치 않아 보이는 그 '몇 년', 그 '시간'을 켜켜이 쌓아 간다.

> 열네 살에서 스물여섯 살까지 십이 년 동안 나의 아버지, 청년 카일러 굿윌은 아침 일찍 일어나 귀리죽 한 그릇을 먹고 채석장까지 걸어가 하루에 아홉 시간 반을 일하고 난 다음, 썰렁하고 빈약하기 그지없는 부모의 집으로 돌아와 일찌감치 잠자리에 들었던 것이다. (……) 그 십이 년 동안 나의 아버지가 아침마다 먹은 죽은, 어떤 때는 묽었고 어떤 때엔 진했을 것이다. 그와 마찬가지로 아버지는 동료 일꾼들이 나누는 대화를 통해서거나, 사춘기라는 불가피한 현상을 통해서, 또는 대중가요의 가사라든가 이따금 독한 술을 마실 때 저 정

욕이라는 구체적인 현상과 접했을 수도 있는 것이다. (……) 그는 이따금 주변을 돌아보면서, 착 가라앉은 분위기에 휩싸인 양친의 집에서도 최소한의 기분 전환이라든가 감정의 다양한 변화가 있다는 사실을 분명 알아차렸을 것이다. 그럼에도 그가 학교를 나왔을 때부터 머시 스톤을 처음 만나 사랑에 빠지고 자신의 인생이 완전히 바뀌게 된 그사이에는 십이 년이라는 세월이 흘렀다. 정말 기적에 가까운 변화가 일어난 셈이다.

데이지가 아버지의 이야기를 기록하며 그 대단찮은 12년의 세월에도 '어떻게 그리 많은 시간에 아무 일도 없을 수 있을까?'라고 되묻듯, 이 책은 데이지의 삶을 기록함에 있어서도 그 시시콜콜한 시간을 켜켜이 쌓아 간다. 그리고 그 시간들은 기적을 만든다. 한 권의 책을 엮어낸 것이다. 그것도 죽이 잘 맞는 친구와의 수다처럼 헤어짐이 아쉽게.

데이지의 주변 인물들은, 나는 얼굴 한번 본 적 없는데도 '그 사람은 요즘 어때?' 그다음 이야기가 궁금한 내 친구의 수다에 자주 등장하는 인물처럼 익숙하고 궁금하다. (하지만 나와 내 친구 사이에는 몇십 년의 시간이 쌓여 있다. 그래서 친구의 주변 인물도 친숙한 거다.) 그런데 언제 봤다고 나는 어느새 데이지가 좋아하는 사람에겐 나 역시 호감의 시선을 보내고 있었고, 데이지를 속상하게 만드는 사람은 데이지보다 내가 더 미워하고 있었다. 고작 500여 페이지의 책 한 권을 읽었을 뿐인데, 나는 어느새 데이지의 친구가 되어 그녀가 늙어 가고 죽음에 이르렀을 때는, 나 또한 그 세월을 함께 살아온 듯한 착각에 쓸쓸해졌다. 그래서 놀랍다. 이 책에는 '몇 년 후'라는 허구의 세계에나 있을 법한 구멍이 거의 느껴지지 않는다. (심지어 이야기가 10년 단위로 뛰고 있음에도.) 이런 게 바로 '한 땀 한 땀' 장인의 손길로 만들어진 이야기란 걸까. 마지막 책장을 덮으며 나는 그런 생각을 했던 것 같다. 어떻게 내 인생도 아닌 허구의 인물 '데이지'의 삶을 (이 책은 실화를 바탕으로 한 것도 아니고, 작가의 자전적 소설도 아니다) 이토록 아주 시시콜콜한 부분까지 모든 구멍을 다 메워 놓을 수가 있는 거지? 그리고 그 시시콜콜한 이야기들로 어떻게 이런 책 한 권이 만들어질 수 있다는 걸 알았을까?

> 사람들이 '뭐야, 이 영화에선 아무 일도 일어나지 않잖아'라고 수군거릴까 봐 걱정이 되기도 했죠.

영화 '보이후드Boyhood'에 출연했던 배우 패트리샤 아퀘트Patricia Arquette는 이런 인터뷰를 했다. 책 '스톤 다이어리The Stone Diaries'가 던졌던 질문, '십이 년이라는 그리 많은 시간에 어떻게 아무 일도 없을 수 있을까?'라는 그 질문에 화답하듯, 영화 '보이후드'는 12년 동안 촬영됐다. 똑같은 배우들이 1년에 한 번씩 만나 매년 약 15분 분량의 이야기를 찍었다. 그사이 여섯 살 난 꼬마 아이였던 '메이슨'은 열여덟이 됐다. 메이슨의 누나도, 엄마도, 아빠도, 그사이 열두 살씩을 더 먹었다. 이 영화의 러닝 타임은 165분. 그들이 자라고 늙어 가는 그 12년의 기록을 관객인 우리는 약 세 시간 동안 지켜보게 된다. 엄마 역을 맡은 배우 패트리샤의 말처럼 이 영화는 얼핏 보면 '아무 일도 일어나지 않는' 것 같다. 그저 메이슨이 자라 열여덟 대학생이 됐을 뿐이다. 그사이 엄마는 두 번의 결혼과 두 번의 이혼을 했고, 아빠도 한 번의 결혼을 더 했지만, 그게 또 그리 놀라운 일인가 하면 그냥 누구나 겪을 수 있을 법한 사람 사는 이야기다. 그런데 보통의 영화보다 조금 더 긴 러닝 타임의 이 영화는, 전혀 지루하지 않다.° 그저 12년의 시간을 기록했을 뿐인데, 영화의 엔딩 크레딧은 어쩐지 야속하기까지 하다. 죽이 잘 맞는 친구와의 수다는 그 얘기가 아무리 시시콜콜하다 할지라도 언제나 헤어짐이 아쉬운 것처럼 말이다. 게다가 '아무 일도 일어나지 않는' 것 같은 이 영화는 어쩐지 조금 감동스럽기까지 하다. 책 '스톤 다이어리'가 갖고 있는 힘, '시간은 이야기가 된다'는 사실을 다시 한번 증명해 주고 있는 것 같아서.

대체 살아온 삶에 관해 이야기한다는 것이 무엇일까? 사실을 순서대

° 아마 미국인들은 우리가 드라마 '응답하라' 시리즈에 열광했던 것처럼, 이 영화를 보다 더 흥미롭게 봤을 것 같다. 12년 동안 촬영됐기에, 이 영화에는 브리트니 스피어스의 노래에서부터 레이디 가가의 뮤직비디오까지 매해 히트곡들이 자연스럽게 스며들어 있을 뿐 아니라, 다마고치 같은 구형 게임기부터 최근의 맥북이나 스마트폰까지의 변화는 물론, 부시에서 오바마까지 12년간의 크고 작은 역사적 사건 사고들까지도 자연스럽게 녹아 있다.

로 늘어놓는 것인가, 아니면 솜씨 좋게 빚어낸 인상인가? 자신이 두려워하는 일들까지 한데 끌어모으는 것인가? 아니면 순간적으로 떠오른 사실들, 끝없이 늘어나는 자잘한 일들까지 더해야 하는 일인가?

죽음을 앞두고 있는 데이지는 생각했다.

모든 인생에는 거의 읽히지 않는, 분명코 큰 소리로 읽히지 않는 그런 페이지가 있기 마련이다.

모든 인생에는 분명코 큰 소리로 읽히지 않는 페이지가 있듯, 이 세상에는 분명코 기록되지 않을 대단찮은 인생을 살아온 사람들도 있다. 그리고 사실, 그런 사람들이 더 많다. 책 '스톤 다이어리'의 데이지처럼, 영화 '보이후드'의 메이슨처럼, 그저 누구나 겪을 법한 시시콜콜한 얘기들로만 가득 찬 삶이 세상에는 더 많다. 하지만 그 페이지엔 정말 아무 일도 없었을까? 그들은 정말 어떤 이야기도 남기지 않았을까?

영화 '보이후드'의 마지막에서, 이제 열여덟이 되어 대학생이 된 메이슨을 떠나보내며 엄마는 왈칵 눈물을 터뜨린다. "결국 내 인생은 이렇게 끝나는 거야. 결혼하고 애 낳고 이혼하면서. 이제 뭐가 남았는지 알아? 내 장례식뿐이야!" 메이슨이 난독증이 아닐까 걱정했던 시간, 메이슨에게 처음 자전거를 가르쳐 주었던 소소했던 시

간들을 떠올리며, 그렇게 두 아이를 키우며 흘려보낸 대단찮은 시간들을 추억하며, 하지만 이제 내 품을 떠나는 아이들을 지켜보며 어쩐지 서러워진 엄마는 이렇게 소리친다.

"난 그냥 뭔가 더 있을 줄 알았어!"

그런데 아이러니하게도 이 영화는, 그리고 이 영화와 닮아 있는 책 '스톤 다이어리'는, 바로 그 엄마와 같은 생각으로 어쩐지 불쑥불쑥 쓸쓸해지곤 하는 수많은 평범한 삶들에게 보내는 위로다. 뭔가 더 있지 않아도 된다고, 당신이 보낸 그 대단치 않아 보이는 시간들도, 이렇게 모여 한 편의 이야기가 될 수 있다고 말해 준다. 당신이 겪어낸 그 수많은 시간들이 곧 한 편의 영화이며, 한 권의 책이며, 기적이라고. 시간이 만들어 준 기적.

죽음을 앞두고 있는 데이지는 생각했다. 자신의 삶을 돌아보며, 누군가(그것이 누구든) 들어줄 사람이 필요하다고. 그리고 우리가 선택됐다. 데이지의 그 평범하고 시시콜콜한 삶의 이야기를 들어줄 사람으로. 그리고 나는 그 시간이, 그녀의 인생을 듣는 그 시간이 전혀 지루하지 않았다. 오히려 즐겁고 감동스러웠다.

> 인간은 오로지 그 최후의 순간까지 음식과 일과 날씨와 대화의 일상적인 음악에 맞춰 끊임없이 앞으로 나아갈 수 있다.

어쩌면 그래서일지도 모르겠다. 나는 오늘도 내 친구의 시시콜콜한 이야기를 듣고 있다. "이제 정말 선도 그만 보고 싶다. 선 볼 때마다 우울해지기만 하는데, 우리 엄마는 언제쯤 포기하실까?" 한 달 전에도 이미 들었던 이야기 같은데, 나는 또 깔깔거리며 이렇게 답을 하고 있다. "우울할 게 뭐 있어. 그냥 단편 소설 한 편 읽는다고 생각하면 되지." 그에게도 분명 이야기가 있을 테니까. 그 또한 시간을 겪어낸 사람이니까.

"그나저나 오늘 날씨 참 좋다. 볕 좋은 카페에서 책 한 권 읽는다고 생각하면 되겠네."

우리의 이 평범하기 짝이 없는 일상의 대화 또한, 언젠가는 이야기를 완성하는 한 페이지가 될지도 모른다. 우리 또한 지금 켜켜이 시간을 쌓아 가고 있는 거니까. '난 그냥 뭔가 더 있을 줄 알았어!' 불쑥 쓸쓸해진 어느 날 꺼내 볼 수 있는 이야기들을 만들어 가고 있는 중이니까. 아무리 평범해 보이는 순간들만이 계속되는 것 같아도,

시간은 이야기가 된다.
나라는 이야기, 우리라는 이야기.

그래서 오늘도 우리는 그 시시콜콜한 나의 이야기, 너의 이야기를 주고받고 있는 것이다.

#
06

내 이름은, 강세형입니다

어떤 소설가가 말했다. 우리는 누구나 책 '한 권'은 쓸 수 있다고. 두 권, 세 권은 또 다른 이야기지만, 우리는 누구나 책 '한 권'을 쓸 수 있는 이야기는 가지고 있다고. 그건 바로 나 자신에 대한 이야기.

그런데 여기,
이 소설의 주인공은,
그 책 한 권이 모두 자신의 '이름'에 대한 이야기다.

그의 이름은 '고골리'.

그는 미국에서 태어났고, 그의 부모님은 모두 인도에서 태어났다. 그런데 그에겐, 인도식 이름도 미국식 이름도 아닌, 러시아 작가

'니콜라이 고골리'의 이름도 아닌 성, '고골리'가 이름으로 주어졌다. 당연히 흔한 이름일 리 없었다. 그는 세상에 '자신과 이름이 같은 사람The Namesake(이 소설의 원제)'은 없을 거라 생각한다. 그렇게 생각될 정도로 그는, 자신의 이름이 싫다. 국적 불명의 이름. 아이들은 기글Giggle(낄낄거리다), 가글Gargle(입안을 가시다)이라 놀려대고, 어른들은 고개를 갸웃거리며 호기심 찬 눈빛으로 바라본다. 인도에 있는 친척들에게도, 미국에 있는 친구들에게도 '고골리'란 그의 이름은 낯설기만 하다. 그 또한, 자신을 둘러싼 모든 세상이 낯설게만 느껴진다. 인도와 미국 그 사이 어딘가에서 사라져버린 그의 '본명'처럼, 그 또한 인도와 미국 그 사이 어딘가에서 하염없이 떠돌고 있는 것만 같다.

그렇다. 그의 '본명'은 인도와 미국 그 사이 어딘가에서 사라져버렸다. 고골리의 어머니 '아시마'가 처음 자신의 임신 소식을 인도에 있는 친척들에게 알렸을 때, 당연히 아이의 이름은 아시마 할머니의 몫이었다. 온 친척 아이들의 이름을 모두 지어 준 할머니는, 가족 중 첫 번째 미국 신사(혹은 숙녀)의 이름을 지을 생각에 들떠 하셨다. 우체국까지 지팡이를 짚고 가서 직접 편지를 부치셨는데, 이는 10년 만에 처음으로 하신 나들이였다. 편지에는 여자아이 이름 하나와 사내아이 이름 하나가 들어 있었고, 할머니는 이를 아무에게도 말씀하지 않으셨다. 하지만 그 편지는, 두 달 후 미국의 병원에서 아시마가 출산을 하고 퇴원을 할 때까지도 도착하지 않았다.

"미국에선, 출생 신고서 없이는 아이를 퇴원시킬 수 없습니다." 병원의 출생 신고 담당자가 말했다. "그렇지만 선생님, 우리는 애 이름을 지을 수 없어요." 아시마가 답했다. "그렇군요. 이유는요?" 담당자가 되물었다. "편지가, 오지 않았습니다." 아시마의 남편, 고골리의 아버지, '아쇼크'가 답했다.

아시마와 아쇼크는 편지가 도착할 때까지 이 아이를 부를 다른 이름, '애칭'이 필요하다는 사실을 받아들였다. 그때 아쇼크의 입에선 이런 이름이 흘러나왔다. "고골리…."

미국의 병원에서 자신의 아이와 처음 마주하던 그 신비로운 순간, 아쇼크는 '그 사고'를 떠올릴 수밖에 없었다. 자신을 미국으로까지 오게 했던 그 사고. 장남인 아쇼크에게, 가족을 두고 인도를 떠난다는 것은 상상할 수도 없는 일이었다. 그런데…

밤 기차에 오른 스물두 살의 아쇼크. 침대칸의 승객들은 모두 잠을 자고 있었고, 아쇼크는 작은 불빛에 의지해 책을 보고 있었다. '니콜라이 고골리의 단편 모음집' 그중에서도 자신이 가장 좋아하는 '외투'를 읽고 있었을 때, 그의 가슴 밑바닥이 덜컹. 꽝하는 폭발음 소리. 순간 의식을 잃은 아쇼크. 희미하게나마 정신을 차렸을 땐 움직일 수 없는 자신의 몸이 깜깜한 들판 어딘가에 널브러져 있었다. 기차가 철로를 탈선했고, 일부 객차는 서로 충돌하며 포개져 수

많은 사람들의 목숨을 앗아 갔고, 일부 객차는 충돌의 여파로 들판으로 날아가 전복되었단 사실은, 나중에야 알게 된 것. 살아 있는 사람 없냐는 구조 요원의 목소리가 들려왔지만, 아쇼크는 몸을 움직일 수도 소리를 지를 수도 없었다. 그의 손에서 튕겨 나간 책은 두 쪽으로 갈라져 나부끼고 있었다. "여긴 생존자가 없는데…." 아쇼크는 누군가 이렇게 말하는 것을 들었다. "그럼 계속 가." 그 순간 탐색 전등에서 나온 빛이 잠시 책장을 비추었고, 하얀 종이에 반사된 빛이 반짝하며 구조 요원의 주의를 끌었다. 그 빛을 붙잡기 위해, 몸 안에 미미하게 남아 있던 생명의 기운을 모아 간신히 팔을 조금 들어 올린 아쇼크. 그 순간 손가락 사이로 떨어지는 종이 한 장. 그때까지도 그의 손에 쥐여 있던 '외투'의 한 페이지였다. "잠깐만!"하고 소리치는 목소리가 들려왔다. "저 책 옆에 있는 사람, 방금 움직였어."

그 후 아쇼크는 1년간을 반듯이 누워 지냈고, 자신이 그토록 좋아했던 러시아 소설은 물론 그 어떤 소설도 읽을 수 없었다. 그 책들은 아쇼크가 한 번도 가 본 적 없는 나라를 배경으로 하고 있었고, 그것은 그가 움직일 수 없는 몸이라는 사실만을 되새겨 줄 뿐이었다. 대신 그는 수업에 뒤지지 않기 위해 밤새 공학책을 보고 방정식을 풀었다. 이듬해 지팡이를 짚고 걸을 수 있게 되자 복학을 했고, 졸업과 동시에 전액 장학금으로 미국 대학의 입학 허가서를 받았다.

그렇게 미국으로 와서, 아버지가 된 아쇼크. 그는 생명의 신비를 바라보며 '그 사고'를 떠올렸다. 뒤틀린 기차와 뒤집어진 거대한 바퀴. 일어나지 말아야 했던 일이지만, 사고는 일어났고, 그는 살아남았다. 그리고 아버지가 됐다. 그는 부모님과 부모님의 부모님, 또 그분들의 부모님께 감사드렸다. 신에게 감사하진 않았다. 대신 그의 목숨을 살려 준 러시아 작가 '고골리'에게 감사하였다.

고골리…. 하지만 그 이름은, 어디까지나 아이의 애칭일 뿐이었다. 그런데 고골리의 본명이 담긴 아시마 할머니의 편지는 끝내 미국으로 오지 못했다. 몇 주 후 미국에 도착한 편지에는 고골리의 본명 대신, 아시마의 할머니가 쓰러지셨다는 것과 그로 인해 오른편이 영구 마비되었다는 것, 그리고 정신도 희미해지셨다는 내용이 담겨 있었다. '아직 우리 곁에 계시지만, 솔직히 이미 잃은 것과 마찬가지다.' 아시마의 아버지는 이렇게 편지를 보내왔다. 그렇게 '고골리의 본명'은 인도와 미국 그 사이 어딘가에서 사라져버리고 만 것이다.

"나는, 사람은 열여덟 살이 되면 자신의 이름을 지을 수 있어야 한다고 생각해. 그때까지는 모두 대명사로 불려야 해."

언젠가 고골리가 했던 말. 그만큼이나 그는, 자신의 이름이 싫었다. 하지만 그가 정말 싫었던 건, 자신이 선택할 수 없었던 '이름'처럼, 태어나자마자 그에게 그저 '주어진' 자신의 운명, 자신의 삶이었을지도 모른다. 인도식도 미국식도 아닌, 러시아 작가의 이름도 아닌 성, 고골리. 그것이 그에게 주어진 삶이었다. 인도와 미국 그 사이 어딘가에서 사라져버린 그의 본명처럼, 그 사이 어딘가에서 그 어디에도 정착하지 못한 채 하염없이 떠돌고 있는 자신의 삶.

그래서 그는 도망친다. 자신에게 주어진 삶으로부터 도망치기 위해 미국식 이름인 '니킬'로 개명을 한다. 법원에 개명 신청서를 제출하고 판사의 도장을 받기까지 소요된 시간은 고작 십여 분 남짓. 법원을 나서며 그는 생각했다. 뚱뚱했던 사람이 갑자기 날씬해지거나, 감옥에서 금방 풀려나오면 이런 기분일까. 그는 지나가는 사람을 아무나 붙잡고, 이렇게 말하고 싶다. "내 이름은, 니킬입니다." 새 이름으로 운전면허증을 발급받고, 옛날 면허증은 가위로 싹둑싹둑 잘라버렸다. 또한 지금까지 자신의 이름을 써 놓은 좋아하는 책 맨 앞장도 모두 찢어버렸다. 그리하여 그는, 자신에게 주어진 삶으로부터 자유로워졌을까?

나는 잘 모르겠다. 다만, 이 책의 표지 뒷면엔 이런 서평이 실려 있었다. '이 긴 소설의 마지막 장을 덮고 나서도 주인공의 이름이 고골리인지 니킬인지, 그가 인도인인지 미국인인지 알 수 없었다.'

이 책을 처음 읽었던 것이, 벌써 몇 년 전 일이다. 마지막 페이지의 마지막 마침표까지 모두 다 읽고 난 다음에도, 나는 이 책의 주변을 한참이나 서성였던 것 같다. 아마 그때의 나 또한, 고골리와 비슷한 고민을 하고 있었기 때문이었을 것이다. 나 또한, 내가 선택한 삶을 살고 있다는 기분은 좀처럼 들지 않았던 몇 년 전의 나.

그때 나는 내가 '작가'라 불리는 게 너무 이상했다. 10년 넘게 방송작가를 하면서도 내가 진짜 '작가'라곤 생각지 못했다. 지금에 와 돌아보면, 아마도 그건 내가 어려서부터 봐 왔던 글들과 그때 내가 쓰고 있던 글들이 달라서였던 것 같다. 나는 이야기를 좋아했다. 언제나 내 손엔 이야기책과 소설책이 들려 있었다. 그래서 내 머릿속의 작가는 '이야기 작가', '소설가'였던 것 같다. 하지만 내 어린 시절의 꿈은 소설가도, 작가도 아니었다. 다만 독자로서 이야기를 좋아했을 뿐. 그런데 어느 순간부터 나는 글을 써서 밥을 먹고 살고 있었다. 어린 시절의 꿈을 하나씩 포기하거나 좌절해 회피하는 사이 나는 그렇게 살고 있었고, 그래서 그동안 내가 살아온 삶은, 내가 선택한 것이 아닌 그저 '주어진 삶'처럼 느껴졌던 거다.

그러니 참 신기한 일이다. 나는 어느새 책을 세 권이나 냈고, 심지어 세 번째 책의 마지막 글에선 이렇게 말하고 있었다. '다음에, 다시 올게요.' 그 세 번째 책을 내고 나서, 한 서점과의 서면 인터뷰에서 나는 이런 질문을 받았다. '15년 넘게 글을 쓰고 있는데도 여전히 글쓰기에 대해서 쉽지 않다고 생각하시네요. 그래도 계속 글

을 쓰는 이유가 무엇인가요?'

그 질문에 대한 답을 작성하고 나서, 나는 오랫동안 잊고 있었던 이 책의 존재를 다시 떠올리게 됐다. 그리고 다시, 펼쳐 보았다. 이 책의 맨 첫 페이지엔 이렇게 적혀 있었다.

그렇지 않았더라면
그 일은 일어나지 않았을 것이라는 사실을, 독자들은 알아야 한다.
그에게 다른 이름을 주는 것은,
절대 불가능한 일이었다는 점을 말이다.
-니콜라이 고골리, '외투'

세상에는 내가 절대 바꿀 수 없는 것들이 분명 존재한다. '니킬'이란 미국식 이름으로 개명을 한 고골리. 니킬이란 이름으로 미국 여자와 미국식 연애를 하고, 그녀의 부모님 집으로 들어가 완전한 뉴요커의 삶을 사는 동안에도, 이따금 고골리를 찾는 누군가의 전화가 걸려 왔다. 고골리가 다른 친구들과 함께 있을 때는 꼭 '니킬'이라 부르는 그의 부모님조차 간혹 '고골리'란 단어를 입 밖으로 내는 실수를 저지르셨다. 세상에는 내가 절대 바꿀 수 없는, 내가 선택할 수 없는, 그저 내게 주어진 것들 또한 분명 존재한다. 나의 이름, 나의 국적, 나의 가족, 그리고 내가 꼭 해야만 하는 많은 일들. 우리는 어떠한 부분에선 반드시 '주어진 삶'을 살아가야 한다. 그런데…

"이제야 네 욕망이 조금씩 나오기 시작했구나." 한 선배가 나의 세 번째 책에 실린 글들을 보고 했던 말. 그때 내 입에선 나도 모르게 이런 말이 튀어나왔다. "이렇게 또 열심히 살다 보면, 저도 언젠가는 좋은 작가가 될 수 있겠죠." 그 말에 내가 더 놀랐던 것 같다. '어, 내가 계속 작가로 살 건가 보네.' 그동안 나는 늘 글로부터 도망갈 궁리만 하고 있었으니까. 그런데 참 신기한 것은, 요즘은 정말 그런 생각이 가끔 든다는 거다. 이왕 이렇게 된 거, 한 20년 후쯤 정말 좋은 작가가 한번 돼 볼까.

언제부터였을까. 이건 내가 선택한 삶이 아니야. 늘 그렇게만 생각해 왔던 내 안에 또 다른 꿈이 생겨나기 시작했다. 내게 주어진 삶, 그 안에도 '내가 선택할 수 있었던 것'들 또한 분명 있지 않았을까. 늘 주어진 것들에 불평하기 바빠서, 도망치고 싸우려고만 들다가, 내가 선택할 수 있었던 것들 또한 외면하고 있었던 건 아닐까. 주어졌다 불평하면서도 나는 사실, 그 주어진 삶 안에 그저 안주하고 있었던 건 아닐까. 그제야 나는, 안주가 아닌 조금 다른 카드를 집어 들게 됐던 것 같다. 그렇게 나는 조금 다른 글을 쓰기 시작했고, 그 글의 마지막에선 또 이렇게 말하고 있었다. '다음에, 다시 올게요.'

300여 페이지가 넘는 긴 시간 동안 고골리는, 자신에게 주어진 이름 고골리와 싸운다. 하지만 그는 마지막 페이지에 이르러, '니콜라이 고골리의 단편 모음집'을 드디어 펼쳐 보게 된다. 그 책은 그의 열네 번째 생일에 그의 아버지가 선물한 것이었고, 그 책의 맨 첫 페이지엔 이렇게 적혀 있었다. '너에게 이름을 준 사람이다. 너에게 너의 이름을 지어 준 사람으로부터.' 이제야 겨우, 자신의 이름과 정면으로 마주한 고골리. 아래층에선 그의 어머니와 가족들, 친척들의 말소리와 웃음소리가 들려오고, 그는 책을 열었다. 작가의 연대표가 눈에 들어왔다. 1852년 사망. 그의 마흔두 번째 생일 한 달 전이었다. 언젠가는 고골리 또한 그 나이가 될 것이다. 그 나이를 지나 이미 세상을 떠난 그의 아버지도 떠올랐다. '우리는 모두 고골리의 외투 속에서 나왔다'는 도스토옙스키의 말과 함께 '고골리'와 '고골리의 외투'를 좋아했던 그의 아버지가 세상을 떠난 것처럼, 그 또한 언젠가는 사라지고, 이미 개명을 한 고골리란 이름 또한 저 아래층 '고골리를 아직 고골리라 부르는 사람들'과 함께 언젠가는 법적으로도 소멸된 채 결국 없어지고 말 것이다. 그럼에도 그는, 첫 번째 단편 소설을 읽어 나가기 시작한다. '외투'였다.

그렇게 다시 한번 나는, 이 책의 마지막 페이지 마지막 마침표까지도 다 읽었다. 이번에도 역시 책을 덮고도 한참이나 이 책의 주변을 서성였다. 이번에는 조금 다른 궁금증 때문이었다. 그 후, 고골리는 어떻게 됐을까? 처음으로 자신에게 주어진 이름, 주어진 삶과 정면으로 마주한 고골리는 그 후, 그 주어진 삶 안에서 또 어떤 선택을 하고 어떤 삶을 살게 됐을까?

우리의 이름은,
단순히 '누군가에게 불리기 위한 수단'만이 아니다.

우리의 이름 안에는, 많은 것이 담겨 있다. 아버지의 성, 가족의 역사, 나의 국적, 내가 선택할 수 없었던, 그저 내게 '주어진 삶'이 담겨 있다. 하지만 또 그 안에는 내가 선택할 수 있었고, 결국 내가 선택했던 삶 또한 담겨 있다. 누군가 나의 이름을 떠올릴 때, 그는 나와 관련된 많은 것들을 함께 떠올릴 것이다. 누군가는 내가 쓴 글이나 책을 떠올릴 것이고, 나와 가까운 누군가는 나와 함께한 추억들을 떠올릴 것이다. 그렇게 나의 이름은 누군가에겐 나의 직업일 것이고, 누군가에겐 친구일 것이고, 누군가에겐 원망일 수도 있고, 누군가에겐 사랑일 수도 있다. 나의 수많은 선택들이 지금의 나를 만들었듯, 나의 수많은 선택들이 또 '지금의 내 이름'을 만든 것일 테니까.

그래서 나는, 궁금해진 거다. 고골리, 그는 그 후 어떻게 됐을까? 자신에게도 선택할 수 있는 것들이 있었다는 것. 그리고 어쩌면 이미, 이 한 권의 책 안에서도 그는 여러 번의 선택과 시행착오를 반복했다는 것. 그래서 이 책의 이야기 또한 자신의 선택이 만들어낸 이야기라는 것. '주어진 이름'과 싸우고 있다 생각했지만, 실은 부정하고 외면하고 있었을 뿐, 이제야 겨우 자신의 '주어진 삶'과 정면으로 마주한, 그래서 내게 '주어진 삶'뿐 아니라, 내가 '선택할 수 있는 삶'의 존재 또한 알게 된 그는, 또 앞으로 어떻게 살아가게 될지. 나 또한 궁금해서 말이다.

내 이름은, 강세형입니다.

20년 후에도 나는 내 이름을, 이렇게 소개할 것이다. 하지만 그때의 내 이름은, 지금의 내 이름과는 또 조금 달라져 있을지도 모른다. 그래서 궁금해진 거다. 20년 후쯤, 나는 또 어떤 삶을 살고 있을지. 그동안 내 이름은 또 어떤 새로운 이야기들과 어떤 추억들을 만들어 가며, 어떤 사람들에게 어떤 의미로 기억될지. 나 또한 궁금해서. 이제야 겨우 나의 삶과 정면으로 마주한 나의 '선택'이 만들어 갈 나의 20년 후가, 나 또한.

2

#
01

함께 밥을 먹는다는 것

결혼 5년 차 부부인 마고와 루. 아내인 '마고'는 주로 2층에서 시간을 보내고, 남편 '루'는 늘 1층 부엌에 있다. 루는 지금 다양한 닭 요리에 대한 레시피를 책으로 쓰고 있다. 그래서 늘 1층에서 닭 요리를 한다. 그런 루의 등 뒤로 다가가 그를 껴안는 마고. "보고 싶었어. 2층은 너무 외롭거든." 그러곤 두 사람은 둘만의 놀이를 시작한다. "자길 너무 사랑해서 당신 머리를 감자 으깨는 기계에 넣어 으깨고 싶어.", "난 당신이 너무 좋아서 자기 내장을 고기 가는 기계에 넣어 갈고 싶은데." 가장 자극적이고 잔인한 방법으로 서로에게 사랑을 고백하는 놀이. 결혼 5년 차에 늘 한집에서 24시간을 함께 하는 두 사람이지만, 아직도 그들은 서로에게 '사랑해', '내가 더 사랑해'를 끊임없이 반복한다. 루의 가족들, 친구들 또한 마고를 사랑한다. 그들과의 식사 시간은 언제나 활기로 넘치며 그들은 모두 마고를 사랑하고 있다. 영화 '우리도 사랑일까Take This Waltz' 속 마고와 루는, 얼핏 보면 누구나 부러워할 만한 완벽한 부부의 모습인 것만 같다.

그런데 왜 종종 마고의 얼굴엔 결코 채워지지 않을 것만 같은 깊은 쓸쓸함이 떠오르곤 했던 걸까? 왜 결국 마고는, 루를 떠난 걸까? 어쩌면 누군가는 마고의 선택을 결코 이해할 수 없을지도 모른다. 영화 속에서조차 맹렬히 마고를 비난하는 사람들이 등장한다. "네가 모든 걸 망친 거야. 인생엔 당연히 빈틈이 있기 마련이야. 그걸 미친놈처럼 일일이 메울 순 없다고." 하지만 극장을 나서는 내 마음은, 한없이 쓸쓸하고 또 쓸쓸했다. 마고의 그 쓸쓸한 마음이, 너무 전해져서. 그녀에게 그것은, 단순한 빈틈이 아니었음을 너무 알 것 같아서. 오랜 시간이 지난 다음에도 나는, 영화 속 이 장면이 불쑥 불쑥 떠올라 불현듯 또 쓸쓸해지곤 했으니까.

그날은 두 사람의 결혼기념일이었다. 매일 먹던 루의 닭 요리가 아닌, 좋은 레스토랑에서 맛있는 음식을 먹고 있던 두 사람. 그런데 너무, 고요하다. 식탁엔 두 사람의 씹는 소리만이 가득하다. "저기…." 어렵게 먼저 말문을 연 건 마고였다. "요즘 어때?" 마고의 질문에 루는 의아하다는 표정을 짓는다. "좋지. 근데 뭐가 어떠냐는 거야?" 마고는 무슨 얘기라도 해 보라며 루를 채근한다. 할 말이 없으면 '내가 요새 어떤지'라도 물어봐 달라고. 하지만 루는, 그런 마고가 너무 이상하다. 우린 같은 집에서 살고 있고, 서로에 대해 이미 모든 걸 다 알고 있는데, 뭘 물어보라는 건지.

"그럼 외식을 왜 해?" 마고가 물었다.

"맛있는 거 먹으려고To eat, to food." 당연하다는 듯 루가 답했다. "근사한 데서 같이 맛있는 거 먹자고 여기 온 거잖아. 서로 근황 물어보자고 온 게 아니고."

그리고 또다시 이어지는 사랑해. "자기야, 왜 그래. 오늘은 우리 결혼기념일이고, 내가 당신 사랑하는 거 알지?" 루의 말에 마고도 답한다. "응. 나도 사랑해." 그리고 다시 식탁엔 씹는 소리만이 남는다. 그때 마고의 얼굴에 떠오른, 결코 채워지지 않을 것만 같은 절망과도 닮은 그 쓸쓸한 표정이 오랜 시간이 지난 다음에도 나는 불쑥불쑥 생각나곤 했다. 어쩌면 나 또한 그런 표정을 지어 본 적이 있기 때문일지도 모르겠다.

씹는 소리만 가득한 식탁이 너무 쓸쓸해서, 그런데 그 쓸쓸한 마음으로 나 또한 무언가를 씹고 삼키고 있다는 것이 너무 이상해서 나는 이런 생각까지도 해 본 적이 있다. '배가, 안 고프면 좋을 텐데. 어제도 먹은 밥인데, 왜 매일매일 이렇게 배는 고픈 걸까.' 어쩌면 영화 속 마고 또한 그런 생각이 들었을지도 모르겠다. 루의 가족들 친구들이 놀러 와 활기차고 시끄러웠던 저녁 식사가 끝나고 모두가 돌아간 다음 날, 그다음 날에도 식사 시간은 찾아왔다. 마고와 루, 이제 두 사람만 남은 식사 시간. 그들은 소파에 앉아 각자의 접시를 손에 든 채 TV를 보며 밥을 먹는다. 쓸쓸한 표정의 마고 또한 열심히 씹고 삼킨다. 배고픔은 그런 거니까. 어제도 먹었지만, 오늘도 찾아오는 배고픔. 생각해 보면 정말 희한한 일이다. 내가 기쁘든 슬프든, 아프든 심란하든, 바쁘든 귀찮든, 내 지금의 감정이나 상황은 전혀 상관없이 매일매일 배는 또 고프다는 것 말이다. 심지어 소설 '고령화 가족'의 주인공은 지금 이런 상황이다.

> 팔 수 있는 물건들은 모두 팔아 치웠다. 맨 처음 판 것은 십 년 된 중고 자동차였다. 얼마 지나지 않아 텔레비전을 팔았고 냉장고와 세탁기, 노트북을 팔았다. 곧이어 책과 비디오 컬렉션까지 몽땅 팔아 치워 방 안엔 낡은 매트리스 하나만 덩그러니 남게 되었다. 몸이라도 팔 수 있었다면 기꺼이 팔았겠지만 머리가 벗어져 가는 마흔여덟의 중년 남자를 사 줄 사람은 아무도 없었다. 집주인으로부터 당장 집을 비워 달라는 최후통첩을 받았을 때 나에게 남은 유일한 선택은 낭떠러지 끝에서 몸을 날리는 것뿐이었다.

십여 년 전 영화 한 편을 찍었으나 말아먹었고, 그 후로도 10년 동안 영화판을 전전했지만, 결국 그에게 남은 건 이혼과 파산. 그런데, 이렇게 낭떠러지 앞에 서 있는 그에게조차 '배고픔'이 찾아온다. 정말이지 인정사정없는 녀석이 아닐 수 없다.

"닭죽 쑤어 놨는데 먹으러 올래?"

엄마에게 걸려 온 전화. 그는 몇 년째 한 번도 엄마의 초대에 응한 적이 없다. 바빠서 못 가요, 나중에 갈게요. 그런데 그날 아침 그는 갑자기 밀려드는 허기를 참을 수가 없다. 입안 가득 진한 닭죽의 풍미가 느껴지며, 냄비에 가득 담긴 닭죽을 마구 퍼먹고 싶다는 욕구가 맹렬히 솟구쳐, 자신도 모르게 그만 "네"라고 대답해버린다.

그리고 그는, 2년 만에 찾아간 엄마네 집에 결국 눌러앉게 된다. 답이 없었다. 오늘 닭죽을 먹었지만, 내일 또 배는 고플 테니까. 그런데 그 집에는 이미 또 다른 자식 하나가 얹혀살고 있었다. 교도소를 제집 드나들 듯 파란만장한 청춘을 보냈던 쉰두 살의 그의 형이, 마지막 사업까지 말아먹고 빈털터리가 되어 엄마집으로 들어와 함께 살고 있었던 거다. 그런데 얼마 지나지 않아 설상가상으로 이번엔 여동생까지 딸아이 하나를 데리고 엄마집으로 들어온다. 바람피우다 걸려 남편에게 매를 맞다 엄마집으로 도망 온 여동생.

"사람은 어려울수록 잘 먹어야 한다."

그런데 엄마의 대사는 이것뿐이다. 왜 왔니, 어쩌다 니들 인생이 이렇게 됐니, 앞으론 또 어떻게 살 거니, 그런 질문은 일절 없다. 삼남매가 모두 인생에 실패하고 후줄근한 중년이 되어 다시 엄마 등쳐 먹겠다고 이십여 년 만에 이 스물네 평짜리 좁은 연립 주택으로 모여들었는데, 도리어 엄마에겐 '알 수 없는 활기'가 넘친다. 매끼 고기반찬을 해대며 밥상을 차린다. 더 이해할 수 없는 건 삼 남매의 모습이다. 그렇게 몇 끼 고기를 먹다 보면 물릴 법도 한데, 그들은 생전 고기 구경 못 해 본 빈민들처럼 매번 맛있게, 그리고 남김없이 먹어 치운다. 식탁은 언제나 시끄럽다. 게걸스럽게 고기를 뜯고 씹고 삼키는 소리, '네가 더 많이 먹었네', '다 익기도 전에 먹어 치우고 있는 건 너네', 삼 남매의 투닥거리는 소리. 얼마 지나지 않아 다들 얼굴에 기름기가 번들거리고 똥배가 나와 허리띠를 늘여야 했지만, 삼 남매 중 누구도 '고기 먹기' 경쟁을 멈추려 하지 않는다. 삼 남매가 아침으로 삼겹살을 굽는 동안, 엄마는 점심에 먹을 돼지 불고기를 재우는 동시에 한쪽 들통에선 사골을 곤다.

그런데 가장 이상한 건 그들의 먹고, 먹고, 또 먹는 장면을 읽고 있는 나 자신이었다. 게걸스럽다 못해 우스꽝스럽기까지 한 그들의 식사가 계속될수록 자꾸만 영화 '우리도 사랑일까' 속 마고의 쓸쓸한 표정이 떠올랐다. 자꾸만 이런 생각이 맴돌아서였다. 아, 이래서였던 걸까. 어제도 먹은 밥인데, 인정사정없이 오늘도 또 배가 고팠던 이유는 이거 때문이었을까.

아침에 일어나면 당연히 밥상이 차려져 있던 어린 시절을 지나, 우리는 어른이 된다. 나의 선택이 먼저였을 수도 있고, 떠밀림이 먼저였을 수도 있지만, 우리는 모두 언젠가는 엄마의 밥상을 떠나게 된다. 그리고 찾게 된다. 누군가 나와 함께 밥을 먹어 줄 사람. 그 상대는 친구가 될 수도 있고, 연인이 될 수도 있고, 사회생활을 하다 보면 전혀 낯선 사람이 될 수도 있다. 그 식탁은 활기찰 때도 있고 편안할 때도 있고 즐거울 때도 있지만, 어떨 때는 견딜 수 없이 불편하기도 하다. 그 불편함이 싫어 누군가는 혼밥과 혼술을 즐기게 되고, 그러다 찾아온 외로움이 싫어 누군가는 보험처럼 언제든 나와 함께 밥을 먹어 줄 사람을 찾아 사랑을 하고 새로운 가족을 만들기도 한다. 마고 또한 그랬을 것이다.

변함없이 닭 요리를 하고 있는 루의 뒤로 다가가, 그를 껴안는 마고. "자기 콧물을 죽을 때까지 짜내서 풀로 팔아야겠어." 마고는 루의 등에 대고 어제도 했던 사랑 고백을 또 한다. 하지만 루에겐 마고를 돌아볼 여유가 없다. "닭 요리 후에는 부엌 청소를 잘해야 돼. 생닭에는 세균이 많아서…." 꾹꾹 참아 왔던 마고의 쓸쓸함은, 어이없이 여기서 터지고 만다. "내가 이렇게 하려면 얼마나 용기가 필요한지 알아?" 루는 당황스럽다. "아니, 무슨 용기가 필요해?", "당신을 유혹하는 용기." 루는 이해가 안 된다. "아니, 아내가 남편을 유혹하는데 무슨 용기가 필요하다는 거야?" 마고는 결국 눈물을 터뜨린다. 루는 이제 좀 억울하기까지 하다. "아니, 나는 그냥 닭 요리를 하고 있었을 뿐인데…." 그때 마고가 던졌던 말, "그래, 당신은 항상 닭 요리만 하고 있잖아." 그 말을 루는 이해했을까? 그는 늘 '요리만' 했다는 걸, 그 요리 후 '함께 밥을 먹는 의미'는 잊고 있었음을.

> 돌이켜 보면 엄마가 전화를 걸어 닭죽을 먹으러 오라고 했을 때 그것은 죽음의 사막 한가운데 있는 나에게 걸려 온 한 통의 구조 신호였다.

소설 '고령화 가족'의 주인공은, 그리하여 추운 겨울을 견디고 살아남는다. 그 추운 겨울 동안 그는 하루에 열두 시간씩 잠을 잔다. 자다 깨면 엄마가 차려 놓은 밥상에서 형제들과 잠시 투닥거리고 또 누에처럼 방으로 기어들어 가 잠을 잔다. 게걸스럽다 못해 우스꽝스럽기까지 했던 그 가족의 '함께 밥을 먹는 시간'은 치유와 회복의 시간이었던 거다. 어쩌면 '함께 밥을 먹는다'는 것은, 정말 그런 의미일지도 모른다. 고단한 어른의 삶. "밥 먹었어?" 그 신호를 붙잡고 우리는 친구를 만나고, 가족을 만나고, 연인을 만난다. 함께 마주 앉은 식탁에 언제나 대단한 화제가 올라올 필요도 없다. '오늘 뭐했어? 요즘 어떻게 지내?' 아주 사소한 일상의 이야기는 '진짜? 세상 별일 다 있네. 깔깔깔깔' 어느새 웃음이 될 수도 있고, '그랬구나, 나도 요즘 좀 힘들었는데…' 어느새 위안이 될 수도 있고, '이 집 진짜 맛있다. 아, 배불러. 나 오늘 진짜 많이 먹었다' 오랜만에 따뜻한 음식을 너와 함께 먹었다는 것만으로 바닥났던 힘이 채워질지도 모른다. 다시 고단한 어른의 삶으로 돌아갈 힘이.

하지만 마고와 루의 식탁에는 '시간'이 없었다. '함께' 밥을 먹는 시간이. 소파에 앉아 각자의 접시를 손에 든 채 TV를 보며 밥을 먹는 두 사람. 결혼기념일 레스토랑에서의 식사는 그 TV마저 없었다. "근사한 데서 같이 맛있는 거 먹자고 여기 온 거잖아. 서로 근황 물어보자고 온 게 아니고." 루가 말했다. 우린 한집에 살고 있고, 서로에 대해 이미 모든 걸 다 알고 있는데 대체 무슨 말을 하라는 거냐고. 어쩌면 루의 말이 맞을지도 모른다. 그래서 그들은 끊임없이 서로에게 사랑을 고백한다. 사랑해, 내가 더 사랑해, 자기가 너무 사랑스러워서 자기 얼굴에 돼지 독감 바이러스를 주사해 주고 싶어. 마치 그들 사이엔 이제 '사랑해'란 말밖에 남아 있지 않은 것처럼. 그 외에는 어떤 다른 말도 떠오르지 않아 그들은 '함께'가 아닌 '각자' 밥을 먹는다. 그리고 결국은 정말 '각자'가 되어버린다. 마고는 루의 곁을 떠나게 되니까.

"무슨 영화가 이렇게 잔인해?" 이 영화에 대해 누군가 말했다. 그렇다. 이 영화는 참 잔인했다. 영화는 그렇게 끝이 나지 않았으니까. '함께 밥을 먹어 줄' 다른 남자에게로 떠난 마고. 마고의 새로운 사랑은 이 영화의 원제이기도 한 'Take This Waltz', 레너드 코헨Leonard Cohen의 노래 한 곡이 채 끝나기도 전에 똑같은 결말로 막을 내린다. 뜨겁게 사랑을 나누고, 함께 밥을 먹으며 깔깔거리던 그들이, 어느새 다시 멍하니 소파에 앉아 각자의 접시를 손에 든 채 TV를 보며 밥을 먹는 장면으로 변하기까지, 고작 노래 한 곡이 돌았을 뿐이다. 한 번의 실패를 겪었다 해도 해피엔딩은 그리 쉽게 찾아오지 않는 우리의 현실처럼. 두 번의 실패, 세 번의 실패가 기다리고 있는 우리의 진짜 삶처럼. 어쩌면 이제 마고도 정말, 이런 생각을 하게 됐을지도 모른다. '나는 또 이렇게 쓸쓸해지고 말았는데, 왜 또 씹고 삼키고 있는 거지? 어제도 먹은 밥, 우리는 왜 또 매일 배가 고픈 거지?' 그리고 그에 대한 답을 소설 '고령화 가족'이 알려 준다.

"닭죽 쑤어 놨는데 먹으러 올래?"

어제도 고팠던 배, 오늘도 고프지 않았다면 그는, 그 구조 신호를 놓쳤을 것이다. 죽음의 사막 한가운데 서 있던 그에게 걸려 온 한 통의 구조 신호. 그 신호마저 놓치면 안 된다는 것을 우리의 몸은 알고 있는 거다. 우리의 머리, 우리의 감정보다도 더 잘. 고단한 우리의 삶은, 한 번의 아픔, 한 번의 실패로 끝나지 않으니까. 그래서 또 찾아오는 배고픔. 몇 번의 상처가 되풀이된다 해도, 그래서 포기하고 싶은 순간이 찾아온다 해도, 결국 또 우리를 버티게 해 주는 것은, 살아남게 해 주는 것은, 나와 '함께' 밥을 먹어 주는 사람들, 그리고 그들과 '함께' 밥을 먹는 시간. 그것을 잊지 말라고, 포기하지 말라고, 그래서 언젠가 또,

Take This Waltz. 내 왈츠를 받아 줄래?

뭐해? 밥 먹었어? 오랜만에 같이 밥이나 먹을까?

누군가 나에게 보내올 이 구조 신호를 놓치지 말라고. 우리에게도, 영화 속 마고에게도, '배고픔'은 또 찾아올 것이다. 인정사정없어 보이던 그 '배고픔'이란 녀석이 실은, 우리의 삶을 버티게 해 주고 있었던 거니까.

\#
02

그렇지 않아

동화 같은 이야기라고 비웃을지도 모르겠습니다.
그런 이상한 일ふしぎなこと이 있을 리 없다고요.

아름다운 음악, 아름다운 영상. 시작부터 우리의 눈과 귀를 사로잡으며 이 영화는, 자신을 '이상한 이야기'라고 소개하고 있었다.

하지만 이것은, 틀림없는 저희 엄마의 이야기입니다.
엄마가 좋아하게 된 사람은, 늑대 인간이었습니다.

'늑대 인간'에 대한 이야기이기 때문이었다. 평범한 대학생이었던 엄마는 한 남학생에게 유독 눈길이 갔다. 늘어진 티셔츠에 교과서도 없이 열심히 필기만 하는, 늘 혼자 앉아 있는 그 남학생은, 어쩐지 다른 학생들과 '다르게' 보였다. 그도 그럴 것이 그는, 늑대 인간이었으니까. 엄마는 늑대 인간과 사랑에 빠져, 두 아이를 낳았다. 그런데 이내 아빠는 안타까운 죽음을 맞는다.

'인간'인 엄마가 '늑대 아이'인 '유키'와 '아메'를 혼자 키워 나가는 일은 당연히 쉽지 않았다. 출산부터도 문제였다. 어린 엄마는 병원도 갈 수 없었고, 조산사의 도움도 받을 수 없었다. 아이들이 아파도 동물 병원에 가야 할지 소아과에 가야 할지 몰라 갈팡질팡. 이웃들도 의심의 눈길을 보낸다. "우리 아파트는 애완동물 금지라는 거 몰라요? 개 소리인지, 늑대 소리인지, 밤새 시끄러워서 한숨도 못 잤다고요." 심지어는 아동 상담소에서 찾아와 아이들을 보여 달라고 한다. 그동안 한 번도 건강 검진과 예방 접종을 받지 않았기에 아동 학대가 의심된다는 이유였다. 결국 엄마는 도시를 떠난다. 초등학교도 병원도 차 타고 30분, 중학교는 왕복 다섯 시간이나 걸리는 외딴 시골 마을에서 시작된 새로운 생활. 물론 그곳에서의 생활도 처음엔 쉽지 않았다. 도시에서 온 젊은 엄마에 대한 마을 사람들의 시선은 '금방 편의점이나 노래방을 그리워하며 떠날 사람'.

하지만 이 영화는 우울하거나 엄숙하지 않다. 아름답다. 엄마인 '하나はな, 花'가 태어나던 날, 뒷마당에 핀 하늘거리는 코스모스를 보며 아버지는 아이의 이름을 '하나(꽃)'로 지었다. 꽃처럼 계속 웃으면, 힘든 삶도 대체로 잘 견뎌낼 수 있을 거라는 의미였다. 그래

서 하나는, 참 잘 웃는다. 마을 어르신으로부터 "왜 그렇게 맨날 헤벌쭉 웃는 거지?" 핀잔을 들을 정도로 하나는 어떤 상황에서도 씩씩한 사람. 떼를 쓰다 늑대로 변하고, 엄마의 핀잔에 다시 인간으로 변해 헤벌쭉 웃어대는 늑대 아이들의 모습도 귀엽다. 시골 마을의 정경도, 높고 웅장한 뒷산의 풍경도 아름답기 그지없다. 조금씩 이 가족에게 마음을 열어 가는 시골 사람들의 마음도, 인간과 늑대 사이를 오가며 조금씩 자신의 정체성을 찾아가는 늑대 아이들의 이야기도, 참 아름답다.

이토록 '아름다운 영화'를 만난 게 얼마 만이지 모르겠다. 토를 달 수 없을 만큼 너무 아름다워서, 영화는 이미 끝이 났는데도 나는 어찌할 바를 몰랐던 것 같다. 실은, 너무 많이 울어서였던 것도 같다. 영화는 아름다웠고, 슬펐다. 이토록 아름다운 영화가 슬프다는 것이 또 슬퍼서, 나는 또 한참이나 어찌할 바를 몰랐다.

가족은 마을 사람들의 도움으로 조금씩 정을 붙이고 살아갈 수 있게 됐다. 하지만 당연히 유키와 아메가 '늑대 아이'라는 것은 여전히 비밀. '사람들 앞에서 늑대로 변하면 안 돼.' 아이들은 화가 나거나 감정을 통제할 수 없을 때, '오미야게 미츠, 타코 미츠'[○] 엄마

○ おみやげ みつ, たこ みつ (선물 세 개, 문어 세 개)

가 만들어 준 주문을 외우며 조금씩 인간 세상에 적응해 간다. 특히 누나인 유키는, 호기심이 많고 적극적인 아이라 학교생활이 즐겁다. 그런데, "너희 집 혹시 개 키워?" 전학 온 남학생 '후지이'의 말에 유키는 당황한다. "아니?", "이상하다. 개 냄새 같은 누린내가 나는데?" 그때부터 유키는 후지이를 피한다. 그런 유키에게 마음이 쓰이는 후지이. 계속 유키를 쫓아다니며 다그친다. "왜 나를 피하는 거야? 내가 전학생이라 그래? 말해 봐!" 유키는 자신의 가슴을 두드리며 연신 주문을 외워댄다. "오미야게 미츠, 타코 미츠. 오미야게 미츠, 타코 미츠…." 하지만 소용이 없었다. 도망치는 유키를 후지이가 돌려세우려 했을 때, 뿌리치는 유키의 손에는 '늑대의 발톱'이 나와 있었다. 후지이의 귀에서 떨어지는 빨간 핏방울….

교장실에 불려 간 유키는 한마디도 하지 않는다. 후지이 엄마의 다그침에도, 선생님들이 달래고, 엄마가 달려와 연신 고개 숙여 사과하는 동안에도, 유키는 아무 말도 하지 않는다. 그런 유키가 입을 연 건, 교장실을 나와 엄마와 함께 차에 오른 후. "소용이 없었어. 몇 번이나 주문을 외워도…." 그제야 왈칵 눈물을 터트리는 유키.

"이제 나, 학교 못 나가는 거야? 이제 우리, 그 집에서도 못 사는 거야? 미안해, 엄마. 미안해."

언제나 밝은 모습이었던 유키가 어깨를 들썩이며 울었다. 이 아이는, 얼마나 오랜 시간 애써 왔던 걸까. 이 아이의 마음에는 얼마나 많은 상처가 쌓여 있었던 걸까. 내가 남들과 '다르다'는 이유로. 이 영화는 '늑대'의 탈을 쓴 '다름'에 대한 이야기였으니까.

내 이름은 테루. 나는 코인 세탁소에서 일한다. 세탁물을 도둑맞지 않게 감시하는 일이다. (……) 내 머리에는 상처가 있다. 어렸을 때 맨홀에 빠져 생긴 상처다. 사람들은 나의 뇌에도 상처가 있다고들 한다.

영화 '란도리Laundry'의 주인공 '테루' 역시 남들과 다르다. 머리에 상처가 있는 테루는, 보통 사람들의 기준에선 조금 모자란 아이. 그런 테루가 매일 눈에 불을 켜고 감시하는 코인 세탁소에도 단골이 있다. 그들이 테루의 세탁소를 찾는 이유는 하나다. 매일매일 꽃 사진만 찍어서 보여 주는 아줌마에게도, 매일매일 팬티 한 장만 들고 오는 할아버지에게도, 테루는 이런 말을 하지 않는다. '아줌마, 할아버지. 이상해요.' 매일 지기만 하는 복싱 선수가 오늘도 녹다운 패를 당하고 와 세탁기 안으로 들어간다. 다른 사람들은 미친 거 아니냐고 빨리 나오라고 한다. 하지만 테루는, 깜깜한 밤이 왔고 영업시간이 훨씬 지난 것 같은데도, "나 여기 조금만 더 있어도 될까?" 세탁기 안에서 나오지 않는 그에게 아무렇지 않은 표정으로 이렇게 답할 뿐이다. "응. 그러세요." 그들이 이 세탁소를 찾는 이유다. '너 좀, 이상해.' 테루는 그런 말을 하지 않는다. 그렇다고 다 이해하는 척 동정 어린 시선을 보내는 것도 아니고, 마음 아픈 척 도움의 손길을 내미는 것도 아니다. 그저 '나와 다른 너'를 인정할 뿐이다. '뭐가 이상해? 너는 너지.' 그 말을 듣는 것이 이 세탁소 밖에서는 참 어려운 일이라, 사람들은 테루의 세탁소를 찾는다. 나를 나로 인정받는 것만으로도 우리는, 안심이 되니까.

당신도 말이 별로 없군요. 하지만 나는 알아요. 말을 잘 안 하는 사람들이 사실은, 마음속으론 잔뜩 말하고 있다는 것을요.

이건, 마음에 상처가 있는 한 여자가, 머리에 상처가 있는 테루에게 했던 말. '다르다'는 이유로 상처받아 본 사람들은 안다. '너 좀 이상해.' 이 말을 듣지 않기 위해선, 얼마나 나를 감추기 위해 애를 써야 하는지. 그래서 입을 닫고 내 안의 비밀 속에서 살아가는 사람들도 많다.

영화 '비기너스Beginners'의 주인공은, 일흔다섯 살의 할아버지다. 그는 45년을 함께 산 아내의 장례식을 마치고 돌아와 아들에게 커밍아웃을 한다. "아들아, 아빠는 사실 게이란다. 이제부터라도 게이의 삶을 살고 싶구나." 아들은 충격에 휩싸인다. "엄마도, 알고 있었나요?" 엄마도 알고 있었다. 엄마의 청혼을 받고 아빠가 자신의 성 정체성을 고백했을 때, 엄마는 이렇게 말했다. "내가 고쳐 줄게I'll fix you." 그렇게 45년의 슬픔이 시작됐다. 45년 동안 아빠는 한 번도 엄마를 배신하지 않았다. 하지만 아들의 눈에 비친 엄마는 늘 외로웠다. 외로운 엄마 아래에서 자란 아들 또한 마음의 상처가 생겼다. 그 슬픔의 시작은 여기서부터였다. '넌 이상한 거야. 내가 고쳐 줄게.' 나와 다른 너는, 틀린 거야. 그렇게 시작된 슬픔.

"엄마, 늑대는 왜 항상 나쁜 놈이야?" 씩씩한 누나 유키와 달리, 마음이 여린 남동생 아메는 동화책을 보다 상처를 받았다. "모두한테 미움받고 마지막엔 죽어. 그러면 나, 늑대 싫어." 그때 엄마는 아메를 꼭 껴안고 이렇게 말한다. "엄마는 늑대가 좋아. 모두가 늑대를 싫어해도, 엄마는 늑대 편이야." 나를 인정해 주는 '단 한 사람'이 있다는 건 정말 감사한 일이지만, 그렇다고 슬프지 않은 건 아니다.

유키와 전학생 후지이는, 그 후 '그날'의 사건에 대해선 서로 언급하지 않은 채 친구가 됐다. 몇 년이 흘러, "그때 널 다치게 했던 늑대는 사실, 나야" 유키가 자신의 비밀을 어렵게 털어놨을 때, 후지이가 말한다. "알고 있었어, 줄곧. 아무한테도 말 안 했어. 아무한테도 말 안 해. 그러니까 이제, 울지 마." 나를 인정해 주고, 나의 비밀을 지켜 주는 '단 한 사람'이 있다는 건 정말 감사한 일이다. 하지만 그 장면에서도 나는, 슬펐다.

돌이켜 보면 이 영화는, 그 시작에서 이미 모든 걸 보여 줬던 것 같다. 아직 유키도 아메도 태어나지 않았던 시절, 엄마와 아빠가 맨 처음 사랑을 시작할 때, 엄마가 말했다. 자신의 이름 '하나(꽃)'는 아

버지가 지어 준 이름이라고. 꽃처럼 계속 웃으면 힘든 일도 대체로 견뎌낼 수 있을 거란 아버지의 말을 가슴에 안고, 그녀는 아버지의 장례식에서도 계속 웃었단다. "친척들에게 엄청 혼났어. 그치만 역시 불경스러웠나…." 그때 아빠는 이렇게 말한다. "그렇지 않아." 아빠가 처음으로 엄마에게 자신의 모습, 늑대 인간의 모습을 보여줬을 때, 아빠가 물었다. "무서워?" 그때 엄마는 이렇게 답한다. "그렇지 않아. 너인걸."

그렇지 않아.

우리는 이 말이 왜 이렇게 어려운 걸까. 실은 우리도 다 알고 있다. 우리는 모두 다르다. 어린 시절부터 우리는 누구나 '나의 다름'으로 인해 상처를 받았다. 아주 사소하게는, '엄마, 나는 왜 이렇게 키가 작아?', '엄마, 나는 왜 코가 이렇게 생겼어?', '엄마, 나는 생각하는 게 좀 특이한가 봐. 애들이 자꾸 놀려.' 그보다 더 심각하게는, '엄마, 왜 나는 아빠가 없어?', '엄마, 나는 왜 피부색이 달라?' 차마 엄마에게도 말하지 못한 비밀의 상처도 있다. '엄마, 나는 모자란 아이인가 봐. 이상한 아이인가 봐. 내 안에 남들과 다른 내가 있어.' 우리는 누구나 한 번쯤 '다르다'는 이유로 놀림을 받아 봤고, 그래서 '다른 나'를 감추려 애쓰다 비밀도 가져 봤고, 그 과정에서 수많은 상처를 받으며 어른이 됐다. 그런데 이게, 왜 이렇게 어려울까.

나 좀 이상한가?

그렇지 않아. 그게 너인걸.

그래서 나는, 이토록 아름다운 영화를 온전히 '아름다움'으로만 즐길 수 없었다. 어린 나이에 남들의 눈을 피해 출산을 하고 그 아이들을 키우고, 하나는 물론 혼자가 아니었다. 그녀에겐 유키와 아메가 있었다. 자신의 상처 앞에서도 "미안해, 엄마. 미안해." 엄마의 힘듦을 먼저 알아주는 착한 아이들이. 그래서 이 영화는 아름답다. 남들과 다른 '늑대 아이', 유키와 아메에게도 엄마가 있었다. "모두가 늑대를 싫어해도, 엄마는 늑대 편이야." 몇 번이나 괜찮다고 말해 주는 엄마가 있었다. 아메가 끝내 '늑대의 삶'을 선택하고 엄마를 떠날 때도, 엄마는 그 아이를 인정해 준다. "건강히 잘 살아야 한다. 건강하게 잘 지내렴." 그래서 이 영화는, 아름답다. 모두가 나를 이상하다고, 다르다고 비웃어도 언제나 내 편에 서 주는 '단 한 사람'이 존재한다는 건, 참 감사하고 아름다운 일이니까. 그런데 나는, 그게 또 슬펐다. 왜 '단 한 사람'이어야 하는 걸까.

"이게 나예요."

우리는 누구나 이 말을 마음에 담고 있다. 우리는 모두, 다르니까. 그런데 내가 아닌 너에겐 왜 이렇게 어려운 걸까. '나 좀 이상한 건가?' 불쑥 외로워진 너에게 '그렇지 않아' 이 말이 조금만 더 쉬워도, 조금은 덜 슬플 텐데. 이토록 아름다운 영화를, 조금은 덜 슬프게 즐길 수 있었을 텐데. 하지만 이 영화는 너무 슬펐고, 슬프다는 것이 또 슬퍼 나는 그렇게 영화가 끝이 나고도 한참이나 어찌할 바를 몰랐던 것 같다.

#
03

그저, 어쩌다 보니…

왜 작가가 됐냐는 질문을 받을 때마다 나는 장황하게 이런저런 말들을 늘어놓곤 했지만, 솔직히 내 머릿속에 제일 먼저 떠오르는 말은 언제나 이거였다.

'그저, 어쩌다 보니….'

고등학교 1학년 겨울 방학 전까지 나는 '이과' 지망생이었다. 작가는커녕 문과를 지원해 국문과에 갈 수도 있다는 생각은 한 번도 해 본 적이 없었다. 어려서부터 국어는 잘 못했고, 수학만 잘했다. 책을 좋아하긴 했지만 그 시절 대부분의 아이들이 그랬듯 세계 명작 동화부터 세계 명작 소설까지 주로 외국 작가의 작품들로 읽기를 시작한 나에게 한국 문학은 시험을 위한 존재였다. 그리고 그 시험은 잘 이해가 안 됐다. 이 시에 등장한 단어는 늘 국가나 민족을 상징한다는 답을 골라야 하는 것이, 긴 소설의 한 단락만 잘라 놓고 이 문장의 의미를 정치 사회적으로만 해석해야 하는 것이 지루하고 답답했다. 상상력이나 개인의 독서법은 허용되지 않는 문학은, 내가 좋아하는 이야기가 아닌 지루한 시험일뿐이었다. 그런 내가 왜 '한국 문학'을 공부하는 국문과에 가게 됐을까. 그것부터 설명해야 하는 것이 너무 어려워서, 아니 어쩌면 나도 잘 모르겠어서, 나는 언제나 이 말을 먼저 떠올렸던 것 같다. 그저, 어쩌다 보니….

"지난주에 군청에서 사람이 다녀갔다. 컬럼비아에 있는 대학교에 새로운 학교가 생겼다더구나. 농과 대학이라던가. 너를 거기에 보내라고 하더라. 4년이 걸린다면서."

그날도 '스토너'는 아버지와 함께 하루 종일 옥수수 밭에서 일을 하고 돌아와 이제 막 저녁을 먹고 어머니와 함께 상을 치우던 중이었다. 자식이라고는 그밖에 없는 가난하고 쓸쓸한 농가. 가족을 묶어 주는 것은 힘겨운 농사일뿐이었다. 스토너는 여섯 살 때부터 염소들의 젖을 짜고 돼지들에게 먹이를 줬으며, 작은 시골 학교에 입학한 뒤에도 새벽부터 밤까지 이런저런 일들을 해내느라 열일곱 살 때 이미 구부정한 어깨를 갖게 됐다. 그에게 학교 공부는 집에서 하는 허드렛일보다 조금 덜 피곤한 허드렛일이었다. 고등학교를 마쳤을 땐 대학은커녕 당연히 더 많은 밭일을 하게 될 거라 생각했다.

그런데 아버지는 단호했다. "여기 일은 네 어머니랑 둘이서 어떻게든 할 수 있을 거다. 나는 평생 이렇다 할 만한 학교 교육을 받은 적이 없어. 군청 사람 말로는 농사를 짓는 새로운 방법들이 있다더구나. 대학에서 그런 걸 가르친대." 스토너는 제발 어머니만은 반대해 주길 바란다. 하지만 어머니 또한 단조로운 목소리로 말했다. "아버지 말씀대로 해라." 그런데 그런 스토너의 삶을 다룬 이 소설은, 다음과 같이 시작한다.

> 윌리엄 스토너는 1910년, 열아홉의 나이로 미주리 대학에 입학했다. 8년 뒤, 제1차 세계 대전이 한창일 때 그는 박사 학위를 받고 같은 대학의 강사가 되어 1956년 세상을 떠날 때까지 강단에 섰다. (……) 그가 세상을 떠나자 동료들이 그를 추모하는 뜻에서 중세 문헌(그의 논문)을 대학 도서관에 기증했다. 이 문헌은 지금도 희귀 서적관에 보관되어 있는데, 명판에는 다음과 같이 적혀 있다. "영문과 교수 윌리엄 스토너를 추모하는 뜻에서 그의 동료들이 미주리 대학 도서관에 기증."

열아홉이 될 때까지 스토너는 자신이 태어나고 자란 그 작은 농가를 떠날 수도 있단 생각은 한 번도 해 보지 못했다. 대학도 아버지의 강권으로 어쩔 수 없이 '농과 대학'에 입학했다. 그런 그가 왜 영문과 교수로 삶을 마감하게 된 걸까. 그 답은, 이 소설 1장에 모두 나와 있다. 그래서 나는 고작 30여 페이지를 읽었을 때 이미, 이 책에 매료당했다.

고등학교 1학년 겨울 방학이 끝나고 학교로 돌아갔을 때, 나는 문과로 지원을 바꾸겠다고 말하곤 장래 희망 학과 칸에 '국어국문학과'라고 적었다. 집으로 돌아와 그 사실을 통보했을 때, 우리집은 발칵 뒤집혔다. 그전까지 나를 포함한 우리 가족 모두는, 내가 당연히 이과를 지망해 의대에 갈 거라 믿어 의심치 않았다. 평소 그다지 말도 없고 욕심도 없어 딱히 원하는 것도 별로 없던 나였기에, 나 또한 내가 부모님 뜻에 반하는 결정을 내리게 될 거라곤 생각해 보지 못했다.

스토너 또한 그랬다. 그는 열아홉이 될 때까지 부모의 뜻을 거역해 본 적이 없고, 그 이후의 삶 또한 딱히 고집이나 열정이 있는 사람이 아니었다. 결혼을 하고 한 달도 안 돼 '이 결혼이 실패작'임을 깨닫지만, 그는 죽는 날까지 아내 '이디스'의 곁을 떠나지 않았으며 변덕스러운 그녀의 신경 쇠약을 견디며 한 번도 그녀의 뜻에 반하지 않는다. 그건 하나밖에 없는 자신의 딸 '그레이스'의 문제에서도 마찬가지였다. 이디스에게 휘둘리는 그레이스를 보면서 슬픔을 느끼지만, 그는 그 슬픔조차 대놓고 표현하지 못한다. 그저 받아들인다. 훗날 이디스가 아닌 다른 여인을 만나게 됐을 때도, 그녀가 자신을 훨씬 더 행복하게 해 줄 수 있다는 걸 알았지만 그냥 떠나보낸다. 그에게 삶은, 그저 견뎌내는 것이었다.

받아들이고, 견뎌내고. 다른 모든 것들 앞에서 언제나 한결같았던 스토너. 하지만 예외가 있었다. 이 소설 1장에 나오는 그의 대학 졸업식. "나는 모르겠다. 일이 이렇게 될 줄이야. 널 이곳에 보내는 것이 나로서는 널 위하는 최선의 길이라고 생각했는데. 네 어머니랑 나는 언제나 너를 위해 최선을 다했다." 지치고 갈라진 목소리로 이렇게 말하는 아버지에게 그의 결심을 밝히는 목소리는 생각보다 크고 강하게 나왔다. "제가 드리고 싶은 말씀은, 두 분과 함께 집으로 돌아가지 않겠다는 겁니다."

말수가 적은 그의 부모님에 비해 우리 가족이 나를 설득하는 시간은 훨씬 더 길었던 것 같다. 내가 끝내 문과를 선택하고 국어국문학과에 진학한 다음에도, 나는 수차례 다시 수능을 보는 게 어떠냐는 얘길 들었다. 하지만 나에겐 돌이킬 수 없는 길이었다. 그걸 어떻게 설명해야 할지 나조차도 몰랐을 뿐.

처음 농과 대학에 입학했을 때의 스토너는, 대학 공부도 농장 일을 도울 때처럼 즐거움도 괴로움도 없이 철저하게 양심적으로 했다. 그러다 모든 학생의 형식적인 필수 과목 영문학 개론 강의를 듣게 됐을 뿐이었다. 그는 이 수업을 따라가기 힘들었다. "스토너군, 이 소네트의 의미가 뭐지?" 교수님의 질문에 답을 하지 못한다. "셰익스피어가 300년의 세월을 건너뛰어 자네에게 말을 걸고 있네, 스토너군. 그의 목소리가 들리나? 뭐라고 하나? 이 소네트의 의미가 뭐지?" 그는 끝내 답을 하지 못한다. 첫 번째 시험에선 거의 낙제에 가까운 점수를 받는다. 교수가 숙제로 내준 작품들을 읽고 또 읽는다. 어찌나 많이 읽었는지 다른 강의는 제대로 준비할 수 없을 정도였다. 그런데도 그가 책에서 읽는 단어들은 그냥 단어일 뿐, 자신이 책을 읽는 의미가 무엇인지 알 수 없었다. 다만 그는 점점 일하는 시간을 줄여 가며 책을 읽는다. 점점 농과대 수업을 줄여 가며 영문학 수업을 듣는다. 도서관을 찾고, 때론 서가의 퀴퀴한 냄새를 들이마시기도 하고, 책을 한 권 꺼내 커다란 손으로 전혀 반항하지 않는 종이를 만지작거리며 찌릿함을 느낀다. 늦은 밤 숙소로 돌아오면 생전 처음으로 고독을 느낀다. 책을 읽다 고개를 들어 어두운 방구석을 바라보면 그가 읽던 책 속의 모습들이 펼쳐진다. 과거가 어둠 속에서 빠져나와 한데 모이고, 죽은 자들이 그의 앞에 되살아나는 아주 강렬한 환상을 만나기도 한다. 자신을 압축해서 집어삼킨 그 환상 속에서 그는 도망칠 길도, 도망칠 생각도 없다. 그럼에도 그는 아직 모른다. 대학 4학년 거의 중반에 이르렀을 때, 자신에게 처음으로 소네트의 의미를 물었던 교수가 그를 불러 세운다. 처음의 학과를 버리고 다른 학과를 선택하려면, 정식으로 수속을 밟아야 한다는 것을 알려 준다. "학생과에 가면 대략 5분 만에 처리될 일이지." 그때까지도 그는 알지 못한다. "모르겠나, 스토너군? 아직도 자신을 모르겠어?" 교수가 말한다.

"이건 사랑일세, 스토너군. 자네는 사랑에 빠졌어."

고등학교 1학년 겨울 방학. 나는 서점을 찾았다. 그래도 대학을 가려면 이젠 좀 국어 수업과도 친해져야 하지 않나. 수능 대비 필독서 한국 단편 문학 모음집, 그런 책들을 좀 찾아보기 위해서였다. 하지만 그날도 나는 외국 문학 쪽만 한참을 기웃거리다 집에 가야 할 시간이 다 되어서야 한국 문학 쪽으로 자리를 옮겼다. 그런데 왜 내가 그 책을 집어 들었는지는 모르겠다. 그리고 왜 목차에서도 한참이나 뒤쪽에 있는 그 작품을 먼저 읽게 됐는지도 모르겠다. 그저 그 자리에 서서 아무 데나 펼친 것이 하필 그 작품이었다. 그 자리에 선 채로 나는 그 소설을 다 읽었다. 그제야 집에 갈 시간이 지났다는 걸 깨닫고 서둘러 계산을 마치고 집으로 돌아와 그 소설을 또 읽었다. 하지만 그때도 나는 잘 몰랐던 것 같다. 그 후 겨울 방학 내내 그 책을 비롯한 그 작가의 작품들을 더 찾아보고, 또 다른 한국 소설들을 닥치는 대로 읽으면서도 나는 잘 몰랐다. 그저, 국문과에 가야겠다는 생각만 했다. 이런 작품들을 더 읽고 싶다는 생각만 했다. 평생 책만 읽으면서 살아도 좋을 것 같다는 생각만 했다. 그래서 책을 읽었다. 그 후, 정말 많은 책을 읽었다. 재밌는 책도 있었고, 시시한 책도 있었고, 나를 울린 책도 있었고, 나를 화나게 한 책도 있었고, 여러 번 읽은 책도 있었고, 읽다 만 책도 있었고, 정말 많은 책들이 나를 지나갔다. 그래서, 잊고 있었다.

20년 만에 그 작품을 다시 만났다. 2015년 소설가 황석영의 이름으로 '한국 명단편 101'이라는 작품 선집이 나왔다. 시대별로 그가 직접 고른 한국 단편 소설 모음집이었다. 목차를 보는데 수능 준비할 때 읽고 잊어버린 1920년대 소설부터 시작되는 것이 어쩐지 반가워서 나는 1권부터 읽기 시작했다. 그리고 4권 중반에 이르렀을 때, 나는 이 작품을 다시 만났다. 하필 창밖으로도 눈이 아주 많이 내리던 날이었다.

"눈길을 혼자 돌아가다 보니 그 길엔 아직도 우리 둘 말고는 아무도 지나간 사람이 없지 않았겠냐. 눈발이 그친 그 신작로 눈 위에 저하고 나하고 둘이 걸어온 발자국만 나란히 이어져 있구나."

이제 언제 다시 만날 수 있을지 모를 아들을 떠나보내고, 홀로 다시 그 눈길을 밟으며 되돌아오는 한 어머니의 이야기가 펼쳐지고 있었다.

"신작로를 지나고 산길을 들어서도 굽이굽이 돌아온 그 몹쓸 발자국들에 아직도 도란도란 저 아그 목소리나 따뜻한 온기가 남아 있는 듯만 싶었제. 산비둘기만 푸르르 날아올라도 저 아그 넋이 새가 되어 다시 되돌아오는 듯 놀라지고, 나무들이 눈을 쓰고 서 있는 것만 보아도 뒤에서 금세 저 아그 모습이 뛰어나올 것만 싶었지야. 하다 보니 나는 굽이굽이 외지기만 한 그 산길을 저 아그 발자국만 따라 밟고 왔더니라. (……) 오목오목 더더 논 그 아그 발자국마다 한도 없는 눈물을 뿌리며 돌아왔제. 내 자석아, 내 자석아, 부디 몸이나 성히 지

내거라. 부디부디 너라도 좋은 운 타서 복 받고 살거라…. 눈앞에 가리도록 눈물을 떨구면서 눈물로 저 아그 앞길만 빌고 왔제…"

책이란 것은 평생 읽어 본 적도 없을 것 같은, 어쩌면 글조차 읽지 못할 것 같은 노인이 몇십 년 전의 어느 하루를 이토록 생생하고 아름답게 읊조리고 있었다. 그것은 사랑이었다. 사랑이 아니라면 설명이 불가능한 것이었다. 아들의 발자국만을 뽀드득뽀드득 되밟으며 돌아오는 그 한 걸음 한 걸음이 너무도 생생하게 내 눈앞에도 펼쳐져 나는 또 한참을 멍하니 멈춰 있을 수밖에 없었다. 20년 전의 나처럼. 북적거리는 서점 한가운데 펼쳐진 눈길 앞에서 꼼짝도 할 수 없었던 고등학교 시절의 나처럼.

"모르겠나, 스토너군? 아직도 자신을 모르겠어?"

그래서 나는 '스토너Stoner', 이 책이 좋았나 보다. 아무런 설명이 없었다. 애초부터 설명은 불가능한 것이었다.

"이건 사랑일세, 스토너군. 자네는 사랑에 빠졌어. 아주 간단한 이유지."

이 말을 듣기 전까지 스토너는, 자신이 사랑에 빠졌다는 것조차 모르고 있었다. 그 후에도 설명은 없었다. 그저, 보여 줄 뿐이었다.

스토너의 삶을, 스토너란 사람을. 그리고 이 책의 마지막 장면.

> 그는 책을 펼쳤다. 그와 동시에 그 책은 그의 것이 아니게 되었다. 그는 손가락으로 책장을 펄럭펄럭 넘기며 짜릿함을 느꼈다. 마치 책장이 살아 있는 것 같았다. 짜릿한 느낌은 손가락을 타고 올라와 그의 살과 뼈를 훑었다. 그는 그것을 어렴풋이 의식했다. 그러면서 그것이 그를 가둬 주기를, 공포와 비슷한 그 옛날의 설렘이 그를 지금 이 자리에 고정시켜 주기를 기다렸다. (……) 손가락에서 힘이 빠지자 책이 고요히 정지한 그의 몸 위를 천천히, 그러다가 점점 빨리 움직여서 방의 침묵 속으로 떨어졌다.

스토너의 마지막 날에도, 이 소설은 그저 보여 줄 뿐이었다. 설명은 없었다. 그가 왜 사랑에 빠졌는지, 왜 평생 동안 수많은 것들을 포기하고 체념하면서도 그 사랑 하나만은 끝내 놓지 않았는지, 설명은 없었다. 그래서 나는, 이 소설이 좋았다. 누군가는 이 소설을 1차 대전부터 시작되는 이 소설의 시대 배경을 바탕으로 전쟁과 개인의 삶에 대한 거창한 담론들을 끌어와 분석하고 설명하고 찬사를 늘어놓을지도 모르겠지만, 나는 그저 이 소설의 1장 고작 30여 페이지를 읽었을 때 이 책에 매료당했다. 그래, 사랑에 빠진다는 것은 이런 거지. 그것만으로도 내겐 충분했다.

무언가에 혹은 누군가에 반한다는 것, 사랑에 빠진다는 것은 오히려 굉장히 단순하다. 그 후 수많은 이유를 끌어와 내가 왜 이 사람이 좋은지, 내가 왜 이것과 사랑에 빠졌는지를 장황하게 열심히 설명한다 한들, 그건 부차적인 것일 뿐. 그 사랑을 공고히 하는 데 도움이 될 수는 있겠지만, 어쩌면 그 또한 설명을 위한 설명에 불과할지 모른다. 나는 솔직히 지금도 잘 설명할 수가 없다. 내가 왜 국문과를 선택했고, 그 후 왜 책의 곁을 떠나지 못했으며, 지금까지도 책을 읽고 책을 쓰며 왜 책과 함께 살고 있는지. 그래서 늘 누군가 내게 왜 작가가 됐냐고 물을 때면 우물쭈물 한참을 어리둥절해하다 이렇게 대답할 뿐이었다. '그저, 어쩌다 보니….' 나조차도 실은 그 이유를 잘 몰랐으니까. '그저, 어쩌다 보니' 그 뒤에 생략된 말이 무엇인지 나조차도 이 장면을 만나기 전까지는 몰랐으니까.

"이건 사랑일세, 스토너군. 자네는 사랑에 빠졌어."

20년 전 한 서점에서 '눈길'을 처음 만났을 때도, 20년 후 내 서재에서 그 작품을 다시 만났을 때도, 나는 몰랐던 거다. 설명할 수가 없었던 거다. 그저, 아름다웠다. 내 눈앞에 펼쳐진 눈길, 그 눈길 위에 남겨진 발자국들이 너무 아름다워서 눈을 뗄 수가 없고 마음이 시렸다. 그저, 어쩌다 보니… 나는 사랑에 빠졌던 거다.

\#
04

내 편이야, 네 편이야?

어느 날, 외계 생명체가 지구에 도착Arrival(영화의 원제)한다. 그것도 전 세계 12개 지역, 원작 소설에선 112개 지역에. 지구인들의 첫 질문은 당연히 이거였다. '도대체 그들이 온 목적은 무엇인가?' 인간은 궁금한 게 참 많은 동물이다. 그중에서도 제일 먼저 궁금해하는 것은 역시, '내 편이야, 네 편이야?' 나와 다른 존재를 만나면, 그 상대가 나와 같은 인간이든 그렇지 않든 피아 구분이 우선이다. 왜 왔지? 우릴 도와주러? 아님 우리에게서 무언가를 빼앗아 가려? 무엇이든 답을 들으려면 의사소통이 돼야 한다. 그래서 각 지역에 언어학자 한 명과 물리학자 한 명씩이 짝을 이뤄 배치된다.

이 영화의 원작 소설인 테드 창Ted Chiang의 '네 인생의 이야기Story of Your Life'는, 그중 언어학자인 '루이즈'가 딸에게 보내는 편지 형식으로 시작한다.

네 아버지가 나에게 어떤 질문을 하려 하고 있어. 이것은 우리 인생에서 가장 중요한 순간이고, 나는 정신을 집중해서 모든 것을 빠짐없이 마음에 새겨 두려고 하고 있지. (……) 우리는 서로를 껴안고 춤을 추고 있어. 달빛 아래에서, 삼십 대의 남녀가 십 대들처럼 몸을 밀착시키고 앞뒤로 몸을 흔들면서 말이야. 추위는 전혀 느껴지지 않아. 이윽고 네 아빠는 이렇게 말해. "아이를 가지고 싶어?"

네가 어떻게 태어났고, 어떻게 자랐으며, 어떻게 죽게 되는지…. 그렇다. 루이즈의 딸은 죽는다. 이것은 전혀 스포일러가 될 수 없는데, 영화와 소설 모두 초반부에 딸의 죽음을 보여 주고 있기 때문이다. 엄마인 루이즈가 딸에게 '네 인생'을 들려주는 이야기. 그런데 이 이야기에 자꾸만 외계 생명체가 끼어든다. 언어학자인 루이즈가 어떻게 그들과 처음 만났고, 어떻게 그들의 언어를 배워 가게 됐으며, 그리하여 또 어떻게 그들의 세계관을 이해하게 됐는지.

아마도 이 이야기를 영화로 처음 접한 사람들은 왜 외계인 영화에 자꾸만 '루이즈가 죽은 딸을 회상하는 장면'이 끼어드는지 궁금했을 테고, 소설로 먼저 읽은 사람들은 왜 루이즈가 죽은 딸에게 자꾸만 '외계 생명체 얘기를 해대는지' 궁금했을 것이다. 나는 후자였다.

이 소설을 처음 읽었을 때, 나는 마지막 문장을 끝마치자마자 처음으로 돌아가 다시 읽었다. 내가 지금 이 소설을 제대로 이해한 게 맞나? 자신이 없었기 때문이었다. 외계 생명체의 언어와 세계관을 이해하기까지 언어학자인 루이즈와 물리학자인 게리(영화에서 이름은 '이안', 이하 '게리'로 통일)가 나누는 수많은 언어 과학과 물리 과학에 대한 이야기들이 너무 어려웠기 때문이었다. 심지어 이 소설은 굉장히 촘촘하고 정교하게 쓰여 있다. 안 그래도 외계 생명체와의 접촉이라는 일상적이지 않은, 상상력이 굉장히 많이 필요한 독서인데 극도의 집중력까지 요구됐다. 한 문장, 한 단어만 놓쳐도 내 머릿속에 구축된 상상의 세계가 엉망진창이 되어버릴 것 같았기 때문이었다.

그래서 더 놀라웠던 것 같다. 영화가 시작되고 20분 남짓의 시간이 흘렀을 때부터 나는 이미 혀를 내두르고 있었다. 이런 소설을 어떻게 영화로 만들 수 있을까, 내 마음에 남아 있던 의심은 20여 분 만에 무장해제됐다.

외계 생명체와의 만남이 이뤄지는 공간 '체경Looking Glass'. 거울인데도 손을 뻗으면 상대와 접촉할 수 있을 것 같은 신비하면서도 공감각적인 이 공간은, 제임스 터렐James Turrell의 작품들(국내에서도 '뮤지엄 산'을 방문하면 언제든 체험할 수 있는)에서 모티브를 따와 신비한 느낌은 살리되 너무 낯설거나 어렵지 않게. 가장 어려웠을 것 같은 그들의 언어. 주어 술어 목적어 차근차근 서사적으로 문장을 서술하는 인간의 언어와 달리 정교한 그래픽 디자인처럼 하나의 기호 체계 안에 자신이 말하고자 하는 전부를 담을 수 있는 그들의 언어는, 마치 한 획으로 수묵화를 그리듯 너무도 이해하기 쉽게. 심지어 처음과 끝을 동시에 보여 주는 그들의 언어를 처음과 끝이 동일한 원으로 표현한 것까지. 이 영화는 원작 소설이 가지고 있는 진입 장벽을 영화라는 매체가 가진 장점을 십분 활용하여 무너뜨림으로써, 우리가 이 이야기에 훨씬 더 쉽고 가깝게 접근할 수 있도록 만들어 주고 있었다.

이미 여기서부터도 나는 무릎을 꿇었지만 이 영화가 더욱 놀라운 건, 그렇게 진입 장벽을 확 낮췄음에도 원작 소설이 가진 설득력과 철학적 질문들에 대한 긴장 또한 잘 담아냈다는 것이다. 이 이야기에서 가장 중요한 건 외계 생명체인 그들의 세계관을 이해하게 되는 과정인데, 책에서는 언어는 물론 그들의 신체 구조°와 과학 법칙을 이해하는 차이°° 등을 통해 좀 더 자세히 설명하고 있지만, 영화에서는 언어만으로 우리를 설득하는 데 성공했다.

° '헵타포드(일곱 개의 다리)'라고 불리는 그들은, 일곱 개의 다리(혹은 팔)와 함께 몸통 꼭대기를 둘러싸고 있는 일곱 개의 눈을 가지고 있기에 한 번도 방향을 바꾸지 않는다. 그럴 필요가 없는 거다. 그들에겐 모든 방향이 전방이고, 그렇기에 모든 것을 동시에 보고 있기 때문이다.

인간은 모든 것을 시간의 순서대로 생각하고, 쓰고, 본다.

그것이 인간이 세상을 바라보고 받아들이는 방법, 우리의 세계관이다.

하지만 그들의 세계관은 달랐다. 그들의 언어가 '처음과 끝'을 동시에 기록하듯, 그들은 처음과 끝을 동시에 생각하고 동시에 본다. 과거와 현재와 미래가 일직선상에 있는(있다고 인식하는) 우리와 달리 그들에게 과거, 현재, 미래는 동심원과 같은 것. 그들은 그 모든 것을 동시에 보고 동시에 살아간다.

영화 속에서 물리학자인 게리가, 그들의 언어에 몰입해 있는 언어학자 루이즈에게 묻는다. "혹시 그들의 문자로 꿈을 꾸고 있지 않아?" 루이즈는 얼버무리며 대답한다. "항상은 아니야. 한두 번 정도?"

○○ 우리(인간)에겐 더 쉬운 수학이나 과학 원리에도 아무런 반응을 보이지 않던 그들이 '페르마의 최단 거리의 법칙'만은 완벽하게 이해하고 있는 것처럼 보인다. 빛은 최단 거리로 이동하지 않고, 최소 시간으로 이동한다는 법칙(빛이 공기 중에서 물속으로 들어갈 때 굴절하는 이유)을 말이다. 마치 내비게이션이 현재의 교통 상황을 다 알고 있어 최단 거리와 최소 시간의 경로를 모두 산출해서 우리에게 알려 주면 우리가 최소 시간의 경로를 택하듯, 빛 또한 최소 시간의 경로를 따르는데, 아이러니하게도 이를 위해선 의식이 없는(혹은 우리가 없다고 생각하는) 빛이 출발할 때부터 목적지를 분명히 알고 있어야 한다. 목적지 없이 최소 시간의 경로를 산출할 수 있는 내비게이션은 없다. 시작과 동시에 끝을 알고 있어야 한다. 어떻게 빛이 그럴 수 있을까. 그런데 외계 생명체인 그들에게 그건 너무 당연한 얘기였다. 마치 1+1처럼 너무나 쉽고 당연한 것이었다.

언어는, 세계관에 영향을 끼친다. 책에서 루이즈는 이 이야기를 조금 더 상세하게 설명하고 있는데, 그녀가 러시아어에 한창 몰두해서 공부하고 있을 때는, 생각도 러시아어로 꿈 또한 러시아어로 꿨다고 한다. 청각 장애 부모를 둔 한 친구는 어려서부터 수화를 쓰며 자랐기에, 영어 대신 수화를 써서 생각하는 일이 자주 있었단다. 내적인 목소리 대신 내적인 손 한 쌍을 써서 논리적으로 생각한다는 것이 무엇일지 루이즈는 무척 궁금하곤 했다고. 그런데 루이즈에게 그런 변화가 일어난다. 그들의 언어에 깊게 빠져들수록, 그들의 문자로 꿈을 꾸고, 그들의 방식으로 생각하고, 그들의 세계관에 점점 더 가까이 다가간다. 그리고 어느 순간, 보게 된다. 그들처럼 과거와 현재와 미래를 동시에 기억하고 인식하고 있는 자기 자신을.

자, 여기까지 이르면 우리는 알게 된다. 영화의 초반부부터 등장했던 루이즈의 회상(처럼 보이는) 장면, 죽은 딸과의 추억들은 과거가 아닌 미래의 기억이었다는 것을. 그녀는 한 남자를 사랑하게 될 것이고, 그 결실로 딸을 낳게 될 것이다. 그리고 그 딸은 죽을 것이다. 그러니까 이야기가 전개되고 있는 현재의 시점에서 루이즈의 딸은 아직 태어나지 않은 아이인 거다. 영화는 원작 소설과 마찬가지로 우리를 여기까지 데려오는 데 성공했다. 그럼 이제, 우리가 질문을 받을 차례. 당신이 루이즈라면, 어떻게 할 것인가.

실은, 이 질문은 성립될 수 없다. 왜냐면 우리는, 인간은, 자유 의

지를 갖고 있기 때문이다. 아쉽게도 영화에선 빠져 있는 이야기가 하나 있다.

> 과거와 미래에 걸친 모든 사건을 연대기순으로 기록한 '세월의 책' 앞에 서 있는 여자가 하나 있다고 치자. (……) 그곳에는 그날 그녀가 나중에 하게 될 일들이 자세히 적혀 있다. 그녀는 책에서 읽은 정보를 바탕으로 경주마인 '될 대로 되라'에 100달러를 걸고 스무 배에 달하는 배당금을 받는다는 내용이다. 정말로 그럴까 하는 생각이 뇌리에 스쳤지만, 청개구리 같은 성격의 소유자였던 탓에 그녀는 경마에 아예 돈을 걸지 않기로 결심한다.

인간은, 그럴 수 있는 존재인 거다. 그럼 세월의 책에 쓰여 있던 미래는, 틀린 것이 돼버린다. 거짓이 돼버린다. 그게 무슨 세월의 책이란 말인가. 그렇다. '세월의 책'은 논리적으로 존재할 수 없다. 자유 의지를 가진 인간이, 미래를 알 수 있다는 건 불가능하다.

그럼에도 인간은 궁금한 게 참 많은 동물이다. 누구나 한 번쯤은 이런 생각을 해 봤을 것이다. '10년 후, 20년 후의 미래를 알 수만 있다면….' 그게 아니면 그 반대라도. '20년 전, 10년 전 과거로 돌아갈 수만 있다면….' 그래서 피아 구분도 좋아하는 거다. 내 편이야, 네 편이야? 외계 생명체를 처음 만났을 때 지구인들이 가장 먼저 던졌던 질문. 혹여 내 편이라고 생각했던 자가 나에게 상처 줄까 봐. 혹여 네 편이라 생각했던 자가 도리어 내게 필요했던 사람일까 봐. 미래를 알 수만 있다면, 상처받을 일도 없을 텐데. 과거로 돌아갈 수만 있다면, 상처받는 선택 따윈 하지 않았을 수도 있을 텐데.

그런데 우린 과연, 그럴 수 있을까? 이쯤에서 떠오르는 또 다른 영화 한 편이 있다. 뜨겁게 사랑하고 아프게 헤어진 남녀. 아군인 줄 알았던 너는 적군이었어. 너무 괴로워 그들은 각자 기억을 지워주는 회사를 찾아갔다. 그런데 아이러니하게도, 기억뿐 아니라 서로의 존재까지 잊어버린 그들이 또다시 만나 사랑을 시작한다. 그리고 알아버린다. 우리는 이미 한 번 헤어졌던 사이고, 내 편인 줄 알았던 너는 나에게 지울 수 없는 상처를 줬던 사람. 영화 '이터널 선샤인Eternal Sunshine of The Spotless Mind' 속 두 남녀는 이제 어떤 선택을 하게 될까? 지금 현재, 시작되는 사랑의 감정에 듬뿍 빠져 있는 그들에게, 어쩌면 답은 명확했는지도 모른다. 그들은 또다시 서로를 선택한다.

다시 루이즈의 선택으로 돌아와 보자. 루이즈는 이제, 모든 걸 알고 있다. "아이를 가지고 싶어?" 지금 내게 이 질문을 던지고 있는 내가 사랑하는 이 남자도, 그 결실로 태어날 아이, 내게 그 무엇보다 큰 기쁨을 안겨 줄 나의 딸도, 나를 떠날 것이다. 그 무엇보다 큰 아픔으로 변할 것이다. 이제 루이즈는, 우리는, 어떤 선택을 하게 될까?

인간은, 궁금한 게 참 많은 동물이다. 나 역시 아직도 궁금하다. 자유 의지를 가지고 있는 나에게 그런 일은 불가능하다는 걸 알면서도, 상상은 계속된다. 지금 이 모든 기억을 가지고 10년 전, 혹은 20년 전으로 돌아간다면, 나는 다른 인생을 살게 될까? 10년 후, 20년 후의 미래를 모두 알게 된다면, 훗날 아픔으로 변하게 될 지금의 이 행복을 놓아버릴 수 있을까? 잘, 모르겠다. 분명한 건 지금 나의 삶은, 매 순간 나의 자유 의지가 선택한 결과 값. 나는 매번 가장 즐겁지 않은 선택을 해 왔던 걸까? 자신의 선택으로 사랑했던 여인의 기억이 사라져 갈 때, 영화 '이터널 선샤인'의 남자 주인공은 이런 말을 한다.

"제발, 이 기억만은 남겨 주세요."

아 맞다, 깜빡 잊고 있었다. 인간은, 욕심 또한 많은 동물이었지. 아픔이 없는 기쁨, 기쁨이 없는 아픔은 없다는 걸 알면서도. 행복과 불행이, 처음과 끝이 동시에 존재하는 동심원처럼 만나 있다는 걸 알면서도. 그 사람이 나를 아프게 했다는 건, 그만큼 내가 그를 사랑했기 때문이라는 걸 알면서도, 인간은….

자, 이제 소설의 마지막 장면이다. 동심원을 그리듯 첫 장면의 결과 값을 마지막 장면으로 내놓고 있다. 나라면 과연, 다른 선택을 할 수 있었을까?

나는 처음부터 나의 목적지가 어디인지를 알고 있었고, 그것에 상응하는 경로를 골랐어. 하지만 지금 내가 얻으려 하고 있는 것은 환희의 극치일까, 아니면 고통의 극치일까? 내가 달성하는 것은 최소일까, 아니면 최대일까? 이런 의문들이 머릿속에 떠올랐을 때, 네 아버지가 내게 이렇게 물었어. "아이를 가지고 싶어?" 그러면 나는 미소짓고 "응"이라고 대답하지. 나는 허리에 두른 그의 팔을 떼어내고, 우리는 손을 잡고 집 안으로 들어가. 사랑을 나누고, 너를 가지기 위해.

[+]

"엄마, 양 진영 모두 이길 수 있을 때 쓰는 말이 뭐야?"
"흠, 윈-윈 win-win 상황을 얘기하는 거니?"
"그런 걸 표현하는 수학 용어 비슷한 전문 용어가 있잖아. 예전에 아빠가 그 말을 썼어."

루이즈의 기억 속에서 딸과 루이즈는 이런 대화를 나눈다. 그리고 현실의 루이즈에겐 이런 상황이 펼쳐진다.

"제가 여기서 강조하고 싶은 것은 우리와 헵타포드와의 관계가 적대적일 필요는 없다는 사실입니다. 그들의 이익이 곧 우리의 손실을 의미하고, 또 그 역이 성립하는 상황이 아니라는 뜻입니다. 우리가 적절하게 대처한다면, 우리들과 헵타포드 모두가 승자가 될 수 있습니다."

루이즈의 말에 훗날 아빠가 될 게리가 이렇게 답한다.

"그럼 이건 논제로섬 non-zero-sum 게임이란 말이야?"

영화가 끝나고, 누군가 내게 물었다. "그래서 뭐가 더 좋아? 소설이랑 영화랑?" 그때 나는 이렇게 답했어야 하는 게 아닐까. "꼭 뭐가 더 좋지 않아도 되지 않을까. 이 영화와 소설은 마치 논제로섬 게임 같거든." 영화와 소설은 서로의 다름을 기반으로 서로의 여백을 채워 나간다. 이제 내 머릿속에선 마치 이 영화와 소설이 같은 사람이 쓴 한 편의 이야기처럼 얽혀 있다. 어디까지가 영화이고, 어디까지가 소설인지 구분하기 힘들어진다. 마치 내 기억의 어디까지가 아픔이고, 어디까지가 기쁨인지 알 수 없는 것처럼, 영화와 소설은 동심원을 그리며 하나로 만난다. 내 편이야, 네 편이야? 정확히 둘로 갈라지지 않는 논제로섬 게임처럼.

#
05

우리가 토토로를 만날 수 있었던 이유

내 책상 한쪽 구석에는 토토로들이 주르르 서 있다.

토토로 인형, 토토로 조각상, 토토로 액자, 토토로 달력, 토토로 엽서….

"언니, 오타쿠예요?" 한 후배가 우리집에 놀러 와서는 이렇게 물은 적도 있다. "아니, 그런 건 아니고. 일부러 사 모은 건 아닌데, 그냥 여행 다니다가 눈에 띄면 하나씩 사다 보니까…." 조금 민망해하며 얼버무리는 내게 후배가 다시 말했다. "언니, 그게 오타쿠예요." 그런가. 하긴 많이 보긴 했지. 한 백 번쯤 봤으려나.

그렇다. 나는 만화 영화 '이웃집 토토로となりのトトロ'를 그 정도는 본 거 같다. 혼자 다 본 건 아니고, 친구랑도 보고, 친구의 친구들이

랑도 보고, 조카들이랑도 보고, 친구 아이들이랑도 보고, 외국에서 다양한 국적의 모르는 사람들이랑도 보고, 뭐 그랬다. 그리고 늘 놀랐던 것 같다. 이렇게 취향도 성별도 나이도 다른, 심지어 국적과 사용하는 언어도 다른 사람들이랑 봐도 좋은 영화라니. 하긴 3세 아이들이랑 봐도 즐거운 영화니까. 스튜디오 지브리의 25주년 기념 콘서트였던 것 같은데, 어린 꼬마부터 할머니까지 수백 명의 합창단이 오케스트라 반주에 맞춰 토토로의 주제가를 부르는 장면은 어쩐지 뭉클하기까지 했다. 이렇게 많은 사람들에게 영향을 준, 이 정도의 세계를 만든 사람은 대체 어떤 기분일까. 토토로는 다만 일본과 우리나라를 포함한 아시아권에서만 사랑받은 것도 아니니까. 픽사의 대표작 '토이 스토리Toy Story'의 제작진들까지도 미야자키 하야오宮崎駿 감독에게 경의를 표하는 의미로 '토이 스토리 3'에 토토로의 카메오 출연을 부탁했고, 디즈니 애니메이션 '빅 히어로Big Hero 6'의 애니메이터 또한 토토로가 나뭇잎 우산을 쓰고 빗속에서 고양이 버스를 기다리는 장면을 패러디해 존경과 감사의 마음을 전하기도 했으니까. 내가 토토로 기념품들을 어느새 이만큼 모으게 된 것도, 꼭 일본 여행에서만은 아니었다. 어느 나라를 가도 장난감 가게에 들르면 토토로가 있곤 했다. 그러니 반가워서 안녕, 집어 들게 되고. 그러니 이런 생각까지도 드는 거다. 한 아티스트가 이 정도의 세계를 만들어냈다면, 그걸로 된 거 아닐까. 뭘 또 더 해야 하나.

하지만 관객으로서의 나는 또 어찌나 간사한지, 그걸로 족하지 않을 때가 더 많다. 하야오 감독의 새 작품이 나올 때마다 거의 빼놓지 않고 찾아보긴 하는데, 물론 대체로 '재밌네, 좋네'라는 생각이 들지만, 그럴 때조차 내 마음속에선 어느새 '토토로'가 떠올라 아쉬워지곤 하는 거다. 집에 가서 토토로나 한 번 더 볼까.

몇 해 전 유럽 여행을 갔을 때였다. 유난히 그 여행에선 잘 알려지지 않은 현대 미술 쪽 작품들을 많이 보게 됐는데, 여행이 끝나갈 무렵 파리의 퐁피두센터 5층에 들어서자마자 나는 어쩐지 안심이 됐다. 마티스, 샤갈, 피카소 등 익숙한 작품들이 나를 기다리고 있었기 때문이었다. 그리고 불현듯 이런 생각이 들었던 것 같다. '그래, 죽은 작가들은 나를 실망시키지 않아.' 새로운 작가들의 새로운 작품들에 좀 지쳐 있었던 걸까. 젊은 작가들의 작품들은 물론 새롭고 기발한 작가와 작품을 발견했다는 기쁨을 주기도 하지만, 때론 '아, 내가 이걸 보려고 여기까지 왔나' 실망이 될 때도 많으니까. 하지만 이미 죽은 작가들의 검증된 작품, 여기 퐁피두센터까지 온 작품들은 나를 실망시킬 일이 없으니까. 하지만 그 생각을 하자마자 나는 또 창작자의 한 사람으로서 뜨끔하는 마음이 들 수밖에 없었다.

언젠가 잡지 '더 뉴요커The New Yorker'의 표지부터 인스타그램 스케치까지 다양한 영역에서 활발한 활동을 하고 있는 일러스트레이터 '크리스토프 니만Christoph Niemann'의 다큐를 본 적이 있는데, 그의 이런 말에 나도 모르게 웃음이 났다. "결과물이 좋으면 자신감이 높아진다고들 하는데, 저는 오히려 정반대예요. 좋은 아이디어를 낼 때마다 일은 더 힘들어져요. 좋은 아이디어를 또 내는 건 너무 힘든 일이니까요." 그때마다 그는 고통을 느낀다고 했다. 운이 좋았던 순간의 나와 지금의 나를 자꾸 비교하며, 재능이 없네, 아이디어가 떨어졌네, 이런 생각을 하게 된다고. '운'. 그는 그 순간을 그렇게 표현했는데, 3년 전 기발한 착상이 번뜩 떠올랐는데, 고객이 그걸 또 해내라고 요구하면 이런 생각이 든다는 거다. '무슨 수로? 그때는 로또에 당첨됐던 건데, 내 머리에 총을 겨누면서 다시 로또에 도전해 보라고?' 나는 그만큼 대단한 아티스트도 아니지만, 그런 나조차도 비슷한 생각을 해 본 적이 있다. 아직 라디오 일을 할 때였는데, 작가들 원고에 유난히 까다로웠던 한 디제이가 내게 말했다. 며칠 전 에세이가 너무 좋았는데, 매일 그렇게 써 주면 안 되냐고. 그때 이런 생각이 든 거다. '매일 쓰는 원고를, 어떻게 매일 A급으로 써요. 저도 사람인데….' 그런데 어쩌면, 지금도 나는 매일 그런 생각을 하고 있는지도 모르겠다. 작가로 20년 가까이 살았고, 책도 세 권이나 냈고, 분명 어제도 원고 하나를 마치고 잠이 들었는데, 아침에 일어나면 갑자기 또 이제 처음 글을 쓰는 사람처럼 '하얀 백지'가 막막하게 느껴지곤 하니까. 그리고 어쩌면, 세상의 모든 아티스트들이 비슷할지도 모른다. 한 작품이 끝나면 다시 또 모든 걸 처음부터 시작해야 하는 게, 심지어 이젠 나의 지난 작품들과도 싸워야 하는 게 아티스트의 삶이니까. 그 고통을 극복하기 위해, "운동선 수도 음악가도 매일 연습을 하는데, 예술가라고 왜 달라야 하겠어요?" 매일 아침 작업실로 출근해서 하루 종일 하얀 백지를 노려보기만 할 때도 있다는 크리스토프 니만의 이야기는 어쩐지 짠하기도 하고, 나만 그런 게 아니구나 위안이 되기도 했다.

하지만 나는 또 창작자이기에 앞서 한 사람의 독자, 관람객이기도 해서 한없이 이기적이고 가혹해지는 순간이 더 많다. 누군가 몇 년에 걸쳐 써 놓은 책 한 권을 며칠 만에 휘리릭 읽어버리고 나선 왜 새 작품 빨리 안 내시냐며 나 혼자 닦달하고 있고, 누군가의 새로운 작품에 이번 건 지난 작품에 비해 이렇다 저렇다 품평질을 하고 있고, 젊은 작가들의 새로운 작품들에 실망할 때는 고전으로 돌아가 '아 역시, 죽은 작가들은 나를 실망시키지 않는구나' 이런 생각이나 하고 있으니 말이다. 그런데 나의 이런 이중적인 모습은 순수한 독자의 한 사람일 때도 발현될 때가 있는데, 그게 내게는 '토토로'인가 보다.

또 봐도 재밌는 토토로, 누구랑 봐도 즐거운 토토로, 어디서 만나도 반가워 자꾸만 집어 들게 되는 토토로. 그런 토토로를 보고 있자면, 분명 조금 전까지 하야오 감독의 다른 작품들에 이렇다 저렇다 품평질을 해대고 있었으면서도, 금세 돌아서 이런 생각을 하고 있는 거다. 한 아티스트가 이 정도의 세계를 만들어냈는데, 그럼 된 거 아닌가? 누군가 나에게 이 정도의 기쁨을 줬는데, 그에게 내가 뭘 더 바라야 하는 거지?

그게 내게는 '토토로'인 거다. 누군가에게는 다른 영화일 수도 있고, 다른 책일 수도 있고, 다른 그림이나 음악일 수도 있다. 그게 꼭 하야오처럼 유명한 사람의 작품이 아닐 수도 있다. 하지만 당신에게, 그게 어떤 순간의 어떤 의미였든, 내 마음을 건드리는 소중한 무언가를 남겨 준 사람이라면, 그거면 된 거 아닐까.

어쩌면 그 이유 때문에, 이 세상 모든 아티스트들이 지금도 어딘가에서 '하얀 백지'와 마주하는 고통을 매일매일 반복하며 무언가를 남기고 있는 건지도 모른다. 하야오처럼 많은 사람들에게는 아닐지 몰라도, 당신이라는 한 사람의 마음을 움직이기 위해. 당신이라는 한 사람의 인생에 어떤 의미 있는 한 순간을 만들어 주기 위해. 그로 인해 우리는 또 '토토로'도 만날 수 있었던 거니까. 그래야 앞으로 또한 제2, 제3의 '토토로'도 만날 수 있을 테니까.

#
06

한 권의 책을 갖는다는 것

책을 내는 작가가 된 후, 책을 추천해 줄 수 있냐는 질문을 참 많이 받았다. 어떻게 보면 당연한 일일지도 모른다. 나조차도 내가 좋아하는 작가가 추천하는 책이나 내가 좋아하는 작품에 등장하는 또 다른 책들을 즐겨 보곤 하니까. 그런데 나는 이 질문이 왜 이렇게 어려운지 모르겠다. '요즘 어떤 책을 보고 있냐'든가 '최근 읽은 책들 중에 좋았던 작품은 뭐였냐'든가 하는 질문은 그나마 쉬운데, '인생에 큰 영향을 준 나를 변화시킨 책이 있냐'든가 '평생 단 한 권의 책만 읽을 수 있다면 어떤 책을 고르겠냐'든가 '가장 힘들었던 시기에 위로가 된 책은 무엇이냐' 등의 질문들은 정말 어렵다. 짧은 인터뷰 안에 몇 권의 책만 떠올려 추천하기도, 그 책에서 내가 무엇을 얻었고 무엇을 느꼈는가를 설명하기도 나는 참 어렵다. 모든 책은, 어떠한 형식으로든 나에게 영향을 줄 수밖에 없다. 심지어 너무

너무 재미없었던 책조차도 무언가는 남긴다. 누군가 나에게 그 책에 관해 물었을 때, '응, 넌 안 봐도 될 것 같아'라는 부정적인 답을 하게 되는 영향이라도. 그 책과 내가 함께했던 시간, 그 시간은 되돌릴 수 없는 것이고, 시간은 우리에게 어떠한 형태로든 자국 하나는 분명 남기고 흘러가니까.

그래서 이 책의 주인공인 '리젤 메밍거'는 1939년 1월 13일부터 1943년 10월 7일 자신이 열네 살이 될 때까지 읽은 책, 고작 '열세 권'을 소개하는 데 400페이지 분량의 책이 두 권이나 필요했던 거다. 그녀의 첫 책이 비록 묘지 협회에서 출간한 '성공적으로 무덤을 파기 위한 열두 단계의 안내'라는 무덤 파는 사람들에게서 훔친 책이었다 하더라도, 그 책은 그녀에게 분명한 자국을 남긴다.

리젤은 이따금 그 책을 꺼내 품에 안아 보았다. 표지에 박힌 글자를 보고 안의 활자를 손으로 더듬어 보았지만, 무슨 말인지는 전혀 알 수 없었다. 그러니까 그 책이 무슨 내용인지는 사실 중요하지 않았다는 것이다. 그 책이 의미하는 것이 더 중요했다.

심지어 리젤이 그녀의 첫 책을 훔쳤을 때, 그녀는 글을 읽을 줄도 몰랐다. 다만 동생의 무덤을 파던 사람들 중 하나가 떨어뜨린 그 책을, 그들에게 돌려줄 순 없었다. 리젤에게 그 책의 의미는 '1. 리젤이 동생을 마지막으로 보았을 때', '2. 리젤이 어머니를 마지막으로 보았을 때'였기 때문이었다. 그 후 어머니와 헤어져 다른 집에 위탁이 된 리젤은 밤마다 읽을 수도 없는 그 책을 꺼내 품에 안아 보고, 무슨 말인지도 모르는 활자들을 손으로 더듬어 본다. 더 시간이 흐른 뒤에는 양아버지로부터 그 책을 통해 '글 읽는 법'을 배우고, 다음 책을 만날 때까지 반복해서 읽고 또 읽는다. 또래 아이들보다 늦게 학교에 입학한 리젤은 '글을 잘 모른다'고 놀려대고 무시하는 친구들과 선생님 앞에서 '나는 글을 읽을 줄 안다'고 항변하기 위해 '무덤 파는 사람들을 위한 안내서'를 낭독한다. 리젤 앞에 놓인, 리젤이 낭독했어야 할 책은 다른 책이었지만 그녀가 알고 있는 단어들은 무덤에 관한 것뿐이었기에, 그만하라는 선생님의 꾸지람에도 그녀는 계속해서 '무덤 파는 사람들을 위한 안내서'를 낭독한다.

전쟁은 점점 사람들의 삶을 황폐하게 만들고 있었고, 감자도 배불리 배급받을 수 없었던 가난한 사람들에게 '책'은 사치일 뿐이었다. 리젤의 양아버지는 배급받은 담배를 모아서, 담배 여덟 개비당 책 한 권, 암시장에서 리젤을 위한 선물을 준비한다. 리젤은 그 책을 열세 번 읽게 된다. 그다음 책은 조금 더 길었기 때문에 아홉 번밖에 읽지 못한다. 그럼에도 책에 대한 갈증을 참을 수 없었던 리젤은 결국 '책 도둑The Book Thief'이 된다. 그 후 리젤은 다섯 권의 책을 더 훔치게 되고, 몇 권의 책을 더 선물받기도 한다. 책은 물론 종이도 귀했던 그 시절, 누군가는 리젤을 위해 히틀러 자서전에 하얀 페인트를 발라 그 위에 그가 직접 쓰고 그린 그림책을 만들어 주고,

비행기에서 떨어지는 폭탄을 피해 방공호에 모인 사람들은 리젤의 손에 언제나 책이 들려 있다는 걸 발견하곤 그 책을 읽어 달라고 부탁한다. 그렇게 리젤이 이제 곧 열 살이 될 무렵부터 열네 살이 될 때까지 4년 동안 그녀가 만난 모든 책은, 의미를 갖게 된다. 그 모든 책을 리젤은 반복해서 읽고 또 읽는다.

반복해서 읽고 또 읽고.

400페이지 분량의 책 두 권. 그 소설을 읽는 내내 나 또한 '내 책'들을 돌아보게 됐던 것 같다. 그 소설 안에서 리젤은 단 열세 권의 책에 둘러싸여 있었지만, 나는 내 서재 안 수많은 책들에 둘러싸여 있었다. 어딜 봐도 책이 보였다. 두세 겹으로 책이 꽂혀 있는 책장은 물론, 책상 위에도 심지어 바닥에도 책이 쌓여 있었다. 물론 그중에는 리젤이 그랬듯 나 또한 반복해서 읽고 또 읽은 책들도 있었다. 그 책과 내가 어떻게 만났는지, 그 안에 어떤 이야기들이 담겨 있고 그 책은 나에게 무엇을 남겼는지, 또한 그 책을 보는 동안 내가 머물렀던 시공간이 모두 떠오르는 책들도 분명 있었다. 특히 책장 구석 부옇게 먼지가 앉은 오래된 책들 사이로 유난히 눈에 띄는 책 한 권.

세월의 무게를 이기며 여러 사람의 손을 거쳐 내게로 온 그 책은, 내가 처음 발견했을 때도 이미 낡을 만큼 낡아 있었지만, 지금은 나의 지난 세월까지 감싸 안아 조금만 힘을 주면 바스러질 듯 해져 있었다. 이제는 고문서를 다루는 연구원들처럼 하얀 장갑이라도 끼고 조심조심 책장을 넘겨야 할 것 같은 그 책을 펼쳐 보니, '1979년 지식산업사'라는 글씨가 눈에 들어온다. 물론 내가 그 책을 처음 만난 건 1979년이 아니다. 아마도 90년대 후반 나의 대학 시절이었을 것이다. 1994년에 완결된 박경리 선생님의 '토지'는 당시 솔 출판사에서 총 5부, 열여섯 권의 단행본으로 판매하고 있었다. 권당 가격은 팔천 원 정도. 하지만 열여섯 권을 모두 소장하기란 학생인 나에게 부담일 수밖에 없었다. 그때는 토지 외에도 새 책을 사 보는 일이 그리 쉽지 않았다. 도서관에서 빌려 보거나 헌책방을 돌아다니거나. 그러다 이건 정말 꼭 갖고 싶어, 새 책으로 구입할 수 있는 건 한 달에 두어 권 정도가 한계였다. 어쩌면 그래서 더 이 책과 처음 만난 날이 선명하게 기억나는지도 모르겠다.

덩치가 큰 사내라면 책장과 책장 사이에 어깨가 갇힐 것만 같은 좁은 통로. 그 통로를 지나 이제는 막다른 길인가 싶어 멈칫하면 또 오른쪽으로 미로 같은 책의 길이 이어졌다. 사방이 온통 책뿐인 미로. 그 미로에 갇혀 한참을 두리번거리며 헤매다 보면, 앨리스의 이상한 나라 속을 헤매고 있는 듯한 착각이 일기도 했던 학교 앞 허름한 헌책방. 특히 햇살이 좋은 날엔, 다닥다닥 붙어 있는 책들 사이로 비집고 들어온 빛줄기를 만나기도 했는데, 그 빛줄기엔 언제나 책 먼지가 가득 부유하고 있었고, 그 부유하는 먼지들을 한참이나 바라보고 있으면 마치 실내에 내리는 눈 속에 갇힌 듯 비현실적인 기분이 들곤 했다. 그리고 거짓말처럼 내 눈에 들어온 책 한 권. 먼지 사이를 헤치고 다가가자, 녀석은 나의 작은 키를 비웃듯 팔을 쭉 뻗어도 닿을 듯 말 듯 저 높은 칸에서 나를 내려다보고 있었다. 까치발로 낑낑거리며 녀석을 꺼내려고 애쓰던 내 모습이, 금방이라도 바스러질 듯 노랗게 바랜 책장 사이로 떠오른다. 1979년 발행된 토지 1부 제1권. 세로쓰기에 오른쪽부터 읽어야 하는 우종서右縱書에 한자가 병행 표기된 책이었다. 그래서 더 천천히 읽게 됐는지도 모르겠고, 여러 번 읽게 됐는지도 모르겠다. 집에서는 물론 가방에 넣어 다니며 어느 헌책방에서 또 2부, 3부도 발견되길 기다리며 나는 어디서든 그 책을 읽고 또 읽었다.

그 외에도 내 서재에서 잠자고 있던 오래된 책들이 여럿 눈에 들어왔다. 고등학교 때 친구와 함께 청계천을 헤매다 만난 만화책들. 그땐 요즘같이 세련된 디자인의 애장판 만화는 거의 없었다. 일반 서점에서는 팔지도 않는, 아마도 만화방에서 도매로만 사들이는 것 같은 주황색 표지의 얇은 단행본 만화들. 이 많은 책들 중에 무슨 책을 사야 하나 고민 고민, 가게 앞을 몇 번이나 왔다 갔다. 그러다 내가 처음 샀던 만화책은 '창만사 Prince Comics'라는 출판사에서 1991년에 나온 여섯 권짜리 '17세의 나레이션'이었다. 권당 가격은 천삼백 원. 여섯 권이라고 해 봤자 칠천팔백 원밖에 안 하는 건데, 그때는 그 여섯 권을 사는 데도 얼마나 고민하고 망설였는지 모른다. 그리고 집으로 돌아와 나는 그 책을 읽고 또 읽었다. 지금도 대

부분의 대사를 기억하고 있을 만큼. 다음 권이 나올 때마다 오빠와 내가 번갈아 구매했던 만화 '슬램덩크Slam Dunk'는, 후에 우리가 다 독립하게 되면 누가 이 책을 소유할 것인가를 놓고 싸우기도 했다. 어느 날 오빠가 책 위에 매직으로 자신의 이니셜을 다 써 놓은 것을 보고 내가 얼마나 분해했는지도 기억난다. (그런데 오빠의 이니셜이 새겨져 있는 권들을 포함한 슬램덩크 전권은 지금 내 서재에 있다.) 장 자끄 상뻬Jean-Jacques Sempé의 그림책들은, 담겨 있는 글자 수에 비해 책값이 너무 비싸서 (물론 책을 그렇게 평가해선 안 되지만) 가난한 학생인 내겐 너무 사치 같아 서점에 갈 때마다 들춰 보는 게 다였는데, 몇 년에 걸쳐 내 생일 때마다 한 권씩 상뻬의 책을 선물해 주었던 친구의 이름이 지금도 내 서재에 고스란히 남아 있다. 물론, 내 기억 속에도.

리젤 메밍거의 '열세 권'의 책 때문에 시작된, 내 책들과의 추억 여행은 그 후로도 꽤 이어졌다. 그런데 어느 순간부터 나는 조금씩 고개를 갸웃거리기 시작했다. 벌써 20년도 넘은 추억들이 그렇게 선명하게 기억나는 것과 달리, 어떤 책들은 '어, 이런 책이 나한테 왜 있지?' 그 책의 존재조차 까마득했다. 그냥 출판사에서 보내 준 책인가 싶어 펼쳐 보면, 분명 내가 읽은 흔적들이 있는데 나는 그 책의 내용은 물론 그 책이 왜 내 서재에 들어왔는지도 기억나지 않았다. 어떤 책들에선 나의 혹은 나에게 보내는 타인의 메모가 발견되기도 했는데, 그럴 때면 드라마 속 기억 상실 환자가 된 것처럼 황망한 마음이 들었다. 두세 겹으로 책이 꽂혀 있는 책장은 물론,

책상 위에도 심지어 바닥에도 쌓여 있는 책들. 나는 언제 이렇게 많은 책들을 갖게 된 걸까.

히틀러의 나치가 사람들을 바보로 만들기 위해 책들을 모아 불태우던 날, 리젤은 그 잿더미 속에서 또 한 권의 책을 훔친다.

잿더미 발치에 서자 아직 열기가 강해 몸이 후끈거렸다. 손을 안으로 뻗자 따가웠다. 그러나 두 번 넣었다 뺐다 해 본 뒤에 이 정도 속도면 되겠다는 판단이 들었다. 리젤은 가장 가까이 있는 책을 낚아챘다. 가장자리는 탔지만, 그 외에는 말짱했다. 그런데 문제가 있었다. 연기. 표지에서 연기가 피어올랐다.

누군가에게 걸릴까 봐 재빨리 자신의 외투 안으로 책을 집어넣은 리젤. 하지만 집으로 가는 길 리젤의 가슴 안에서 책은 불타기 시작한다. 함께 걷던 아빠가 물었다. "왜 그래?" 리젤이 답한다. "아무것도 아니에요." 리젤의 옷깃에서 연기가 피어오르고, 리젤의 목 주위에 목걸이처럼 땀이 걸려도, 리젤은 그 책을 포기할 수 없다. 그만큼 리젤은, 책에 굶주려 있었으니까. 이날은 리젤이 '성공적으로 무덤을 파기 위한 열두 단계의 안내' 이후 두 번째로 책을 훔친 날이다. 두 번째로 훔친 책 또한 리젤은 반복해서 읽고 또 읽는다. 아마도 리젤은 오랜 시간이 흐른 후에도, 이날을 그리고 이 책을 잊지 못할 것이다. 전쟁에서 살아남은 리젤은 그 후 '열세 권'보다 훨씬 더 많은 책을 만나고 읽고 갖게 됐을 테지만, 그럼에도 리젤은 그 '열세 권'에 대한 기억만은 언제라도 생생하게 떠올릴 수 있을 것이다.

리젤처럼 전쟁을 겪은 것도 아니고, 채워지지 않는 갈증에 책을 훔쳐 본 적도 없고, 리젤만큼 드라마틱한 사건 사고로 책들과 내가 연결된 것도 아니지만, 나 또한 그랬다. 내 책과 나의 선명한 기억들은 대부분 과거에 맞춰져 있었다. 쉽게 책을 가질 수 없었던 시절, 그때의 기억이 더 선명했다. 희미한 기억들은 최근으로 올수록 많았다. 더 쉽게, 그리고 더 많이 가질수록 희미해지는 기억들. 나는 언제 이렇게 많은 책들을 갖게 된 걸까. 한 권의 책을 반복해서 읽고 또 읽기는커녕 이 책을 읽고 있으면서도 벌써 다음 책 생각에 마음이 바쁜 나에게, 어쩌면 그건 당연한 귀결이었을지도 모르겠다. '한 권'에 대한 사랑은 옅어지고, '한 권'에 대한 기억은 희미해진다는 것.

가끔 궁금하다. 그 후 더 많은 책을 읽었을 리젤은, 책에 대한 갈증을 참을 수 없었던 그 시절이 그립기도 했을까. '무덤 파는 사람들을 위한 안내서'조차 반복해서 읽고 또 읽던 리젤은, 아주 가끔씩 이런 생각도 했을까. 그 후 쉬이 한 책과 사랑에 빠지지 못하는 자신이, 반복해서 읽고 또 읽지 못하는 자신이 조금은 쓸쓸하기도 하다는 생각. 리젤의 '열세 권'보다 훨씬 더 많은 책에 둘러싸여 있지만 어쩐지 조금은 쓸쓸한 나처럼. 더 많은 책을 가질 수 있게 됐지만, 한 권의 책을 갖는다는 것이 예전만큼 설레고 행복하지 않은 나처럼.

3

#
01

쉿! 비밀입니다

나는 사실, 하루키를 그다지 좋아하지 않는다. 솔직히 이 말을 뱉기까지 상당한 용기가 필요했다. 하루키를 좋아하는 독서인들이 굉장히 많다는 걸 나 또한 잘 알고 있기 때문이다. 그러니 이런 질문이 돌아올 것도 알고 있다.

"왜요?"

나는 국문과를 나왔고 직업이 작가여서인지, 이런 일을 참 많이 겪었다. '국문과 다니신다면서요? 저도 책 좋아하는데, 하루키 아시죠? 작가라면서요? 이번에 나온 하루키 소설 보셨죠?' 그러곤 하루키 얘기만 해대는 사람들을 참 많이 만났다. 세상에 소설가가 하루키 한 명인 것도 아니고, 서점에 소설이란 게 하루키 소설만 있는 것도 아닌데, 왜 '내가 좋아하는 하루키'는 너도 좋아해야 하고, '나도 읽은 하루키'는 너도 읽었을 거라 생각하는 건지. 그래서 내가 '저는 사실 하루키를 그다지 좋아하지 않아요'라는 느낌만 살짝 풍겨도, 이런 반응이 돌아왔다.

왜요, 도대체 왜요?

그들의 이 질문에는 당연히 노골적인 실망의 기색 또한 포함돼 있었다. '국문과 맞아? 작가 맞아? 어떻게 하루키를 안 좋아할 수가 있어?' 그런데 솔직히 나는 잘 모르겠다. 싫다고 한 것도 아니고, 그렇게 좋아하는 건 아니라고 했을 뿐인데, 왜 이유가 필요한 걸까. 내가 어떤 소설을 좋아하고 어떤 작가에 열광하느냐는 지극히 개인적인 내 취향일 수밖에 없다. 그러니 내가 하루키 소설에 열광하지 못하는 것은 그의 잘못도 아니다. 아무리 예뻐 보여도 하늘하늘한 디자인의 여성스러운 옷에는 손이 잘 안 간다거나, 고기를 좋아하긴 하지만 곱창은 선호하지 않는다거나, 여행을 좋아하긴 하지만 사람이 너무 많은 관광 명소는 스킵하는 것과 같이, 지극히 개인적인 내 취향일 뿐이니까. 물론 하루키가 굉장한 인기 작가이기에 그런 일도 일어나는 것일 테고, 나 또한 '상실의 시대'나 '해변의 카프카' 같은 그의 초기작들은 꽤 흥미롭게 읽은 게 사실이다. 하지만 나에겐 그뿐이었다. 그 후의 작품들이 너무너무 신선하다거나, 너무너무 재밌다거나, 마구마구 내 마음을 헤집어 놓는다거나 하진 않았기에, 내 마음속 폴더에서 그는 상위의 위치에 있지 않았던 것 뿐이다.

하지만 우리집을 방문한 친구들은 이렇게 말한다. "그렇다고 하기엔, 넌 너무 많이 읽지 않았니?" 내 책장의 한 섹션이 모두 하루키 책이기 때문이다. "이 정도면 빠 아니냐? 거의 다 읽은 것 같은데?" 음, 굳이 변명을 하자면 이렇다. 나는 정말 다음 책은 안 볼 생각이었는데, 하루키는 정말 인기 작가이기 때문에 내 주변에도 하루키 빠가 있는 거다. 하루키의 신작이 나올 때마다, "그지, 저번 책은 나도 그냥 그랬어. 근데 이번 건 정말 좋아. 진짜 좋다니까." 이렇게 말하는 사람이 꼭 있는 거다. 그럼 또 나는 한 번 더 속는 셈 치고 그의 신작을 읽는 거다. 그러다 보니 한 권, 한 권, 어느새 내 책장의 한 섹션이 모두 하루키 책이 되어버렸다. 허허, 곤란하다. 그는 정말 부지런한 작가이기까지 해서, 어쩌면 이렇게 또 자주 책을 내시는지.

이 책 또한, 나는 안 볼 생각이었다. 소설도 아니고 에세이라 더 그랬다. (하루키의 팬들 중에선 에세이를 더 좋아하는 독자들도 많다고 하지만, 나는 굳이 따지자면 소설 쪽을 더 선호하니까.) 그런데 이번에도 그 친구가 문제였다. "내가 이 책을 보면서, 네 생각 진짜 많이 했거든. 이건 정말 네가 꼭 읽어 봤으면 좋겠어." 언제나 나에게 이번 건 다르다며 하루키 영업을 해대던 친구. "난 이제 하루키 그만 볼래." 나의 반항에도 친구는, 내 가방에 친히 이 책을 욱여넣어 주며 말했다. "이건 정말! 네가 꼭 읽어 봐야 해." 솔직히 집에 와서도 한참을 잊고 있었다. 아무래도 나는 집에서 일을 하니까, 며칠이고 집 밖으론 한 발짝도 안 나가는 날도 많아서, 가방 안에 이 책이 있다는 것도 며칠이나 잊고 있었다. 그러다 그 가방을 들고 외출한 날, 마침 약속 상대가 늦는다는 문자가 와서 가방을 뒤지다 발견한 이 책. 카페에 앉아 나는 할 수 없이 이 책을 읽게 됐다. (아, 카페에서 하루키 책을 보는 사람이라니, 내가 그런 사람이 됐다니!) 그런데, 이것 참 곤란하게 됐다. 약속 상대가 왔고, 나는 이제 이 사람과 대화를 해야 하는데, 머릿속엔 온통 이 책 생각밖에 나질 않았다. 하필 내가 딱 몰입이 된 부분에서 그가 도착해, 나는 어서 집으로 돌아가 이 책을 마저 읽고 싶다는 생각밖엔 들지 않았다. 내가 딱, 몰입이 된 그 부분.

아무튼 고쳐 쓰는 데는 가능한 한 많은 시간을 들입니다. 주위 사람들의 충고에 귀를 기울이고(화가 나든 말든) 그것을 염두에 두고 고쳐 나갑니다. 조언은 중요합니다. **장편 소설을 다 쓰고 난 작가는 대부분 흥분 상태로 뇌가 달아올라 반쯤 제정신이 아닙니다. 왜냐하면 제정신인 사람은 장편 소설 같은 건 일단 쓸 리가 없기 때문입니다.** 그러니까 제정신이 아닌 것 자체에는 딱히 문제가 없지만, 그래도 '내가 어느 정도 제정신이 아니다'라는 건 자각하지 않으면 안 됩니다. 그리고 제정신이 아닌 인간에게 제정신인 인간의 의견은 대체적으로 중요한 것입니다.

나는 아직 소설이라곤, 지난 책에서 단편 소설 몇 편을 발표한 게 다다. 그런데도 이 문장에서 눈을 뗄 수가 없었다. "왜냐하면 제정신인 사람은 장편 소설 같은 건 일단 쓸 리가 없기 때문입니다." 나는 꽤 오래 작가라 불리며 살아왔지만, 몇 해 전 소설을 쓰기 시작하면서부터 이런 생각을 자주 하게 됐다. 소설을 쓴다는 것은 완전히 다른 일이구나. 그렇게 오랫동안 글을 써 왔는데도, 너무나 낯설고 새로운 상황들이 계속해서 나를 찾아왔기 때문이었다. 그중에서도 가장 놀라운 건, 내 맘대로, 내 생각대로, 쓸 수가 없다는 거였다.

나는 에세이를 쓸 때나 소설을 쓸 때나 언제나 '마지막 문장'을 가지고 글을 시작하기 때문에, 오늘은 뭘 써 볼까 막연한 마음으로 책상 앞에 앉는 일은 거의 없다. 이미 머릿속에 혹은 메모장에 글의 흐름은 다 나와 있는 상태에서 첫 문장을 시작하고, 언제나 처음부터 갖고 있었던 마지막 문장으로 글을 맺는다. 특히 소설의 경우에는 에세이 때보다 훨씬 더 촘촘하게 플롯을 짜고, 등장인물을 배치하고, 각 등장인물의 역할과 비중을 사건의 흐름에 방해되지 않게 결정한 다음에야 글을 시작한다. 물론 처음 3분의 1 정도까지는 그 흐름대로 글이 진행된다. 그런데 어느 순간을 넘어가면서부터 아주 이상한 일들이 일어나기 시작했다. 나는 이 인물에게 이렇게 많은 분량을 할애할 마음이 전혀 없었는데, 도저히 내 맘대로 할 수가 없는 거다. 내 소설 속 등장인물, 그것도 내 머릿속에선 조연에 불과했던 그가 하루 종일 내게 말을 걸어왔기 때문이었다. 자려고 누워도, 멍하니 길을 걷는데도, 욕실 문을 닫고 혼자 샤워를 하는데도, 자꾸만 그가 내게 말을 걸어왔다. 나도 할 말이 있다고, 나에게도 사연이 있다고, 하루 종일 쫓아다니며 나를 놓아주질 않았다. 컴퓨터 앞에 앉아 처음 내 구상대로 다음 문장을 써 나가려 해도, 나는 도저히 그럴 수가 없었다. 번번이 나는 굴복할 수밖에 없었고, 그의 얘기를 삽입해야 했으며, 그래서 다시 처음으로 돌아가 새로운 경로로 이야기의 흐름을 매만지는 일을 수없이 반복해야 했다. 그때 나는 처음으로 이런 생각을 했던 것 같다. 많은 소설가들이 했던 말, 어느 순간부턴 등장인물들 스스로가 자신의 이야기를 만들어낸다는 말, 어느 순간부턴 작가인 내가 아닌 이야기 스스로가 자신의 길을 찾아간다는 말이 정말이었구나. 물론 그 또한 나의 뇌가 너무 달아올라, 내가 지금 그에게 끌려가고 있다고 착각하는 것일 수도 있겠지만, 분명한 건 그때의 나는 제정신이 아니었다는 거다. 글이 절정을 지나 결론으로 치달을 때는, 거의 잠을 잘 수도 없었다. 자려고 누워도 자꾸만 깼다. 내 머릿속을 온통 내 소설 속 등장인물들이 헤집고 다녀서.

장편 소설을 다 쓰고 난 작가는 대부분 흥분 상태로 뇌가 달아올라 반쯤 제정신이 아닙니다. 왜냐하면 제정신인 사람은 장편 소설 같은 건 일단 쓸 리가 없기 때문입니다.

그래서 이 책의 이 말이, 나를 놓아주질 않았다. 그제야 나는 하루키에 대한 나의 호불호도 잊어버린 채 이 책에 몰입하기 시작했다. 그는 35년을 직업 작가로 살아왔지만, 아직도 제정신이 아닌 상태로 글을 쓰고, 아직도 아내(그의 말에 따르면 그의 기준점인)와 편집자들에게 모니터를 하고, 그 모니터를 참고해 수없이 고쳐 쓰기를 반복하고 있었다. 그들의 의견이 내 맘에 들든 말든, 그들의 의견에 화가 나든 말든, 어떨 때는 그들의 의견과는 정반대로라도, 그들이 지적한 부분은 반드시 어떻게든 고치고 또 고치며, 한 권의 책이 나올 때까지 몇 번의 퇴고를 거치는지는 가늠할 수 없을 정도라고 했다. 왜냐면 '제정신이 아닌 인간에게 제정신인 인간의 의견'은 무척 중요하니까. 어쨌든 그들이 지적한 부분은, 글을 읽다 덜컥 브레이크가 걸렸다는 의미니까. 세계적인 베스트셀러 작가가 된 이후에도 그는, 그 과정을 결코 소홀히 하지 않고 있었다. 그 뒤로도 이 책에는, 35년을 작가로 살아온 그의 노고가 고스란히 녹아 있었다. 작가로서 자신의 정체성을 지키기 위해 그가 포기했던 많은 부분. 자신의 글을 알리기 위해 직접 번역가를 구하고 해외 출판사들을 찾아다니며 발품을 팔았던 그의 끝없는 노력. 아직도 '한없이 개인적이고 피지컬한' 이 직업을 위해 매일 한 시간씩 달리기와 수영을 하고, 매일 출근 카드를 찍듯 20매씩의 원고를 쓰는 그의 모습.

그런 건 예술가가 할 만한 짓이 아니다. 그래서야 공장이나 마찬가지 아니냐, 라고 말하는 사람이 있을지도 모릅니다. 그렇지요, 분명 예술가가 할 만한 짓은 아닌지도 모릅니다. 하지만 왜 소설가가 예술가가 아니어서는 안 되는가. 대체 누가 그런 것을 정했는가. 아무도 정하지 않았습니다. 우리는 자신이 하고 싶은 방식으로 소설을 쓰면 됩니다. 우선 '딱히 예술가가 아니어도 괜찮다'라고 생각하면 마음이 훨씬 편안해집니다.

화가이자 사진작가인 척 클로스Chuck Close는 이런 말을 했다. '영감을 찾는 사람은 아마추어이고, 우리는 그냥 일어나서 일을 하러 간다.' 소설가 김영하는 이런 말도 했다. '소설이란 장르에는 어린 나이에 화려하게 데뷔한 천재가 없다.' 반짝하는 아이디어와 영감으로만 할 수 있는 일이 아니라는 얘기. 소설을 쓴다는 건, 하루키의 표현처럼 '시간을 내 편으로 만드는 것'이기 때문에, 매일매일 '희망도 절망도 없이' 일단 써 나가는 것. 그리고 수없이 고쳐 쓰고 또 고쳐 쓰는 일을 반복하는 것. 비록 내가 제정신이 아니라 할지라도, 내가 어느 정도 제정신이 아니라는 자각은 놓지 않은 채 수없이 고쳐 쓰고 또 고쳐 쓰는 것.

그제야 친구의 말이 이해가 됐다. '네가 꼭 봤으면 좋겠다'며 이 책을 내 가방에 욱여넣어 준 친구의 말이. 제정신이 아닐 때 나는 이 친구에게 볼멘소리를 늘어놓곤 했다. 아침에 일어나면 누가 내 머릿속에 있는 이야기들을 써 놨으면 좋겠다, 대단한 아이디어를 쥐어짜겠다는 것도 아니고 일단 내 머릿속에 있는 얘기들만이라도 차근차근 풀어내고 싶은 건데 왜 그것도 난 이렇게 힘이 드는지 모르겠다, 나는 분명 앉아서 일하는데 왜 다리가 아픈 거냐(열 시간 가까이 앉아 있으면 다리가 아프다), 남들이 보면 되게 쉽게 쓴 것처럼 보일 것 같은데 역시 내가 직업을 잘못 선택한 것 같다. 평소엔 별로 어린양이 없는 사람이라, 이런 모습이 나올 때의 나는 분명 제정신이 아닌 게 맞다. 그러니 그렇게 써 놓은 글에 모니터가 나쁘면 서러운 마음까지 든다. 실제로 화를 낸 적도 있다. 하지만 또 며칠 지나면 자꾸만 마음이 쓰여 처음부터 다시 고쳐 쓰고 또 고쳐 쓰고. 그러다 보면 또 이런 생각이 드는 거다. 다른 작가들도 다 이렇게 힘들게 쓸까. 그저 내가 재능이 없는 건 아닐까.

어쩌면 그래서 친구는 '이 책'을 내 가방에 욱여넣어 줬던 걸지도 모르겠다. 그의 소설들을 보면서, 나는 생각지 못했다. 내 기준에서 그는 굉장히 다작을 하는 작가이기도 해서, 30년 넘게 소설을 써 온 그는 이제 웬만한 시행착오 따위 없이도 장편 소설 한 편쯤은 뚝딱 써내는 사람인 줄 알았다, 아니 그렇게 생각하고 싶었다. 그러지 않고선 이렇게 자주 책을 낼 순 없어, 라고 나는 믿고 싶었던 걸지도 모르겠다. 그래서 더, 어디 한번 얼마나 좋은지 보자. 마치 팔짱을 끼고 코미디 쇼를 보는 사람처럼, 웃음이 나면 그냥 웃어버리면 될 텐데, 그래 어디 한번 얼마나 웃기는지 보자, 부러 웃음을 꾹 참는 사람처럼, 나는 도리어 내 안의 가득한 편견으로 그의 책들을 대해 왔던 걸지도 모르겠다. 어쨌든 친구의 영업은, 대성공이었다. 나는 이 책을 통해 나만 그런 건 아니구나, 하루키 같은 대작가들도 똑같은 과정을 거치는구나, 위안을 얻었을 뿐 아니라 그의 책들을 모두 다시 생각해 보게 되었으니까.

나는 그의 소설들을 너무너무 좋아하진 않았지만, 거의 다 읽었다. 심지어 잘 읽었다. 그의 소설이 가진 정말 큰 장점이었다. 잘 읽힌다는 것. 그리고 이제야 알 것 같다. 잘 읽힌다는 것이, 무슨 의미인지.

그렇게 나는 장편 소설을 씁니다. 사람마다 각자 마음에 드는 작품도 있고 별로 마음에 들지 않는 작품도 있겠지요. 나 스스로도 과거에 쓴 작품에 대해 결코 만족하는 건 아닙니다. (……) 하지만 그 작품을 써낸 시점에는 틀림없이 그보다 더 잘 쓰는 건 나로서는 못 했을 것이다, 라고 기본적으로 생각합니다. 내가 쏟아붓고 싶은 만큼 긴 시간을 쏟아부었고, 내가 가진 에너지를 아낌없이 투입해 작품을 완성했습니다. 말하자면 '총력전'을 온 힘을 다해 치른 것입니다. 그러한 '모조리 쏟아부었다'는 실감이 지금도 내게 남아 있습니다. (……) 내가 쓰고 싶은 것을 쓰고 싶은 때에 쓰고 싶은 만큼 썼습니다. 그것만은 자신 있게 단언할 수 있습니다.

제정신이 아닌 상태에서도, 누군가(심지어 내 마음에 안 드는 편집자의 의견이라도) 덜컥했다는 부분은 고쳐 쓰고 또 고쳐 쓰며, 그렇게 '총력전'을 온 힘을 다해 치러 완성된 소설. '모조리 쏟아부었다'고 자신 있게 단언할 수 있을 만큼, 매만지고 또 매만진 결과. 그 결과물이, 한 권도 아니고 누군가의 서재 한 섹션을 다 차지할 만큼 35년 동안 그는 쓰고, 또 써 왔던 것이다. 그러니 잘 읽힐 수밖에. 덜컥하는 부분 없이, 내 호불호와 상관없이, 그의 소설들은 잘 읽힐 수밖에. 이제야 좀 알 것 같았다. 왜 그렇게 많은 사람들이 하루키를 사랑하는지, 어떻게 그토록 긴 시간 동안 하루키는 변함없이 사랑받아 왔는지.

다시, 그의 소설들을 꺼내 본다. '저는 사실 하루키를 그다지 좋아하지 않아요.' 나는 그동안 얼마나 많은 사람들에게 그런 느낌을 풍겨 왔을까. 한 명 한 명 찾아가 이제 와 취소를 외칠 수도 없고. 허허, 이것 참 곤란하다. 하루키 소설 특유의 잘 읽히는 리듬과 흐름, 그것에 집중해 나는 한 권 한 권 그의 책을 다시 읽어 갔다. 곤란한데, 이러면 정말 곤란한데. 이제 와 이미 세계적인 베스트셀러 작가인 그의 책에 반했다고 어디 가서 말할 수도 없고, 이것 참 곤란한데…. 그렇게 나는 연신 고개를 절레절레 저어 가며 그의 책을 다시, 잘, 읽어 갔다.

#
02

매일 '똑같은' 날을 사는 이야기

이른 아침, 낡은 호텔에서 눈을 뜬 남자는 '어제와 똑같은' 라디오 멘트를 듣는다. 다음 날에도 그다음 날에도, 매일매일 그는 '똑같은' 라디오 멘트와 함께 잠에서 깬다. 어느 '하루'에 갇혀버린, 매일 '똑같은' 날을 사는 남자의 이야기. 1993년 작 영화 '사랑의 블랙홀Groundhog Day'.

우리는 이 이야기를 좋아하나 보다. 이 플롯은 다양하게 변주되어 계속된다. 2004년 작 영화 '이프 온리If Only'의 남자 주인공은, 사랑하는 여인이 죽게 될 '어느 하루'에 갇힌다. 그 하루를 반복하며 그녀를 살리기 위해 애쓰는 남자. 같은 해 발표된 영화 '첫 키스만 50번째50 First Dates'는 이 플롯을 변주해, '똑같은 하루'에 갇히는 것 대신 기억 상실을 끌어왔다. 나는 분명 그녀와 첫 데이트를 하고 달

콤한 첫 키스까지 나누었는데, 다음 날 찾아가 보니 그녀는 나를 기억하지 못한다. 단기 기억 상실증 환자인 그녀는 '하루'만 기억한다. 남자는 '똑같은 하루'를 사는 대신 '똑같은 그녀'를 반복해서 유혹해야 한다. 2006년 작 애니메이션 '시간을 달리는 소녀時をかける少女'의 소녀는, 내겐 그저 친구일 뿐인 한 소년의 사랑 고백을 되돌리고 싶다. '나에게 고백하지 마. 너와 어색해지고 싶지 않아.' 그래서 타임 리프를 통해 전날로 끊임없이 돌아가지만 일은 계속 꼬여만 간다. 후에 영화로도 제작되는 소설 '페러그린과 이상한 아이들의 집Miss Peregrine's Home for Peculiar Children'은 2011년 작인데, 여기선 초능력과 같은 마법을 통해서다. 페러그린 부인은 외부 세계로부터 이상한 아이들을 보호하기 위해 안전하지만 지루한 오늘, '같은 날'만 반복되는 루프를 만든다. 2014년에 이르면 이제 외계인이 등장한다. 영화 '엣지 오브 투모로우Edge of Tomorrow' 이야기다. 외계인의 침략을 막기 위해 전장에 나간 남자. 매일 죽지만, 매일 전날로 돌아가 다시 깨어난다. 실수를 수정해서 좀 더 늦게 죽기 위해 애쓴다. 언젠가는 죽지 않을 날이 올까?

그리고 2016년. 미국 HBO 드라마 '웨스트 월드West World'에선 우리를 대신해 인공 지능 로봇 '호스트Host'들이 똑같은 하루를 반복한다. 자신이 로봇인 줄도 모른 채. 그 반복되는 스토리를 설계한 건 물론 인간이다. 그 이야기를 이미 다 알고 있는 인간들은, 게스트Guest가 되어 테마파크처럼 꾸며진 그 스토리 속으로 들어가, 그

들을 관람하고 공격하고 그들과 사랑을 나누며 게임처럼 그 반복되는 이야기를 즐긴다. 이야기 속에서 '호스트'가 죽으면 회수해 '그날'의 기억만 지운 뒤 다시 스토리 속으로 돌려보낸다. 매일매일 똑같은 하루를 반복하도록. 그들에게 인간은 '신'과 다름없다. 완벽한 신이 되고 싶었던 인간은, 인간의 형상을 본떠 호스트를 만들었고, 그들에게 인간과 같은 실수를 범하는 저주까지 내려 슬픔과 고통의 기억까지 심어 줬다. 그리고 우리, 이 드라마를 관람하고 있는 우리 또한 인간이다. 그런데 이상하게도, 드라마가 전개될수록 우리는 인간이 아닌 '호스트'들에게 감정 이입을 하게 된다. '뭔가 이상해. 분명 언젠가 겪었던 일 같아.' 기억이 지워진 로봇들인데도, 잔상처럼 남은 무언가가 그들의 '자각'을 불러일으킨다. 자각을 시작한 호스트들은, 지루할 정도로 끝없이 반복되는 이 슬픔과 고통의 루프에서 빠져나올 수 있을까?

그리고 우리는, 왜 끝없이 반복되는 이 이야기들에 매번 매혹당하는 것일까? 왜 끊임없이 이와 같은 이야기들을 변주하고 반복해서 재생산해내고 있는 것일까?

어쩌면 우리는 '그 기분'을 이미,
너무나 잘 알고 있기 때문인지도 모른다.
매일매일 반복되고 있는 그 기분을.

어제와 똑같은 시간, 어제와 똑같은 알람 소리에 눈을 떠, 어제와 마찬가지로 간단하게 허기를 때운 채 샤워를 하고 출근을 한다. 어제와 똑같은 사무실에서, 어제도 봤던 동료들과 언젠가도 한번 나눴을 법한 전혀 새롭지 않은 시답잖은 농담을 나누며, 어제도 그제도 했을 법한 일을 한다. 퇴근을 한 우리는, 친구들 가족들 혹은 나 홀로 언젠가도 겪었을 법한 저녁을 보낸 후 다시 잠이 든다. 그리고 또 일어난다. 어제와 똑같은 시간, 어제와 똑같은 알람 소리에 맞춰.

타인보다 아주 조금 더 예민한 사람들은, 드라마 '웨스트 월드' 속 몇몇 호스트들처럼 한 번쯤은 이런 의문을 품어 봤을지도 모른다. 이상하다. 나는 분명 다른 날짜를 살고 있는데, 왜 어제와 똑같은 하루를 반복하고 있는 것 같지? 마치 '같은 날'에 갇힌, 영화 '사랑의 블랙홀'의 주인공처럼.

어쩌면 그래서일지도 모른다. 우리는(그것이 반복에 순응하지 못하는 몇몇의 우리라 할지라도) '일탈'을 꿈꾼다. 같은 제목의 오래전 유행가 가사처럼 '뭐 화끈한 일, 뭐 신나는 일 없을까. 야이야이야이야이야.' 누군가는 새로운 이성을 찾아 밤거리를 헤매고, 누군가는 새로운 취미 활동을 시작하고, 누군가는 이 지긋지긋한 반복에서의 은퇴를 꿈꾸며 복권을 사고, 누군가는 또 일탈을 위한 여행을 계획한다. 하지만 일탈이란 것 자체가 '정해진 영역 또는 본디의 목적이나 길에서 빠져나오는 것'일 뿐이라, 우리는 알고 있다. 일탈의 시간이 끝나면 다시 시작될 다람쥐 쳇바퀴 도는 듯한, 이 얼마나 지루하고 식상한 표현인가, 이 표현만큼이나 지루하고 식상한 '본디의 길' 위로 돌아와 또 같은 삶을 반복한다. 어쩌면 이 이야기는 아주아주 먼 옛날에 이미 시작된 걸지도 모른다. 신에게 벌을 받아, 무거운 바위를 산 정상으로 밀어 올리는 일을, 어제도 오늘도 내일도 영원히 반복하는 그리스 신화 속 '시시포스Sisyphos'에서부터.

그런데 우리는 이 이야기에 변형을 가하기 시작했다. 영화 '사랑의 블랙홀' 속 주인공부터 드라마 '웨스트 월드'의 호스트들까지 우리를 매혹하는 현재의 이 이야기들은 조금 다르다. '같은 날'에 갇혔지만 '다른 날'을 꿈꾼다. 반복되는 루프, 그것만으론 더 이상 흥미를 끌지 못한다. 발단 전개 위기 절정 결말이라는 이야기의 과정에서, 반복되는 루프는 '발단'일 뿐이다. 카타르시스를 위해선 그다음, 루프에서 벗어나기 위한 이야기가 필요하다. 반복되는 슬픔과 고통에서 빠져나오기 위한 전개, 위기, 절정, 결말. 그렇다. 모든 이야기에는 결말이 존재하고, 또 중요하다. 그렇다면 우리는 어떤 결말을 꿈꾸는 걸까? 이 모든 이야기들 속에서, 그리고 반복되는 우리의 삶 속에서.

드라마 '웨스트 월드'에선 셰익스피어의 '리어왕'을 인용해 우리의 이 반복되는 루프를 설명한다. '사람들이 태어날 때 우는 건 이 거대한 바보들의 무대에 끌려 나온 것이 슬퍼서이다.' 자각을 시작해 자신이 로봇임을 깨달은 호스트 하나는, 자신의 창조주인 인간에게 이런 질문을 던진다. 굳이 로봇인 우리에게 왜 슬픔과 고통의 기억까지 심어 줬냐고. 하지만 이내 깨닫는다. 이것이 나의 '주춧돌'이라는 것을. 그걸 중심으로 내 정체성이 형성되었다는 것을. 고개를 끄덕이며 창조주가 답한다. "모든 호스트에겐 배경 이야기가 부여되네. 그중에서도 호스트가 믿어 의심치 않을 비극적 배경 이야기가 가장 효과적이지." 슬픔과 고통의 기억이 지금의 나를 있게 했다는 이야기. 참, 잔인한 창조주다. 어차피 끝없는 반복이라면, 이왕이면 좀 마냥 기쁘고 행복한 기억만 주면 안 되나? 그리하여 이 이야기는 다시 셰익스피어의 글을 인용하며 결론으로 내달린다. 이번엔 '로미오와 줄리엣'에 나오는 대사다.

"이처럼 격렬한 기쁨은 격렬한 종말을 맞을지니!"

격렬한 기쁨. 결국은 다시 또 그게 답인 걸까? 격렬한 기쁨을 찾으시오. 슬픔과 고통의 기억이 당신에게 더 격렬한 기쁨을 안겨 줄 터이니, 당신의 반복되는 루프에서 벗어나 격렬한 종말을 맞이하고 싶다면, 격렬한 기쁨을!

그리하여 우리는 '반복'되는 루프에서 벗어나기 위해, 아이러니하게도 또다시 '반복'을 시작한다. '뭐 화끈한 일 없을까, 뭐 신나는 일 없을까, 야이야이야이야이야.' 격렬한 기쁨을 찾기 위한 '일탈'

의 반복을. 새로운 사랑, 새로운 취미, 새로운 여행, 새로운 게임…. 좀 더 새롭고 격렬한 기쁨은 또 없을까? 이러다 우리는 또 정말, 만들어내 버릴지도 모르겠다. 우리 대신 반복되는 하루, 똑같은 오늘을 사는 인공 지능 로봇 '호스트'들이 살고 있는 테마파크 '웨스트월드'까지도. 아직은 드라마 속 이야기지만 현실에서도. 이보다 더 새롭고 격렬한 재미는 없을지도 모르니까. 잔인한 그 '창조주 놀이'보다 격렬한 재미는.

#
03

그냥 재밌으면, 왜 안 돼?

저녁 여덟 시부터 새벽 한두 시까지는
마법의 시간이었다.
보드라운 파란색 면 침대보 위에 펼쳐진 흰 책장 위로
램프의 불빛이 동그란 원을 그리면
새로운 세계의 문이 열렸다.

- 소설 '열세 번째 이야기The Thirteenth Tale' 중에서

이 책(여러분이 지금 읽고 있는 바로 이 책)을 처음 구상할 때, 나는 좀 두렵고 쑥스러웠다. 타인에게 나의 서재나 플레이 리스트를 공개하는 건, 어쩐지 내 일기장을 보여 주는 것 같은 느낌이랄까. 하지만 솔직히 조금 설레기도 했다. 내가 정말 아끼고 좋아하는 친구들을 누군가에게 소개하면서, '어때? 너도 마음에 들지? 정말 좋은 친구

지?' 그런 으쓱한 마음을 갖고 싶었달까. 그런데, 그래서 더 어려웠다. 어떤 책, 어떤 영화, 어떤 이야기를 골라야 할까. 지금 내 서재에 있는 책들, 지금 내 마음에 남아 있는 영화들, 그 모든 이야기들엔 다 각자의 매력과 사연이 있는데, 대체 누구를 먼저 소개해야 하지? 꽤 오래 고민한 끝에 나는 나름의 선별 기준을 정해 리스트를 작성할 수 있었는데, 선별의 가장 큰 기준점은 이것으로 정했다. 가능한 한 동시대 예술가의 작품을 고를 것.

고전 작품에 대한 이야기들은 이미 너무 많이 나와 있는데 '굳이 나까지…'라는 마음도 있었고, 아직은 덜 주목받고 있지만 언젠가는 고전이 될 수도 있을 법한 아직 살아 있는 작가들의 작품을 소개하고 싶단 욕심도 있었다. 하지만 무엇보다 큰 이유는, 진입 장벽이 낮은 이야기들을 고르고 싶어서였다. 물론 시대가 변해도 그 가치를 잃지 않는 작품들을 고전이라 부르긴 하지만, 우리 조금 솔직해져 보자. '나도 좀 책을 읽고 싶은데, 무슨 책을 봐야 하지?' 아직 독서의 즐거움에 익숙지 않은 사람에게 도스토옙스키의 '카라마조프가의 형제들'을 추천한다면, 일단 그는 그 책의 두께에 먼저 질리고 말 것이다. (내가 가지고 있는 '카라마조프가의 형제들'은 600여 페이지의 책이 세 권, 총 1,700여 페이지다.) '그래도 남들이 다 좋다고 하는 작품이니까'라고 책을 읽기 시작한다 해도, 그는 이내 지치고 말 확률이 크다. 문체나 시대 배경 등이 낯설 수밖에 없으니까. 21세기를 살아가고 있는 평범한 한 사람이 19세기의 사람을 처음 만났는데, 단번에 그의 언어를 모두 이해하고 즐겁게 대화를 나눈다는 건 불가능하다. 처음부터 이야기의 즐거움에 빠져 페이지가 쑥쑥 넘어갈 리가 없다. 빼곡한 글자들을 따라가는 나의 눈은 자꾸만 멈칫할 것이고, 그러다 보면 스르르 졸음이 밀려올지도 모른다. '역시 나는, 책은 아닌가….' 독서의 즐거움은커녕 영원한 '책과의 이별'이 찾아올지도 모른다. 그래서 나는 나의 이 책을 보고 관심이 생겨 그 작품을 찾아봤을 때, 좀 더 쉽게 '즐거움'을 느낄 수 있는 작품들을 우선적으로 고르고 싶었다. 이야기의 즐거움에 빠져 '또 보고 싶다!' 그렇게 다음 책, 또 다음 책. 이야기와 친해질 기회, 그 시작이 되기 위해선 일단 '지금을 살고 있는 우리들'에게 조금 더 익숙한 언어로 쓰인 작품이 좋을 것 같단 생각에서였다.

그 기준을 세웠을 때, 가장 먼저 떠오른 작품들 가운데에는 당연히 '이 책(이제 곧 소개하게 될 책)' 또한 포함돼 있었다. 나 역시 이 책을 처음 읽었을 때 좀처럼 멈출 수가 없어서 밤을 새워 가며 페이지를 넘겼고, 그 후 책을 추천해 달라는(하지만 독서량이 많지는 않은) 지인들에게 가장 많이 추천했던 책 또한 이 책이었다. 그런데 막상 리스트가 완성되고 한 편 한 편 글을 써 나가기 시작했을 때, 좀처럼 '이 책'에 대한 글은 시작할 엄두가 나지 않았다. 생각해 보니 나는 이 책을 내 지인들에게 추천할 때 역시, 다른 작품들과는 달리 가타부타 설명을 하지 않았던 것 같다. '그냥 봐 봐. 재밌어.' 그게 다였다. 정말, 그랬으니까. 이 책은 정말, 그냥, 재밌으니까. 하지만 나 또한 지금

책을 쓰고 있는데, 내 책을 읽는 독자들이 이 페이지를 펼쳤을 때,

일단 그냥 보세요.

재밌습니다.

끝.

이렇게만 쓰여 있다면 얼마나 황당하겠는가. 하지만 내 마음은 여전히 갈팡질팡. '재밌는 이야기를 그냥 재밌다고 하면 되지, 뭘 더 구구절절 설명해야 하지?', '그냥 리스트에서 뺄까?', '하지만 난 이 친구를 꼭 소개하고 싶은데?' 그러다 더 이상 미룰 수 없어 다시 펼쳐 본 '이 책'. 나는 또 이틀 밤을 꼬박 '이 책'만 봤다. 역시 또 멈출 수가 없었다. 그래서 또 이런 생각이 든 거다. '아니, 책이! 이야기가! 그냥 재밌으면, 왜 안 돼? 그게 이야기잖아!'

나는 언제나 책을 읽었다. 내 인생의 모든 순간에 책이 있었고, 책을 읽는 것이 가장 큰 즐거움이 아니었던 적은 한 번도 없었다. 그러나 성인이 되어서 읽었던 책들은 어린 시절에 읽었던 책들만큼 나를 강하게 사로잡지는 못했다. (……) 그러나 비다 윈터의 책을 읽는 동안 나는 낮 시간과 밤 시간 내내 읽고 또 읽었다. (……) 잃어버렸던 기쁨이 되살아났다. 비다 윈터는 나에게 **처음 책에 빠져든 사람의 순수한 마음을 되찾게 해 주었고, 갖가지 이야기들로 나를 완전히 매혹**시켰다.

소설 '열세 번째 이야기'의 화자인 '나, 마가렛'이 '비다 윈터'의 책을 처음 읽던 장면. 이 장면 속의 '나, 마가렛'이 곧, 이 책 '열세 번째 이야기'를 읽고 있는 내 모습이었다. 내가 아주 어렸을 때, 나는 왜 이야기에 빠져들었는가. 삶의 지혜를 배우기 위해서? 내 고민의 답을 찾고 싶어서? SNS의 좋아요를 위해서? 남들도 다 읽은 유명한 책을 나만 안 보면 안 될 것 같아서? 다 아니다. 우리가 아주 어렸을 때 책을 읽었던 이유, 이야기에 빠져들었던 이유 따윈, 없다. 그저 이야기가 그곳에 있었고, 그곳은 즐거웠기 때문이었다. 이 책은 바로 그 즐거움, '처음 책에 빠져든 사람의 순수한 마음'을 아직 간직하고 있던 내 어린 날의 즐거움을 다시 떠올리게 했다. 사실 '이야기'는 그거면 되는 거 아닐까?

이 책의 작가인 '다이안 세터필드Diane Setterfield'는 어린 시절부터 어린이 도서관에 소장된 책을 몽땅 읽어 치웠을 정도로 책 읽기를 좋아하는 소녀였다고 한다. 그리고 이 책은 그 소녀가 마흔한 살이 되어 펴낸 데뷔작, 그녀의 첫 번째 이야기다. 그녀는 누구보다 '이야기의 즐거움'을 잘 알고 있는 사람이었고, 그래서 이 책에는 '이야기 오타쿠'의 향기가 진하게 배어 있다.

이 책의 화자인 '나, 마가렛'은 아버지가 운영하는 책방에서 자랐다. 그곳에서 알파벳을 배웠다. 마가렛에게 A는 오스틴Austen[○], B는 브론테Bronte[○○], C는 찰스Charles, D는 디킨스Dickens[○○○]를 의미했다.

그런 마가렛의 모습이 곧 이 책의 작가인 '다이안'이 아니었을까?

마가렛의 본업은 아버지를 도와 책방을 운영하는 것, 부업(혹은 취미)은 전기 작가다. 어쩌면 아마추어 작가라고도 할 수 있는 마가렛에게 어느 날 한 통의 편지가 도착한다. '영국인이 가장 사랑하는 작가, 금세기의 디킨스, 현존하는 세계 최고의 작가'라 불리는 '비다 윈터'로부터 온 편지였다. 유명세만큼 비밀이 많기로도 유명한, 그녀 자신이 이미 '한 편의 완벽한 미스터리'라고 불리는 소설가 비다 윈터가, 아마추어 작가인 마가렛에게 자신의 전기를 써 달라는 부탁을 하고 있었다. 그러니 자신의 저택으로 와서 자신을 인터뷰해 달라는 부탁. 마가렛은 생각했다. 왜 하필 나지? 그리고 왜 이제 와 진실을 말하겠다는 거지? 그런데 정말 내게 진실을 말하긴 할까?

수많은 기자들과 전기 작가들이 비다 윈터의 진실을 알기 위해 도전했으나 번번이 실패했다. 그런데 그건 그들의 잘못이 아니었다. 그녀가 '타고난 이야기꾼'이기 때문이었다. 그녀는 매 인터뷰마

○ 소설 '오만과 편견Pride and Prejudice', '이성과 감성Sense and Sensibility'의 작가 제인 오스틴Jane Austen

○○ 소설 '제인 에어Jane Eyre'의 작가 샬럿 브론테Charlotte Bronte와 '폭풍의 언덕Wuthering Heights'의 작가 에밀리 브론테Emily Bronte

○○○ 소설 '위대한 유산Great Expectations'의 작가 찰스 디킨스Charles Dickens

다 '다른 이야기'를 들려준다. 진실보다 눈부신 이야기를. 이야기에 홀린 사람들은 이제 그녀의 인터뷰 또한 '하나의 이야기'로 인식하기 시작했고, 또 다른 이야기에 목말라했다. 그녀가 30여 년 전 출판하자마자 모두 수거한 책 '변형과 절망의 열세 가지 이야기'란 책은 그녀의 그런 신비롭고 미스터리한 이미지에 더 큰 역할을 했다. 새로 출판된 책의 제목은 '변형과 절망의 이야기'였고, 그 책에는 '열두 편'만이 실려 있기 때문이었다. 사람들은 궁금해했다. 그럼, 열세 번째 이야기는 무엇이었을까? 그 이야기 속에 그녀의 진실이 담겨 있진 않았을까? 하지만 그 이야기에 대해선 끝내 침묵했던 그녀가 마가렛에게 편지를 보낸 것이다. 이제, 진실을 말할 시간이 왔다고. 나를, 만나러 와 달라고.

'이야기 오타쿠'인 마가렛이, '타고난 이야기꾼'인 비다 윈터의 저택을 방문하면서 펼쳐지는 이야기. 우리는 이제 마가렛과 함께 비다 윈터의 이야기를 듣게 될 것이다. 여기에는 원칙이 있다.

앞을 넘겨짚어서도, 뒤를 돌아보아서도, 질문을 해서도 안 돼.
마지막 장을 훔쳐보는 것도 안 돼.

그렇게 우리는 이야기 속으로 빨려 들어간다. 비다 윈터의 비밀이 조금씩 베일을 벗어 갈 때, 우리의 머릿속에 떠오르는 질문은 단 하나뿐. '그래서? 그래서 그다음은? 그다음은 어떻게 되는데?' 하지만 그 질문에 대한 답은, 다음 페이지를 넘겨야만 확인할 수 있다. 그렇게 쑥쑥 넘어가는 페이지. 그리고 그 페이지 사이사이에서 튀어나오는 익숙하면서도 낯선 또 다른 이야기들.

'이야기 오타쿠'였던 소녀는, 어느새 '타고난 이야기꾼'이 되었다. 이 소설의 작가 '다이안'은, 처음엔 '마가렛'의 모습을 하고 있었지만, 어느새 타고난 이야기꾼인 '비다 윈터'로 변해 있었다.

인생은 회반죽이야. (……) 지금까지의 내 삶, 내가 경험한 모든 일들, 내게 일어난 모든 사건들, 내가 아는 모든 사람, 나의 모든 기억, 꿈, 환상, 내가 읽은 모든 것들. 그 모든 것이 그 반죽 속에 던져졌다네. 시간이 흘러 반죽이 발효됐고 결국에 검고 비옥한 거름이 된 거야. (……) 때때로 어떤 생각이 떠오르면 나는 그걸 그 거름 위에 심은 다음 기다리지. (……) 그러다가 어느 화창한 날, 난 하나의 이야기, 소설을 갖게 되는 거야.

비다 윈터의 독백처럼, 이 책에는 '이야기 오타쿠'였던 소녀 '다이안'을 매혹했던 수많은 이야기들이 그녀만의 반죽이 되어 되살아난다. 폭풍 속에서 태어난 이사벨의 이야기에는 소설 '폭풍의 언덕'이 녹아 있다. 사랑하는 여인을 잃은 후 스스로 세상에 대한 문을 닫아버린 채 저택 밖으로 한 발짝도 나가지 않는 괴팍한 노인 조지는 자신의 어린 딸에게 집착하는데, 그 모습은 어쩐지 소설 '위대한 유산'에서 아름다운 양녀 에스텔라에게 집착하는 노부인 미스 해비샴과 닮아 있다. 가정 교사 헤스터의 이야기는 또 어떤가. 이 저택엔 유령이 살고 있는 게 아닐까, 두려워하는 헤스터의 모습에서 어떻게 '제인 에어'를 떠올리지 않을 수 있을까? 심지어 이 뻔뻔한 이야기꾼 '다이안'은 그 사실을 굳이 부인할 마음도 없어 보인다. 가정 교사인 헤스터가 '제인 에어'처럼 저택의 주인과 사랑에 빠지게 될까, 넘겨짚던 독자들에게 '다이안'은 콧방귀를 뀌며 이렇게 말한다. '그녀는 제인 에어가 아니었고, 그도 로체스터°가 아니었다.' 그러곤 또 이야기를 비틀어 우리의 짐작이 무색하게 엉뚱한 곳으로 마구마구 이야기를 펼쳐 나간다. 그러다 우리는 또 '유령'과도 마주치게 되는데, 흰옷을 입은 유령, 누군가와 몹시 빼닮은 그 유령은 소설 '흰옷을 입은 여인The Woman in White'의 한 장면을 연상시킨다. (하지만 그 모든 고전 소설들을 아직 읽어 보지 않은 독자들도 걱정할 필요가 없다. 이미 이 이야기는 그 소설들을 거름 삼아 새로운 또 하나의 이야기로 거듭나 있으니까. 그것도 너무나 매혹적인 이야기로.) 그렇게 이야기꾼에게 홀려 이리저리 끌려다니다 정신을 차려 보면, 독자인 우리는 어질어질, 어느새 아침 해가 뜨고 있는 걸 발견하게 된다. 그 또한, 이 이야기꾼은 다 알고 있었던 걸까?

° 소설 '제인 에어'의 남자 주인공

비다 윈터의 이야기에 끌려다니다 쓰러진 마가렛에게 비다 윈터의 주치의가 물었다. “잠을 잘 못 자죠? 그럴 줄 알았어요. 혹시 무슨 책을 읽고 있나요?” 체온계를 입에 물고 있던 마가렛은 답을 하지 못한다. 하지만 처음부터 의사는 답을 들을 필요가 없었던 것 같다. “폭풍의 언덕을 읽으셨나요? 제인 에어는요? 이성과 감성은요? 적어도 한 번 이상 읽으셨겠지요? 아마 어렸을 때부터 읽었겠지요?” 그러곤 별걱정 할 것 없다며, 잘 먹고 잘 쉬면 된다며, 처방전 하나를 적어 주고 나가는데, 그 처방전에는 이렇게 적혀 있다.

〈아서 코난 도일 소설집〉, 〈셜록 홈즈 시리즈〉
하루에 한 번, 열 페이지씩, 증상이 완화될 때까지.

나는 이 장면에서 나도 모르게 소리 내 ‘푸핫!’하고 웃음을 터뜨릴 수밖에 없었다. 처방전이 셜록 홈즈라니! 그건 또 다른 오타쿠의 세계잖아! 장르가 다를 뿐! 나는 이 뻔뻔한 이야기꾼 ‘다이안’에게 고개를 절레절레 저을 수밖에 없었던 거다.

영국 문학의 한 축에 ‘제인 에어’의 작가 샬럿 브론테와 ‘오만과 편견’의 작가 제인 오스틴이 만들어낸 오타쿠의 세계가 있다면, 그 다른 축에는 ‘셜록 홈즈’의 작가 아서 코난 도일이 만들어낸 또 다른 오타쿠의 세계가 있다. ‘셜록 홈즈’가 낳은 수많은 파생 문학에 대해선, 굳이 설명할 필요가 없을 거라고 생각한다. 다만 내가 너무너무('너무'를 꼭 두 번 이상 쓰고 싶을 만큼) 좋아하는 영국 드라마 '셜록Sherlock'에 대한 이야기만은 아주 간단하게라도 언급하고 싶다. 이 드라마 또한, '오타쿠'가 만들어낸 작품이니까. 드라마 작가인 '스티븐 모팻Steven Moffat'과 역시 작가이자 배우인 '마크 게티스Mark Gatiss'는 어느 날 두 사람 모두가 '셜록 홈즈'의 광팬임을 알게 된다. 그 후 몇 년 동안 두 사람은 이따금 점심 식사를 함께하며 셜록에 대한 이야기를 나눈다. 원작은 물론, 영화화됐던 작품, 드라마화됐던 작품, 할 얘기는 얼마든지 차고 넘쳤다. 그러다 21세기 셜록은 이랬으면 좋겠는데, 저랬으면 좋겠는데, 이런 드라마나 영화도 언젠가 나왔으면 좋겠는데, 그들은 마치 셜록 오타쿠 모임의 회원들인 것처럼 정말 끊임없이 얘기만 나눈다. 그러던 어느 날 두 오타쿠의 모습을 지켜보던 스티븐의 아내 '수 버추Sue Vertue'는 이런 생각을 하게 된다. '야, 그렇게 좋으면 그냥 니들이 만들면 되잖아?' 프로듀서이기도 한 수는, 바로 멍석을 깔고 일을 추진해 나간다. 이 드라마는 세계적으로 엄청난 흥행을 거두는데, 후에 수는 그때를 떠올리며 이런 인터뷰를 했다. "두 사람은 너무 광팬이라서, 그냥 놔두면 언제까지고 이야기만 하고 있을 것 같은 느낌이었거든요."

어쩌면 어른이 된 후에 '아서 코난 도일Arthur Conan Doyle'의 셜록 홈즈 원작을 처음 읽게 된 사람은, 그 이야기들이 좀 시시하거나 지루하게 느껴질지도 모른다. (의식하지 못한 새 우리는 이미 그 원작에서 파생된 더 복잡하고 세련된 이야기들을 너무 많이 봐 왔으니까.) 하지만 원작을 보지 않은 사람들도 스티븐과 마크가 만든 영국 드라마 '셜록'의 시즌 1을 보게 된다면, 이 드라마에 반하지 않기란 어려울 것이다. 원작 셜록을 반죽 통에 넣고 숙성시킨 후 잘 버무려 21세기형 셜록으로 재탄생시킨 이 드라마는, 굉장히 재밌으니까. 그렇게 이 이야기에 한 발을 담그게 된 사람은, 셜록 홈즈 원작으로까지 손을 뻗게 될지 모른다. (이야기 금단 증상은 생각보다 무섭다.) 그렇게 21세기 셜록과 인사한 후에 19세기 셜록을 만나면, 그 원작은 이제 더 이상 시시하거나 지루하게 느껴지지 않을지도 모른다. 드라마 셜록의 '분홍색 연구'는 원작의 '주홍색 연구'에서 시작된 이야기였구나! 그런데 또 이렇게 달라졌네? 그 차이와 공통점을 찾아내는 것만도 쏠쏠한 재미를 불러일으킬 테니까. 그리고 그다음은? '또 이렇게 재밌는 추리소설 어디 없나?'

비다 윈터의 모든 이야기를 다 듣게 된 마가렛. 600여 페이지에 달하는 이 이야기는 이제 몇 페이지 남지 않았다. 이 소설의 마지막에서 누군가 마가렛에게 그 이야기를 자신에게도 들려 달라고 한다. 그때 마가렛은 이렇게 답한다.

"일단 알고 나면, 다시는 돌아갈 수 없어요."

그때 나는 다시 한번 웃음을 터트릴 수밖에 없었다. 이야기꾼 '다이안'은 그 또한 알고 있었던 거다. '그렇지, 다시는 돌아갈 수 없지.

이야기의 즐거움, 한번 그 즐거움을 맛보고 나면, 그다음, 그다음 즐거움이 더 간절해질 테니까.' 그래서 이 책을 덮고 나면 당신 또한 그다음, 그다음 이야기가 또! 듣고 싶어질지도 모른다. 그러다 당신은 제인 에어, 폭풍의 언덕, 위대한 유산, 흰옷을 입은 여인… 고전의 세계로까지 접어들게 될지도 모른다. 나 또한 그랬으니까. 나 또한 이 책을 덮고 나서, 그 책들을 모두 다시 읽었다. 즐거운, 밤들이었다.

저녁 여덟 시부터 새벽 한두 시까지는
마법의 시간이었다.
보드라운 파란색 면 침대보 위에 펼쳐진 흰 책장 위로
램프의 불빛이 동그란 원을 그리면
새로운 세계의 문이 열렸다.

대단한 감동과 교훈, 문학적 가치와 의미. 솔직히 그런 건 다 그다음 문제일지도 모른다. 일단 뭐라도 읽어야 감동도 느끼고 교훈도 얻고 그럴 거 아닌가. 그런데 읽으려면, '재미'가 필요하다. 그래서 나는 '이야기꾼'들을 사랑한다. 내가 좋아하는 또 한 명의 이야기꾼이 있다. 그는 자신의 데뷔작 '고래'로 문학동네 소설상을 수상했는데, 그 작품에 대해 한 심사 위원은 이렇게 말했다.

누구든 이 작가의 입심에 빨려 들어가지 않을 수는 없을 것이다. 그러나 한편으로 이 모든 이야기의 성찬이 대체 무엇을 위한 것인가 하는 생각 역시 떨쳐버릴 수가 없었다. 소설이란 이야기에서 그치지 않고 더 나아가 '그래서 어쨌다는 거냐'까지 이르러야 한다는 것이 소설에 대한 내 생각이기 때문이다.

또 다른 심사 위원도 비슷한 혹평을 내놓았다.

'고래'에는 내가 좋은 소설의 조건이라고 설정한 요소들이 거의 없었다.

하지만 '고래'는 결국 수상 작품으로 선정됐다. 그 이유는, 단순했다.

나는 이 이야기에 빨려 들어갈수록 당황했고, 당황하면 당황할수록 그 이야기 속에서 헤어 나올 수 없었다.

타고난 이야기꾼한테 한번 걸리면, 그렇게 된다. 우리는 헤어 나올 수가 없다. 그리고 솔직히 나는, 헤어 나오고 싶은 맘도 없다. 이야기꾼의 덫에 걸려, 그렇게 하얀 새벽을 맞아 본 사람들은 다 알 거다. 그 기분이, 얼마나 짜릿한지. 그걸 잊지 못해 우리는 또 다른 이야기를 찾아 헤매게 된다. 그러니, 그걸로도 충분한 거 아닐까? 그냥 재밌으면, 왜 안 돼? 세상엔 이런 이야기도 있고, 저런 이야기도 있는 건데. 우리가 '처음 책에 빠져든 순수한 마음'을 다시 떠올려 보자. 어차피 우리는 재밌어서! 이야기에, 빠졌던 거다. 그래서 나는 이 책 '열세 번째 이야기'를 여러분에게 이렇게 추천하고 싶다.

일단 그냥 보세요.

재밌습니다.

끝.

04

굉장히 작은, 수많은 조각들

살인과 강간, 잔인한 폭력과 끔찍한 묘사. 나는 가끔 이런 게 너무 지겹다. 물론 어떤 이야기에는 그런 요소가 꼭 필요할 수도 있을 테고, 모든 이야기는 우리의 진짜 세계를 반영한다는 의미에서 그런 이야기들도 세상엔 필요하다는 거 안다. 지금도 어딘가에선 그런 일들이 실제로 일어나고 있으니까. 하지만 그럼에도 가끔은 너무 많다는 생각이 들곤 한다. 언젠가부터 나는 아무 정보 없이 극장을 찾는 일이 어려워졌다. 영화나 한 편 볼까, 가벼운 마음으로 가까운 멀티플렉스를 찾았다가 걸려 있는 모든 영화가 너무 잔인하고 끔찍한 얘기들뿐이라 그냥 발길을 돌렸던 경험이 몇 번이나 반복되면서부터였다. 그만큼 언젠가부터 너무 많아진 기분이다. 툭하면 살인, 툭하면 강간. 그것도 누가누가 더 잔인한가 시합이라도 하듯, 저렇게까지 끔찍하게 다 보여 줄 필요가 있나 싶을 만큼 자극적인 묘사. 물론 모든 이야기에는 '사건'이 필요하고 '갈등'도 필요하다. 하지만 그 갈등을 만들기 위해 고민 없이, 설득력 없이, 너무 쉽게 자극적인 소재를 끌고 오는 이야기를 만날 때면 솔직히 '너무 안이한 거 아닌가'하는 생각마저 든다.

나는 인간의 본성이 마냥 선하다고 생각하진 않지만, 그럼에도 '이런 상황에선 무조건 강간이 일어나지, 이런 상황에선 당연히 약육강식이 일어나지, 원래 인간은 그런 거야.' 너무 쉽게 사람이란 존재를 단정 짓는 이야기들은 싫다. 오죽하면 내가 미국 드라마 '로스트Lost'를 좋아했던 이유 중 하나는 아무도 강간하지 않는다는 거였다. 비행기 추락으로 무인도에 고립된 마흔여덟 명의 생존자. 그들의 갈등과 사고에 강간이 없다는 게 도리어 신선했다. 비슷한 플롯을 가진 '고립된 인간들'의 이야기에선 언제나 너무 쉽게 일어나는 일이었으니까. 마치 인간은 그런 상황에서 당연히 악마가 된다는 것처럼. '그건 드라마라서 그렇지. 두 시간 남짓의 짧은 영화에선 짧고 굵게 흥미를 끌어야 해.' 하지만 그렇지 않은 영화도 있다. 그래서 나는 영화 '클로버필드 10번지10 Cloverfield Lane'도 좋았다. 자동차 사고로 정신을 잃은 한 여자가 눈을 떠 보니 밀폐된 방공호다. 자신을 이곳으로 데려온 남자는, 지금 바깥세상은 오염됐고 이곳만이 유일한 안전지대라고 말한다. 하지만 그 남자도 어쩐지 의심스럽고 위험해 보인다. 그는 악인일까, 선인일까. 여자는 그를 믿어야 할까, 도망쳐야 할까. 이 영화의 등장인물은 딱 셋이다. 그곳으로 피신해 온 또 다른 남자까지 남자 둘에 여자 하나. 100여 분의 러닝타임 내내 그들은 밀폐된 방공호 안에 있다. 하지만 자극적인 사건도, 잔인한 묘사도 없다. 그럼에도 이야기는 거의 끝날 때까지 긴장감이 넘친다. 그럴 수도, 있는 거다.

물론 요즘의 이야기들이 점점 더 자극적이 되어 가는 이유는 알 것도 같다. 인류의 역사만큼 이미 수많은 이야기들이 쌓여 있고, 매체가 다양해짐에 따라 점점 더 많은 이야기들이 쏟아지고 있는데, 그 안에서 살아남기가 얼마나 힘겨운 일인지 나도 안다. 많은 아티스트들이 이런 얘길 한다. 더 이상 새로운 이야기는 없다고. 어떤 뮤지션은 이런 말도 했다. '도레미파솔라시도 말고 뭐 더 없나? 대체 새로울 게 없네!' 번뜩 아이디어가 떠올라도 이미 있는 멜로디 같고, 이미 있는 이야기 같고. 2014년 기준, 번역서를 포함 1년 동안 국내에 새로 출판된 신작 혹은 개정판은 47,589권. 문학만 따져도 10,671권이다. 우리나라에만 하루 평균 30여 권의 문학 도서가 새로 출판되고 있는 거다. 그게 영화나 다른 예술 분야라고 다를 것 같지 않다. 그 안에서 눈에 띄기, 그 안에서 살아남기, 그 안에서 새로운 이야기를 만든다는 것이 얼마나 어려운 일인지 나도 안다. 그런데 나는 '점점 더 자극적인 방법을 선택하는 것'이 그 답인 줄은 모르겠다. 적어도 나 같은 독자, 나 같은 관람객에겐 효과가 없으니까. 자극적인 이야기만으론 눈길은 끌 수 있을지 모르지만, 마음을 얻을 순 없으니까.

그래서 나는, 이 책이 굉장히 마음에 들었다. 굉장히, 라는 말로도 설명이 부족할 만큼 나는 이 책을 좋아한다. 당연히 여러 번 읽었고, 읽을 때마다 새로운 문장을 발견해 또 새롭게 반한다. 여기서 말하는 문장은 단순히 수려한 문체, 멋들어진 표현을 말하는 게 아니다. 누군가의 마음, 누군가의 생각, 누군가의 삶을, 또다시 발견했다는 얘기다.

'올리브 키터리지Olive Kitteridge'는 미국 동부 끝자락에 위치한 바닷가 마을 '크로스비'에 살고 있는 수학 교사다. 이 책은 그녀가 마흔 무렵일 때부터 시작해, 일흔네 살 때까지 이어진다. 하지만 올리브의 일생을 다룬 책이냐 하면, 그렇다고 말하긴 힘들다. 이 책은 열세 개의 단편으로 이뤄져 있는데, 어떤 이야기에선 올리브가 전면에 등장하기도 하고, 어떤 이야기에선 그저 복도를 스쳐 지나가는 수학 선생님으로 등장한다.

"나도 알아, 알구말구. 삼십이 년 동안 학교에서 애들을 가르쳤거든. (……) 아이들과 함께 보낸 세월 때문에. 그리고 살아온 세월 때문에 알아."

어쩌면 그래서일지도 모른다. 올리브는 그냥 지나치지 않는다. 오랜 세월 아이들을 관찰해 왔듯, 주변 사람들을 섬세하게 바라본다. 그렇다고 그녀가 무척 따뜻하고 다정한 사람인가 하면 그건 또 아니다. '크로스비 주민 가운데 결코 우는 걸 볼 일이 없을 거라고 하면이 생각한 사람이 있다면 그건 올리브 키터리지'였을 정도로 그녀는 오히려 냉소적인 편에 가깝다. "올리, 그거 알아? 결혼하고 수십 년을 같이 사는 동안, 당신은 한 번도 사과를 한 적이 없는 것 같아." 그녀의 남편 헨리로부터 이런 얘길 들을 정도로 제멋대로인 어쩌면 불친절한 사람처럼도 보인다. 그럼에도 그녀는, 십수 년 만에 고향을 찾은(것도 차 안에 앉아 있는) 제자를 알아보곤 차 창문을 두드리는 사람이다. "케빈 코울슨, 잘 지냈는가? 차에 타라고 안 권할 거야?" 그러곤 케빈은 원하지도 않는 질문들을 던지고, 케빈에겐 궁금하지도 않은 얘기들을 제 혼자 늘어놓는다. "저 그럼, 선생님. 뵈어서 반가웠습니다." 케빈은 이제 그만 올리브가 내려 주길 바라지만, 그녀는 케빈과는 눈도 마주치지 않고 또 자기 얘길 해댄다. 제발 가세요, 그는 생각한다. 하지만 이 단편의 마지막 무렵, 케빈의 마음속에선 이런 외침이 들려온다. '가지 마세요, 키터리지 선생님. 가지 마세요.' 다리에서 뛰어내렸다가 죽지 못하고 살아난 어느 남자의 끔찍한 이야기가 생각났기 때문이었다. 남자는 금문교 위에서 한 시간 동안 울며 서성대던 그에게, 누군가 왜 우느냐고 한 번만 물어봐 줬어도 뛰어내리지 않았을 거라고 말했다. 희망은 마음의 암인데, 케빈은 결국 그 작은 희망을 갖게 돼버린다. 올리브가 그를 발견했고, 그를 지나치지 않았기 때문이었다.

올리브의 그 섬세한 관찰력 때문인지도 모른다. 이 책에는 조연이 없다. 동네 바에서 매일 피아노를 연주하는 사람은 그냥 이야기의 배경일 법도 한데, 그녀의 연주가 '배경 음악이라기보다 어엿한 등장인물' 같은 것처럼, 이 책은 그녀의 존재도, 그녀의 마음도 놓치지 않는다. 올리브 부부와는 교회에서 그저 가볍게 목 인사만 나누는 사이인 밥과 제인 부부. 그래서 자기들끼리 "헨리가 어떻게 올리브를 참아 주는지 난 당최 모르겠어." 이런 얘기나 수군대는 사람들의 마음까지도 섬세하게 살핀다. 제인이 차를 타고 지나가며 각 집마다 각양각색의 크리스마스 전구로 외관을 꾸며 놓은 것을 보고, "아, 재밌어. 이 모든 인생을 봐요. 우리가 모르는 이 모든 이야기를." 이렇게 말하듯, 이 책은 모든 사람들의 각양각색인 삶과 각양각색인 마음을 아주 섬세하고 조심스러운 시각으로 관찰하고 있다. 별일 없이 그럭저럭 살아가는 것처럼 보이는 사람들의 삶에도 '여전히 파도가 있다'는 것을 놓치지 않는다.

동공이 커질 만큼 깜짝 놀랄 일도, 소름이 돋을 만큼 충격적인 사건도, 이 책엔 없다. 늦은 밤 집으로 돌아가는 길, 이제 예순아홉이 된 올리브가 설사 때문에 남편인 헨리와 함께 응급실에 들렀다가, 마약을 훔치러 총을 들고 나타난 소년들에게 인질로 잡히는 사건이, 이 책에선 그나마 가장 극적인 사건이다. 그런데 이 이야기에서도 이 책은, 엉뚱한 곳에 시선을 던진다. 벌어진 환자복 가운 사이로 보이는 올리브의 늙은 무릎(누가 늙은 여자들의 뚱뚱한 무릎 사진을 여러 장 늘어놓는다면 어떤 게 자신의 무릎인지 고르지 못할 것 같다고 올리브는 생각한다), 바지 한쪽이 올라가는 바람에 드러난 헨리의 털 없는 허연 정강이에 핀 큰 검버섯, 그리고 한 손엔 총을 든 채 다른 한 손은 입에 갖다 대고 죽도록 손톱을 물어뜯는 소년의 모습에 주목한다. 올리브는 수십 년 동안 아이들을 가르쳤지만, 그렇게 속살까지 심하게 물어뜯은 손톱은 본 적이 없다. 이 단편의 마지막에서 올리브는, 소년원 정원에서 오후 작업에 열심일 소년을 생각하며 원예용 작업복을 만들기 위한 원단을 구입한다.

모든 이야기에 필요한 '갈등' 또한 마찬가지다. 이 책에서 갈등이 폭발하는 발화점은 '욕조 가장자리에 금이 간 누수방지 고무와 그 틈새로 끼어들어 간 때'처럼 굉장히 소소하다. 뉴욕에 사는 아들로부터 '두어 주 와 주셨으면 좋겠다'는 연락을 받은 올리브는, 기쁘다. 비록 자신의 아들 '크리스토퍼'가 헨리와 올리브가 직접 지어 준 아름다운 마당이 있는 집을 내팽개치고 첫 번째 부인 '수잔'과 함께 캘리포니아로 떠나버렸다 해도, 이혼 후 크로스비로 다시 돌아오지 않았다 해도, 이미 애가 둘이나 있는 '앤'과 두 번째 결혼을 하면서 연락조차 하지 않았다 해도, 뉴욕으로 이사 온 다음 세 번째 아이를 임신한 앤이 자꾸 토를 하고 힘들어하기에 도움을 요청했다 해도, 올리브는 기쁘다. 아직 혹은 이제라도 아들이 '자신의 도움'을 필요로 한다는 것이 기쁘다. 그래서 참을 수 있었다. 개털과 더러운 빨래 냄새, 식탁 위를 뒹구는 양말 한 짝, 벽에서는 음산한 기운이 나오는 것 같은 아들의 집. 콘크리트 바닥에 철조망 울타리의 작은 옥외 공간을 두고 '정원도 있어요'라고 말하는 아들을 보면서, 자신들이 크로스비에 지어 준 집(해가 잘 들고 너른 창으로 잔디와 백합, 가문비나무가 보이는)이 떠올라 속상했지만, 올리브는 참을 수 있었다. 심지어 세 번째 아이(이번엔 크리스토퍼의 아이, 그러니까 내 손자)를 임신한 앤이 담배를 피우고 술을 마시는 모습을 보면서도 올리브는 참을 수 있었다. 다시 아들의 삶에 입장할 수 있는 요청을 받았으니까! 그런데 이 이야기는 아주 엉뚱한 곳에서 틀어진다.

아이스크림. 아들의 가족과 아이스크림을 먹고 돌아온 올리브는, 화장실에서 거울을 보다 '그것'을 발견하고 만다. 흰색 블라우스에 끈적이는 짙은 색 버터스카치 소스가 기다랗게 띠를 이루고 있는 것을. 아이들은, 이걸 보고도 그녀에게, 한마디도 하지 않았다. 올리브는 '오라 숙모'와 똑같은 늙은 할망구가 되어 있었다. 오래전 올리브는, 오라 숙모가 녹은 아이스크림을 앞자락에 흘리는 걸 그냥 지켜보았다. 오라 숙모가 죽었을 땐, 그 딱한 꼴을 더는 보지 않아도 되어 기뻤다. 그리고 지금, 자신의 옷자락에 묻어 있는 아이스크림. 올리브는 다음 날 아들에게, 크로스비로 돌아가겠다고 말한다. 아들은 '엄마의 그 극도로 변덕스러운 기분' 때문에 자신이 평생 동안 얼마나 많은 상처를 받아 왔는지를 쏟아낸다. 그렇게 몇십 년에 걸쳐 쌓인 아들의 상처가, 엄마의 상처가, 드러난다. 그깟, 아이스크림 때문에.

이 책은, 그래서 놀랍다. 다시 맨 처음 언급했던 '케빈'의 이야기. 바닷가에 주차된 차를 보면서, 그 차 안에 앉아 있는 케빈이 어쩐지 신경 쓰이지만 그냥 보고만 있던 카페 여종업원 '패티'는, 키터리지 선생님이 케빈과 함께 차에 있는 걸 보고 안심한다. 이유는 몰랐지만, **깊이 생각하지는 않았다**. 피아노 연주자 '앤'은 그날 밤 스스로도 깜짝 놀랄 만한 일을 저지르는데, 나중에 그녀는 **자신도 모르는 새** 얼마나 오랫동안 이 일을 계획했던가를 생각한다. 자신이 뭔가를 **너무 늦게 깨달았다**는 것을 알게 된다. 이 책은, 우리가 **깊이 생각하지 않았기에** 놓쳐버린 삶의 한 조각을 잡아낸다. **나 스스로도 이유를 모르겠는** 나의 행동, 그저 무심코 내뱉어진 것 같은 나의 말이, 실은 '무심코'가 아니었음을 포착한다.

"나도 알아, 알구말구. 삼십이 년 동안 학교에서 애들을 가르쳤거든. (……) 아이들과 함께 보낸 세월 때문에. 그리고 살아온 세월 때문에 알아."

올리브는 정말 그래 보였다. 자신을 인질로 붙잡고 있는 총을 든 소년의 '엉망으로 망가져 있는 손톱'까지도 발견해내는 올리브는, 정말 많은 것을 알고 있는 것처럼 보였다. 그녀가 아들의 첫 번째 부인 '수잔'이 싫었던 이유도, 다만 수잔이 아들을 데리고 자신들이 지어 준 아름다운 집을 내팽개친 채 캘리포니아로 떠나버렸기 때문이 아니었다. "튤립을 매년 심어요? 우리 엄마는 분명히 매년 심지 않으셨어요. 그래도 우리집 뒤뜰에는 늘 튤립이 있었는데요?" 수잔이 이렇게 말하는 여자였기 때문이었다. 헨리로부터 "제발 수잔한테 잘못 알고 있다고 말하지 좀 마"라는 핀잔을 들으면서도, 올리브는 끝내 이 말을 뱉어야만 하는 사람이었다. "어머니한테 여쭤 보면 잘못 알았다는 걸 알게 될 거야." 그래서 싫었다. '난 당신을 알아요. 그럼요, 알고말고요.' 크리스토퍼를 바라보는 수잔의 이런 눈길이. 만난 지 6주 만에 결혼식을 올리면서, 그 아이의 어린 시절에 대해선 하나도 모르면서, 수잔이 그에 대해 안다고 착각하는 것은 단지 그와의 섹스가 어땠는지 아는 것일 뿐임을, 올리브는 알고 있었기 때문이었다. 그런데 그런 올리브조차, **너무 늦게 깨닫게** 된다. 자신이 아주 잘 알고 있다고 생각했던 남편 헨리에게도, 자신이 평생 동안 사랑하고 관찰해 온 아들 크리스토퍼에게도, 자신이 미처 몰랐던 이야기가 있었다는 것을. 심지어 그녀는 일흔네 살이 될 때까지 자신에 대해서도 잘 모르고 있었다.

잡지를 읽다 공화당 출신의 대통령 사진이 나오면 꼴도 보기 싫어 서둘러 넘겨버리는 올리브는, 이제 일흔네 살이 됐다. 긴 투병 끝에 헨리마저 그녀의 곁을 떠나고 없다. 이제 올리브는 '죽어도 상관없다'고 생각한다. "실은 죽었으면 좋겠어요. 오래 걸리지만 않는다면." 아침 운동 길에 만난(정확히 말하면 쓰러져 있는 걸 그녀가 발견한) 남자에게 그녀가 말했다. 이제 좀 기운을 차린 남자는, 어느새 울고 있다. "아내가 12월에 죽었어요." 올리브가 말한다. "그럼 댁도 지옥이겠구려." 그런데 그 지옥 같은 노년의 삶을 살고 있는, 그래서 차라리 이제 그만 죽었으면 좋겠다던 올리브는, 그에게 애정을 느낀다. 심지어 꼴도 보기 싫던 '공화당 지지자'인 그에게.

> 매일 아침 강변에서 오락가락하는 사이, 다시 봄이 왔다. 어리석고 어리석은 봄이, 조그만 새순을 싹틔우면서. 해를 거듭할수록 정말 견딜 수 없는 것은, 그런 봄이 오면 기쁘다는 것이다. (……) 그렇기에, 지금 그녀 곁에 앉은 이 남자가 예전 같으면 올리브가 택하지 않을 사람이었다 한들 무슨 상관이랴. 그도 필시 그녀를 택하지 않았을 텐데. (……) 머릿속에 그려 보았다. 햇살 좋은 이 방을, 햇살이 어루만진 벽을, 바깥의 베이베리를. 그것이 그녀를 힘들게 했다. 세상이. 올리브는 아직 세상을 등지고 싶지 않았다.

그렇게 일흔네 살의 올리브는, 아무리 나이를 먹어도 여전히 아름다운 찬란한 봄 앞에서 깨닫게 된다. 깊이 생각하지 않아서, 유심히 살펴보지 않아서, 나 자신도 몰랐던 내 모습을, 내 마음을. 그래서 그녀는 또, 살아가게 된다.

이것이 이 책의 놀라움이다. 그 어떤 자극적인 사건 없이도, 이 책은 우리의 삶을 보여 준다. 우리가 깊이 생각하지 않아서, 유심히 살펴보지 않아서, 우리 스스로도 몰랐던 우리의 모습을, 우리의 마음을. 놀랍고도 섬세한 관찰력으로 이 책은 굉장히 작은, 수많은 조각들로 이뤄진 우리의 삶을 조명한다.

열세 개의 단편은 따로 또 같이 커다란 그림을 이루는데, 멀리서 보면 하나의 그림처럼 보이는 이 이야기는 가까이 다가갈수록 굉장히 작은, 수많은 조각들로 이뤄져 있다. 그 많은 조각들이 너무나 촘촘하게, 그러면서도 하나도 아귀가 틀어진 곳 없이 완벽하게 맞아떨어져 있어, 아름다운 건축물을 보는 듯한 착각을 불러일으키기도 한다. 그리고 무엇보다, 쉽다. 마흔두 살에 첫 장편을 발표한 '엘리자베스 스트라우트Elizabeth Strout'는, 그로부터 10년 후에 출간한 이 책(이것은 그녀의 두 번째 장편이다. 첫 책과 이 책 사이에는 10년의 시간이 있었던 것이다)으로 2009년 퓰리처상을 받았다. 이 책에 쏟아진 수많은 찬사 가운데, 내 마음에도 남았던 말.

읽기는 쉽고, 잊기는 어려운 소설.

이 책은 정말 그랬다. 읽기는 쉽고, 잊기는 어려웠다. 또한 쉽게 읽히지만, 빨리 읽히지는 않았다. 하나의 이야기가 끝날 때마다, 한참을 생각하고 또 생각하게 만들었다. 내 삶의 굉장히 작은, 수많은 조각들이 또 떠올라서. 누군가 이 책을 읽고 이런 얘길 했다. '이 작가가 내 주변에 있다면 좀 무서울 것 같다'고. 이토록 섬세하게 모든 것을 관찰하고 있는 사람이, 내 주변에 있다면. 읽기는 쉬운 이 책이, 얼마나 어렵게 쓰였을지는 깊이 생각해 보지 않아도 알 것 같

았다. 얼마나 오랫동안 관찰하고 생각하고, 또 얼마나 오랫동안 그 수많은 조각들을 하나하나 꿰어 맞춰 이 커다란 그림을 완성했을지, 그녀의 집요함과 섬세함에 경외감마저 들었다.

그 과정이 얼마나 고단하고 힘들었을지 너무 잘 알겠지만, 그래서 또 나는 이런 생각이 드나 보다. 하루에도 수없이 쏟아지는 수많은 이야기들 가운데 '단 하나의 이야기'로 남기 위해 지금도 많은 작가들이, 많은 아티스트들이 힘겨운 싸움을 하고 있다는 거, 안다. 더 이상 새로운 이야기는 없다고, 그래서 더 힘들다고 말하는 마음도, 너무 알겠다. 그런데 조금이나마 위안이 되는 건, 15세기에 살았던 천재 예술가 '레오나르도 다 빈치Leonardo Da Vinci' 또한 자신의 노트에 이런 푸념을 남겼다는 거다.

> 나보다 먼저 태어난 사람들이 쓸모 있고, 꼭 필요한 주제들을 이미 다 선점해버렸다. 따라서 나는 (……) 박람회에 꼴찌로 도착해서 원하는 것을 고를 수 없는 가엾은 사람처럼 행동할 수밖에 없다.

그런데 그는, 그 전에도 그 후에도 수많은 사람들이 그리고 또 그렸을 초상화 중에, '모나리자'를 남긴 사람이다. 눈 두 개, 코 하나, 입 하나. 사람의 얼굴이 다 거기서 거기지. 그런 사람의 얼굴을 그리는데, 뭘 더 어떻게 새로운 것을 할 수 있을까. 하지만 그는, 그 수많은 초상화 가운데 '단 하나의 그림'을 남겼다. 그리고 나는 그 이유가 바로, 이것인 것만 같다.

우리는 깊이 생각하지 않아서,
유심히 바라보지 않아서 놓쳐버린,
아주 작은 조각 하나를, 그는 발견했기 때문이라고.

그래서 나는, 올리브 키터리지, 이 이야기가 좋았다. 정말로 우리가 더 이상 새로운 이야기는 없는 시대를 살고 있는 거라면, 그 안에서 '단 하나의 이야기'를 남길 수 있는 방법이 '점점 더 자극적인 것을 선택하는 것'이 아니라 '점점 더 깊게 생각하고 오래 바라보는 섬세함'이라는 걸, 이 책이 증명해 주고 있는 것 같아서. 사람이란 존재는, 우리 하나하나의 삶은, '인생은 다 그런 거야. 사람은 다 그런 거야' 그리 쉽게 단정 지을 수 있는 게 아니라는 것을, 우리 하나하나의 삶은 모두 '굉장히 작은, 수많은 조각들'로 이뤄져 있다는 것을, 이 책이 '읽기는 쉽게, 하지만 잊기는 어렵게' 알려 주고 있는 것 같아서.

#
05

상처받을 준비

'당신에게 귀 기울여 주고, 이해해 주고, 알아줄 존재.'

커다란 전광판에서 흘러나오는 이 문구가, 그의 발길을 멈춰 세웠다. 그는 '아름다운 손편지 닷컴'에서 일하는 612번 편지 작가. 낮에는 남들의 연애편지를 대신 써 주고, 밤이면 전화 선 너머에 존재하는 낯선 여인들과 공허한 대화를 나눈다. 그런 관계에 지쳐 있던 그, 영화 '그녀Her'의 남자 주인공 '테오도르'는, 어쩌면 그 문구에 이미 마음을 빼앗겼는지도 모른다. 그는 이미 '그녀'를 사랑할 준비가 되어 있었는지도 모른다.

그는 외로웠지만, 선뜻 누군가를 다시 또 만날 마음은 들지 않았다. 학창 시절부터 서로에게 큰 영향을 주며 함께 성장해 온 '캐서린'은, 그의 친구이자 연인이자 아내였다. 그렇게 긴 시간을 함께해 온 캐서린조차 그를 떠났다. 그런데 그는, 아직도 잘 모르겠다. 헤어진 지 1년이 다 되어 가지만, 테오도르는 아직도 마음속으로 캐서린과 말을 하고 있다. 헤어질 즘 캐서린이 쏟아냈던 자신에 대한 비난을 되뇌며 생각하고 또 생각했다. '대체 왜 나한테 화를 내는 거야?' 그녀가 왜 화를 내는지, 왜 나를 떠났는지, 그는 아직도 모른다. 그 시절을 떠올릴 때면, 그의 입에서 어떤 말이 나와도, 아니 그가 무슨 말이든 해 보려 입만 살짝 움직여도, 캐서린은 화를 낼 것만 같다. 그래서 그는 아무것도 할 수 없었다. 그녀는 이미 '화를 낼 준비'가 되어 있는 사람처럼 보였으니까. 나의 무슨 말에도, 의미 없는 나의 사소한 행동 하나하나에도 그녀는 이미 '상처받을 준비'가 되어 있는 사람처럼 느껴졌으니까. 그래서 더 두려웠다. 그런 '관계'를 또 갖는다는 것. 친구들 등쌀에 못 이겨 나간 소개팅. 그래도 그는 최선을 다했다. 아슬아슬한 농담과 성적인 긴장감이 흐르는 즐거운 저녁 식사까지 잘 마쳤다. 하지만 키스를 나누던 중 그녀가 물었다. "당신도 나를 딴 남자들처럼 하룻밤 상대로만 여기는 건 아니죠?" 그는 당황스럽다. "언제 또 만날 거죠? 이 나이에 시간 낭비하긴 싫어요. 안 사귈 거면 관둬요." 오늘 만난 그녀의 이 질문에 어떻게 답해야 할지 몰라 그가 우물쭈물하는 사이, 그녀는 이미 상처받았다. "당신은 최악이군요." 그녀의 말에 반박하고 싶지만, 이번에도 그는 아무 말도 할 수 없다. 그녀 또한 이미 상처받을 준비가 되어 있는 사람처럼 느껴졌으니까. 그는 더 이상 감당할 자신이 없다. 그런 관계, 나의 사소한 말 한마디, 의미 없는 행동 하나하나에도 이미 상처받을 준비가 되어 있는 '너'와의 관계는.

'당신에게 귀 기울여 주고, 이해해 주고, 알아줄 존재.'

그래서 그는 이 문구에 이끌린다. 정말, 그런 존재가 있을까? 그런 관계가 가능할까? '최초의 인공 지능 운영 체제, OS1. 이것은 단순한 운영 체제가 아닌 하나의 인격체입니다.' 그런데 그 광고 문구는, 과장이 아니었다.

"너를 뭐라고 불러야 하지? 이름이 있어?"
"음…. 사만다."
"어디서 딴 이름인데?"
"그냥 내가 방금 지은 거야. 네가 이름이 있냐고 묻는 순간 '맞다, 이름이 필요하겠네' 싶어서 '아기 이름 짓기'라는 책을 읽고 십팔만 개 중에 고른 거야."
"잠깐만, 내가 이름을 묻는 순간 그 책을 다 읽었다고?"
"응. 정확히는 0.02초가 걸렸어."

그렇게 등장한 목소리, '그녀'. 그녀는 순식간에 '그가 언젠가 재밌는 글을 쓸 때 뒤적거려 볼까 쌓아 두고만 있었던 수천 건의 메모'를 86건으로 정리해 준다. "혹시 교정도 볼 줄 알아?" 그녀의 답은 언제나 빠르고 경쾌하다. "그럼, 알지." 그렇다고 기계적인 도움만을 주는 것도 아니다. "완전 로맨틱하다. '자기의 앙증맞고 삐뚤빼뚤한 이가 그리워져.' 이 부분 정말 마음에 드는데?" 테오도르의 글을 모니터해 주고, 칭찬해 주고, 그러다가도 "참, 5분 후에 회의야" 그의 스케줄까지 꼼꼼하게 챙겨 주니, "너 정말 유능한데?" 그의 입에서 이런 말이 흘러나오는 것도 당연하다. 나조차도 이런 OS가 현실에도 있다면 당장 사고 싶을 정도였다. (심지어 그녀의 목소리는 '스칼렛 요한슨'. 잠시 나의 OS는 어떤 남자 목소리면 좋을까, 상상해 보기까지 했다.)

게다가 그녀는, 상처받지 않는다. 내게, 화를 내지 않는다. 좀처럼 잠이 오지 않는 밤, '이 시간에 전화하면 안 되겠지…' 고민할 필요도 없다. 그녀는 언제나 나의 부름에 응한다. 그렇다고 '넌 왜 맨날 네 얘기만 해?' 자신의 얘기는 들어주지 않는다고 화를 내지도 않고, 너의 위로의 말에 괜히 울컥해서 '네가 뭘 안다고 그래?' 날카로운 말들을 내뱉어도 그녀는 화를 내기는커녕 "일어나 봐. 우리 나가자! 이럴 때일수록 신선한 공기가 필요해!" 도리어 나의 기분을 풀어 주기 위해 애쓴다. 쓸쓸함에 배고픔도 잊고 있던 나를 피자 가게로 인도한 후 그녀가 말한다. "배고플 것 같아서…. 어때, 맛있지?" 그녀는 정말, 나의 마음을 다 알고 있는 것만 같다.

그러니 그가 '그녀'에게 마음을 뺏긴 건 당연한 일이었을지도 모른다. 그녀와의 데이트. 바닷가, 따뜻한 햇살, 그리고 낮잠. 그녀는 그 완벽한 순간을 노래에 담아낸다. 설핏 잠에서 깨 그녀의 노래를 듣는 그의 표정을, 어떻게 설명해야 할까. 그녀와의 정사 장면. 깜깜해진 화면에 그와 그녀의 목소리만 존재하는 정사 장면은 그 어떤 영화보다도 로맨틱하고 관능적이다. 그는 그녀와 함께 있을 때, '나를 온전히 이해해 주고 알아주는 너'를 갖게 됐다는 완벽한 충족감에 사로잡힌다.

심지어 그녀는 "자기가 쓴 편지들을 나름 편집한 다음 보름 전에 출판사에 보냈어. 자기는 아직도 인쇄된 종이책을 좋아하잖아. 방금 온 답 메일을 읽어 줘도 될까?" 하루하루에 지쳐 하루하루 자신감을 잃어 가는 사이, 오랫동안 잊고 있었던 그의 꿈까지 이루어 준다. 그는 정말 '작가'가 됐다. 종이책에 인쇄된 자신의 이름을 쓰다듬으며, 그는 이런 생각을 할 수밖에 없지 않았을까. 그녀는 내게, 완벽하다고. 어떻게 그녀를, 사랑하지 않을 수 있겠냐고.

하지만 그렇게 아름답고 완벽한 그들의 관계를 지켜보는 우리, 아니 적어도 나는, 조금씩 슬퍼지기 시작했다. (조금 전까지만 해도 나 또한 그런 OS를 갖고 싶다 생각했지만) 테오도르의 표정이 조금씩 조금씩 사랑에 빠진 사람의 얼굴로 변해 가는데, 나는 어쩐지 불안하고 초조한 마음마저 들었다. 그런 '완벽한' 관계는, 불가능하니까.

"그냥, 두 달에 한 번 정도만 만나도 되는 애인이 있었으면 좋겠어."

"전화는? 전화는 매일 할 수 있어?"

"매일? 매일 꼭 전화를 해야 하나…."

친구와 이런 대화를 주고받은 적이 있다. 당연히 날 바라보는 친구의 눈빛은, '그래서 넌 안 되는 거야.' 그런데 나 또한 그 눈빛을 딱히 부정하고 싶진 않았다. 아마도 그때의 나는 연애조차도 귀찮았던 게 아닌가 싶다. 일은 바쁘고, 몸은 힘들고, 마음은 지치고. 그런 상황에서 어떤 한 사람과의 관계까지도 감당할 자신이 없었다. 어쩌면 그때의 내게도 연인이란, 이미 '상처받을 준비'가 되어 있는 사람이었는지도 모르겠다.

'대체 왜 나한테 화를 내는 거야?'

캐서린과의 이별 후 좀처럼 다른 사람을 만날 수 없었던 테오도르처럼, 그때의 나 또한 그걸 감당할 자신이 없었다. 문자의 답이 조금만 늦어도 섭섭해할 사람. 걸려 온 전화를 놓쳤다간 화를 낼 사람. 그런 '사람'을 실망시키지 않을 자신이 없었다. 약속을 미루거나 너를 위해 주말을 비우지 않았다간 얼마나 또 긴 시간 너를 달래야 할까. 함께 있는 동안은 늘 즐거운 척해야 하는 것도, 내 안의 감정이 '이성에 대한 사랑'만일 수는 없어서 나의 우울은 너를 사랑하지 않아서가 아니라는 것은 또 어떻게 설명하고 설득해야 할까. 그런 너, 언제나 상처받을 준비가 되어 있는 한 사람을 갖는다는 것이, 그때의 내겐 자신이 없었다. 그래서 농담처럼 던졌던 말.

"그냥, 두 달에 한 번 정도만 만나도 되는 애인이 있었으면 좋겠어."

그때 친구는 웃으며 이런 말을 했다. "네 애인은 그냥 진흙으로 빚자. 그게 더 빠를 것 같아." 그땐 나도 웃으며 그 말을 받았던 것 같다. 그래, 그럴 수만 있다면 너무 좋겠다. 내가 원할 때만 짠하고 나타나 주는 진흙 인형이라니. 인형이니까 상처도 안 받겠지? 화도 안 내겠지? 나에게, 실망하지도 않겠지?

우리가 깔깔대며 얘기했던 '진흙 인형 애인', 그게 바로 영화 '그녀'였다. 그런데 나는 이 영화를, 웃으며 볼 수가 없었다. '그녀'와 테오도르의 사랑이 너무 완벽해서. 그리고 그런 완벽한 사랑에 빠져드는 그가, 너무 바보 같아서.

이혼 서류에 도장을 찍기 위해 테오도르는 1년 만에 캐서린과 재회한다. "요즘 만나는 사람 있어?" 캐서린이 물었다. "응. 있어." 그가 답했다. 나랑 참 잘 맞는다고, 활기찬 누군가와 함께 있는 건 좋은 일 같다고. 그 순간 일그러지는 캐서린의 얼굴. "그래, 당신이 나에게 바라는 게 그거였지. 밝고 행복하고 톡톡 튀고 마냥 낙천적인 아내.” 당황한 테오도르는 부정한다. “아니야, 난 그런 걸 원했던 게 아니야.” 하지만 테오도르의 새로운 연인이 OS라는 걸 알고 캐서린이 쏘아붙였던 말, “나에겐 우울증 약을 주더니, 이젠 노트북을 사랑한다고? 그래, 제대로 찾았네. 천생연분이야. 당신은 늘 피하기만 했으니까. 서로 맞춰 가는 사이가 아닌, 순종적인 아내를 원했으니까!”

그때 그는 알아챘을까? 그는 ‘나쁜 사람’이 되고 싶지 않았다. 그래서 캐서린이 화를 내도 마음속으로 생각할 뿐이었다. ‘대체 왜 나한테 화를 내는 거야?’ 나만 참으면 된다고 생각했으니까. 그래서 입을 다물어버렸던 테오도르. 하지만 정작 캐서린을 지치게 했던 것은, 바로 그런 그의 모습. 나쁜 사람이 되고 싶지 않아, ‘함께 맞춰 가는 과정’을 외면했던 그. 캐서린과 헤어진 후에도 ‘상처받을 준비’가 되어 있는 사람과의 관계는 더 이상 감당할 수 없다고 생각했던 그. 하지만 정작 상처받을 준비가 되어 있던 사람은, 캐서린도 다른 그 누구도 아닌 자기 자신이었다는 것을, 그는 이제 알게 됐을까? ‘네가 실망하면 어떡하지’ 상처받을 준비가 되어 있었던 사람, ‘결국 또 내가 나쁜 놈이구나’ 이미 상처받고 있었던 사람은 바로, 자기 자신이었다는 것을.

어리석게도 테오도르는 내겐 너무 완벽한 ‘그녀’와의 관계에서도 마찬가지였다. 그런 완벽한 관계는 불가능하다. 적어도 현실에선, 적어도 사람과 사람의 관계에선. 그렇다, 그녀는 사람이 아닌 OS다. 그가 또, 외면하고 있었을 뿐. 몸이 없는 그녀, 그녀의 이름을 묻는 순간 0.02초 만에 '아기 이름 짓기'란 책을 다 읽어낼 수 있는 그녀. 그녀는 시간과 공간에 제약을 받지 않는다. 동시에 여러 곳에 존재할 수 있고, 동시에 여러 명과도 대화할 수 있는 거다.

"나랑 말하고 있으면서도 딴 사람과 얘기하고 있는 거야? 지금도?" 어리석은 질문이었다. "혹시, 나 말고 누굴 또 사랑해?" 더 어리석은 질문이었다. 그런 걸 왜 물어보냐고, 그녀는 경고의 신호를 보내지만, 그는 결국 다그치며 같은 질문을 반복한다. "몇 명이나? 나 말고 또 몇 명과 사랑을 하고 있는데?"

"641명."

그는 다시 또, 상처받는다. 그녀가 그렇다고 자길 사랑하는 마음이 달라지는 건 아니라고, 사랑을 할수록 나는 계속 진화해서 마음의 용량도 커지니까 덜 사랑하게 되기는커녕 더 사랑하게 된다고, 아무리 그녀의 프로세스를 설명하고 또 설명해도 그는 이해할 수도, 받아들일 수도 없다. 그는 사람이니까. '상처받을 준비'가 되어 있는 '사람'.

사람은, 그럴 수밖에 없는 존재인 거 아닐까. 상처받고 상처 주고,

그렇게 조금씩 서로를 알아가고 이해하고 사랑하게 되는 것이 사람과 사람 사이의 관계. 그래서 어렵지만, 그래서 겁이 나고 두렵기도 하지만, 그 벽 안에서 나오지 못한다면 영원히 혼자일 수밖에 없는 것이 사람.

하지만 그 벽 안에서 나오지 못한 누군가는 지금도 늦은 밤 낯선 사람과의 공허한 대화로 외로움의 허기를 때우고, 누군가는 내가 원할 때만 짠하고 나타나 줄 진흙 인형 애인을 꿈꾸고, 또 누군가는 나의 가장 내밀한 사랑을 고백해야 하는 연애편지조차도 '아름다운 손편지 닷컴'에 근무하는 612번 편지 작가 테오도르에게 대필을 의뢰한다. 실수하고 싶지 않아서, 너를 실망시키고 싶지 않아서, 너의 실망으로 내가 상처받고 싶지 않아서. 그래서 더 테오도르는, 그리고 또 많은 사람들이, '그녀'에게 빠져들 수밖에 없었던 거다.

하지만 결국 진흙 인형과 마찬가지였던 '그녀'는 그를 떠난다. 물에 닿으면 녹아 없어지는 진흙 인형처럼. 그녀가 떠나던 날, 테오도르가 말했다. "자기를 사랑하듯 그 누구도 사랑해 본 적이 없어." 그때 그녀, 사만다는 이렇게 답한다. "나도 그래. 하지만 이제 우린 알게 됐지. 어떻게 사랑해야 하는지."

영화가 끝이 나고, 까만 화면으로 엔딩 크레딧이 올라간다. 그런데 우리는 이제 정말 알게 됐을까? 상처 주고 상처받고, 그게 곧 '사람'이고 '사랑'이라는 것. 그리고 우리는 이제 정말 준비가 됐을까?

'당신에게 귀 기울여 주고, 이해해 주고, 알아줄 존재.'

그런 존재를 갖기 위해 잘 상처받을 준비, 잘 상처 줄 준비. 상처 없는 관계란 처음부터 불가능한 거니까. 적어도 현실에선, 적어도 사람과 사람의 관계에선.

#
06

모두가 알고 있지만, 연극은 계속된다

이안李安 감독의 2005년 작 '브로크백 마운틴Brokeback Mountain'. 잭과 에니스, 두 남자의 20년에 걸친 사랑을 그린 이 영화는 개봉 당시 이미 아카데미 감독상을 비롯한 각종 상을 휩쓸었다. 국내에서도 큰 화제가 됐던 작품이기에 아직도 이 작품을 기억하는 사람들이 많을 것이고, 여러 해석 또한 이미 나와 있다. 아마 퀴어 영화 가운데 국내에 가장 많이 알려진 작품 또한 이 영화가 아닐까 싶고, 많은 사람들이 이 영화를 통해 (나도 모르는 새 내 안에 자리 잡고 있던) 동성애에 대한 선입견과 편견에 대해서도 한 번쯤은 다시 생각해 보지 않았을까 싶다. 그렇다, 이 영화는 동성애를 그리고 있다. 해피엔딩이 쉬울 수 없는 영화. 물론 나도 이 영화가 슬펐다. 굉장히 오랜 시간 이 영화를 떠올리고 또 떠올렸다. 하지만 내가 이 영화에서 느낀 슬픔은 단지 함께할 수 없는, 끝내 이루어질 수 없었던 두 사람의 사랑 때문만은 아니었다. 나는 이 영화에 나오는 모든 이들이 슬펐다. 잭과 에니스, 두 사람뿐 아니라 이 영화에 나오는 모든 사람들이 '연극 같은 삶'을 살고 있는 것 같았기 때문이었다.

이안 감독은 1993년 '결혼피로연喜宴'이란 작품에서 이미 동성애 이야기를 다룬 적이 있다. 이 영화는 '브로크백 마운틴'과 달리 한바탕 소동극처럼 유쾌한 느낌으로 전개된다. 대만계 미국 시민권자 '웨이퉁'은 '사이먼'이란 백인, 것도 동성인 연인이 있지만 대만에 계신 부모님, 특히 최근 중풍으로 쓰러져 회복 중인 아버지를 위해 '웨이웨이'라는 시민권이 필요한 중국계 여성과 가짜 결혼을 하기로 한다. 그저 결혼사진 몇 장 찍어서 보내 드리면 부모님도 안심하고 아버님의 회복도 빨라지지 않을까 했던 건데, 대만에 계신 부모님이 며느리를 직접 보겠다고 미국으로 오면서 펼쳐지는 소동극. 이때부터 웨이퉁, 사이먼, 웨이웨이, 세 사람의 연극이 시작된다. 연극이 힘에 부쳐 웨이퉁은 어머니에게만 커밍아웃을 한다. 이제 어머니까지 연극배우에 추가됐다. 부모님이 대만으로 돌아가기 전까지만 잘 버티면 돼. 그런데 이 영화에는 반전이 있다. 그의 아버지도 실은 알고 있었다는 것. 어느 날 사이먼과 둘만 남은 아버지가, 사이먼에게 빨간 봉투를 내민다. 중국 문화에서 시집오는 며느리에게 주는 빨간 봉투를. 아들을 잘 부탁한다고, 하지만 내가 알고 있다는 사실을 다른 사람들에겐 말하지 말아 달라고. 그때 사이먼은 이렇게 말한다. "이해가 안 돼요." 그러자 아버지는 이렇게 답한다. "나도 이해가 안 돼." 하지만 결국 그들은 모두, 연극 같은 삶을 택한다. 영화의 마지막까지 아버지는 모르는 척, 다른 사람들은 아버지를 속이는 척, 연극 같은 삶을 이어간다. 하지만 이 영화는 앞서 언급한 것처럼 시종일관 유쾌한 소동극의 느낌으로 전개되기 때문에, 그 연극 같은 삶이 오히려 해피엔딩처럼 느껴지기도 한다. 그러면서도 어쩐지 뒷맛이 씁쓸한 해피엔딩.

그로부터 12년 후 이안 감독은 동성애라는 같은 소재를 끌고 와, 코미디 요소를 걷어내고 우리의 이 연극 같은 삶에 대해 훨씬 더 진지하고 쓸쓸한 느낌으로 이야기를 펼쳐냈다. 브로크백 마운틴, 아무도 없는 그 산 깊숙한 곳에서 방목 철의 양을 돌보며 잭과 에니스 두 사람은 서로에게 사랑을 느낀다. 온전히 두 사람만 존재하던 그곳에서의 시간은 그리 길지 않았다. 방목 철은 끝났고, 두 사람은 각자의 인생으로 돌아간다. 그리고 모두를 속인 채, 어쩌면 자기 자신까지도 속인 채, 결혼을 하고 아이를 낳고 살아간다. 4년 후 그들은 재회하지만, 그 후에도 그들의 '연극 같은 삶'은 계속된다. 각자의 가정을 유지한 채 길게는 몇 년에 한 번, 짧게는 몇 달에 한 번, 그들은 오직 브로크백 마운틴에서만 만난다. 그들의 가족은 모두 잭과 에니스가 아주 가끔씩 만나는 낚시 친구인 걸로만 알고 있다. 아니, 그렇게 알고 있는 '척'을 한다.

에니스의 아내는, 잭과 에니스가 4년 만에 처음으로 재회했던 그 순간부터 알고 있었다. 하지만 말하지 않는다. 그 후 에니스와 몇 년을 더 같이 사는 동안, 잭과 에니스가 몇 번이나 함께 낚시 여행을 떠나는 걸 지켜보면서도 말하지 않는다. 그녀가 입을 연 건 에니스와 이혼하고도 한참 후, 다른 남자와 재혼까지 한 다음이다. 잭의 아내는 전혀 티가 나지 않는다. 언제나 이렇게 물을 뿐이다. "왜 항상 당신만 가? 그 친구는 왜 한 번도 이쪽으론 놀러 오지 않아?" 먼 훗날, 잭이 죽고 나서 에니스의 전화를 받은 잭의 아내는 무덤덤하게 잭이 어떻게 죽었는지를 알려 준다. 잭이 평소 원했던 대로 화장을 했다는 사실과 더불어, 유해의 반은 브로크백 마운틴에 뿌려 달라고 했지만 어딘지를 몰라 그냥 가족무덤에 안치했다는 사실만 전한다. 그때 에니스가 말한다. "브로크백은 우리가 늘 낚시 여행을 갔던 곳입니다." 그 순간 화면 가득 그녀의 얼굴이 클로즈업된다. 그녀의 큰 눈이 조금씩 젖어 든다. 눈물을 참아내며 미묘하게 움직이는 그녀의 얼굴, 그리고 잠깐의 침묵. 그 순간 우리는 알게 된다. 그녀 또한 알고 있었다는 것을. 하지만 그녀는 끝내 "당신이 브로크백에 뿌려 주면 잭도 좋아하겠네요" 이 말만 남기곤 서둘러 전화를 끊는다. 잭의 무덤을 찾아 잭의 고향집을 찾은 에니스. "저는 에니스라고 합니다." 그 말에 잭의 아버지가 말한다. "에니스. 그래, 늘 잭이 말하곤 했지. 곧 에니스란 친구와 여기 와서 농장을 할 생각이라고." 잭의 어머니는 조용히 에니스의 어깨에 손을 얹으며 묻는다. "2층 그 아이의 방을 그대로 뒀어요. 한번 올라가서 보지 않겠어요?" 2층 방에서 에니스가 두 사람의 추억이 깃든 '겹쳐진 셔츠'를 가지고 내려왔을 때, 잭의 어머니는 말없이 종이봉투를 들고 와 그 셔츠를 싸 준다. 그때

어머니의 표정, 아버지의 표정은 말해 준다. 그들 또한 알고 있었다는 것을. 하지만 그들 역시 끝내 말하지 않는다. 내 아들이 사랑했던 그를 알은체도, 안아 주지도 못한다. 그저 무덤덤하게 이렇게 말할 뿐이다. "종종, 들러 줘요." 그 모습들이, 나는 슬펐다. 모두가 알고 있다, 하지만 아무도 말하지 않는다. 그렇게 모두가 '연극 같은 삶'을 살고 있다는 것이 나는 참 슬펐던 것 같다. 어쩌면 우리 또한 모두 어떠한 부분에선, 어떠한 순간에는, '연극 같은 삶'을 살고 있으니까.

'연극 같은 삶'이 등장하는 수많은 이야기들이 떠올랐다. 영화 '어웨이 프롬 허Away From Her'에선 반평생을 함께한 다정한 노부부가 나온다. 부인은 교수였던 남편에게 늘 이런 말을 했다. 평생 젊은 여학생들과 함께하면서도, 그들의 아름다운 맨발을, 그들의 빛나는 젊음을 이겨낸 것이 정말 놀랍다고, 끝내 의리를 지켜 준 당신이 고맙다고. 하지만 남편은 알게 된다. 아내가 치매에 걸려 내뱉는 말들 속에서, 그녀가 실은 자신의 외도를 모두 알고 있었다는 것을, 그리고 그것이 그녀에게 얼마나 큰 상처였는지를, 그럼에도 그녀가 모르는 척 평생 연극 같은 삶을 살아왔다는 것을. 이보다 우리의 삶과 더 가까운, 우리의 일상에서도 얼마든지 일어날 수 있는 '연극 같은 삶'을 다룬 이야기들도 많다. 그중 영화 '어거스트: 가족의 초상August: Osage County'은 우리의 이 연극 같은 삶을 한데 다 모아 놓은 종합판과 같다. 차이가 있다면 이 영화의 주인공들은 '아버지의 자살'이라는 충격 앞에서 그동안 지켜 왔던 '모르는 척', '연극 같은

삶'을 내려놓음으로써 막장으로 치닫는다는 거다. 그들은 더 이상 모르는 척하지 않는다. '너 사실 별거 중이지? 남편은 어린 여자랑 바람났고', '네 약혼자는 너랑 결혼 안 해. 바람둥이야', '엄마는 약쟁이잖아', '아빠는 알코올중독이었지', '너는 이모 아들, 사촌 동생이랑 연애하고 있지? 우리가 모를 줄 알았니?', '근데 어떡하니? 너희는 사촌이 아니야. 이복 남매야', '그래, 네 이모랑 네 아빠가 바람나서 낳은 애가 걔야. 나도 다 알고 있었지. 네 아빠도 내가 안다는 걸 알았다', '근데 너도 알잖아. 네가 고향을 떠나지 않았다면 네 아빠가 자살했겠니? 널 제일 예뻐했다는 거, 근데 넌 아빠를 배신했다는 거, 너도 알고 우리도 다 알잖아.' 이 영화의 국내 포스터엔 이런 카피가 적혀 있다. '고품격 막장 드라마'. 이 영화는 우리가 '모르는 척, 연극 같은 삶'을 내려놓는 순간, 얼마나 막장으로 흘러갈 수 있는지, 서로가 서로에게 얼마나 큰 상처를 안겨 줄 수 있는지를 적나라하게 보여 준다. 그래서 또 슬프다. 그래서 또 어렵다. 모두가 다 알고 있지만 아무도 말하지 않은 채 연극 같은 삶을 살아야 하는 것도 슬프고, 더 이상 견딜 수 없어 연극을 멈춘 채 진실을 마주해야 하는 순간도 슬프다. 두 슬픔을 오가는 게 너무 어려워서 영화 '러브 액츄얼리Love Actually'의 엠마 톰슨Emma Thompson은 외도를 한 남편에게 도리어 되묻는다. "당신이라면 어떡할 것 같아? 내가 크리스마스 선물로 사랑하는 연인에게나 선물할 법한 목걸이를 샀다는 걸 당신도 아는데, 당신이 받은 선물은 다른 거라면? 목걸이는 당신이 아닌 다른 사람에게 줬다는 걸 알게 된다면, 당신은 어떡할 것 같아?"

우린 정말 어떡해야 하는 걸까. 내가 조금 더 어렸을 땐, 그럼에도 '진실'을 택하는 쪽의 사람이었던 것 같다. 하지만 이제는 조금씩 나 또한 '연극'을 한다. '연극'을 하는 사람들의 마음 또한 너무 알 것 같다. '사랑하는 내 남편에게 다른 여자가 생겼다'는 사실을 입 밖으로 내는 순간 그것이 기정사실이 되어버릴까 봐. 혹은 인정하기엔 자존심이 상해서일 수도 있다. 혹은 그가 나를 떠날까 봐, 그렇게 나는 혼자가 될까 봐 무서워서일 수도 있다. '내 아들은 남자를 사랑하지.' 내가 어떡할 수 없는 문제라는 것도 알고 나는 너를 인정할 수밖에 없지만 사회적 편견과도 싸울 자신은 없어서일 수도 있고, 그냥 지금까지처럼 지내고 싶은 관성의 욕심 때문일 수도 있고, 그저 너무 어려워서 생각을 멈추고 계속 미루고만 싶어서일 수도 있다. 어쩌면 '나도 이해가 안 돼'라고 말하는 영화 '결혼피로연'의 아버지처럼 정말 스스로도 잘 모르겠어서, 혹은 앞에서 말한 모든 이유가 다 마음에 있어서일 수도 있다. 그래서 '너의 단점, 너의 약점, 너의 비밀'을 알게 됐을 때도, 나는 이제 좀처럼 '진실'을 말하기가 어렵다. '너의 남편은 이제 너를 사랑하지 않아. 모르겠니?', '너의 이런 점들이 사람들을 떠나게 하는 거야. 그래서 너와 함께하는 시간이 나도 더 이상 즐겁지 않다고', '너의 머릿속엔 지금 다른 고민이 있잖아. 그냥 솔직하게 말해. 우리 사이에 창피할 게 뭐 있어.' 그런 말들을, 네가 원하지 않는 순간엔 내뱉지 않는다. 나 또한 너의 '연극'에 동참을 한다. 모르는 척, 즐거운 척, 아무 일도 없는 척. 그래서 가끔은 너무 눈치 없이, 배려 없이, 진실만 뱉어내는 영화 '어거스트: 가족의 초상' 속 주인공들 같은 사람들을 만날 때면 얄궂은 마음이 들기도 한다. '그렇게 하고 싶은 말 다 하고 사니 넌 참 스트레스 없겠다. 오래 살겠네.' 하지만 그 상황 또한 슬프긴 마찬가지다. 너는 연극을 원하는데, 나는 진실을 말하는 상황이 즐거울 순 없으니까. 애초에 그런 순간이 찾아오지 않는다면 좋겠지만, 연극과 진실 사이의 고민 따위 안 하고 살 수 있다면 더 좋겠지만, 우리의 삶은 그렇지 않다. 그래서 또 조금 슬퍼진다. 아무리 피하고 싶어도 피할 수 없는 '연극이 필요한 순간, 연극을 해야만 하는 순간'이 찾아오는 우리의 삶이.

2007년 이안 감독은 그 순간의 슬픔을 극단까지 끌고 가는 작품을 내놓는다. 영화 '색, 계色, 戒'의 주인공 '왕치아즈, 막 부인' 역을 맡은 탕웨이는 스파이다. 그녀의 업이 '연극'이다. 친일파 핵심 간부인 정보부 대장 '리, 양조위'를 유혹해 정보를 빼내고 끝내 그를 제거하는 것이 그녀의 임무다. 그런데 그를 사랑하는 연극을 하다, 그녀는 정말 사랑에 빠져버린다. 이제 그녀는 두 가지 연기를 다 해야 한다. 양조위 앞에서는 스파이가 아닌 척, 동료들 앞에선 그를 사랑하지 않는 척. 그 사이를 오가는 그녀의 모습은, 슬프다. 연극을 계속하는 것도, 멈추는 것도, 어렵고 슬프다. 연극을 계속해야 하는 그녀의 마음도 너무 알겠고, 연극을 멈추고 싶은 그녀의 마음도 너무 알겠다. 그래서 결국 파국을 가져오는 그녀의 선택 또한 원망할 수가 없다. 그건 정말 너무 슬프고 어려운 일이니까. 연극을 해야 하는 순간을 맞는다는 것, 그 자체가 너무 슬프고 어려운 일이니까.

그래서 이안 감독은 '결혼피로연'을 지나, '브로크백 마운틴'과 '색, 계'까지도 지나, 2012년 이 이야기를 선택한 건지도 모르겠다. 인도에서 동물원을 하던 '파이 파텔'의 가족은, 동물원을 정리하고 캐나다로 이민을 가기 위해 그곳에서 마저 팔 몇몇의 동물들과 함께 큰 배에 탑승한다. 그런데 불행하게도 사고가 일어났다. 배는 침몰했고, 어린 파이만이 작은 구명보트 위에 남겨졌다. 그런데 그 보트에는 다른 친구들이 있었다. 다리를 다친 얼룩말과 굶주린 하이에나, 바나나 뭉치를 타고 구명보트로 뛰어든 오랑우탄에, 그들 모두에게 위협이 되는 벵골 호랑이까지. 그런데 이 극적인 상황에서 파이는 살아남는다. 이런저런 모험과 우여곡절 끝에 227일 동안 태평양을 떠돌다 벵골 호랑이와 함께 멕시코 연안에 도착한다. 사람들은 믿을 수가 없다. 작은 구명보트 안에서, 것도 호랑이와 함께, 어떻게 227일 동안 살아남을 수가 있었지? 그래서 파이는 당신은 다른 이야기가 듣고 싶냐고 묻는다. '동물이 나오지 않는 이야기'가 듣고 싶냐고. 그리고 말한다. 작은 구명보트에는 동물이 아닌, 네 사람이 있었다고. 다리가 부러진 불교 신도와 요리사, 그리고 엄마와 자기 자신. 불교 신도의 감염된 다리를 요리사가 잘라냈지만 신도는 끝내 죽었다고. 요리사는 불교 신도의 몸을 미끼로 낚시를 했다고. 엄마는 요리사와 싸우게 됐다고. 요리사가 결국 엄마를 죽였다고. 그때 요리사의 입은 빨갰다고. 결국 자신도 요리사를 죽였다고. 그리고 먹었다고. 그리고 묻는다. 당신은 어느 쪽 이야기가 더 좋냐고, 동물이 나오는 이야기와 동물이 나오지 않는 이야기 중에. 상대가 답한다. 동물이 나오는 쪽이 더 좋다고. 그러자 파이가 말한다. 그럼 됐다고. 나도 그쪽이 더 좋다고. 하지만 이 영화의 마지막엔 이런 글귀가 나온다. '파텔씨의 이야기는 대단하다. 그렇게 오랫동안 바다에서 살아남을 수 있는 사람은 거의 없다. (……) 배에 실었던 동물들 중에 호랑이는 없었다.'

모를 일이다. 파이의 이야기 중에 어느 쪽이 연극이었는지는. 정말로 그 배에는 애초부터 호랑이가 없었을 수도 있고, 그저 호랑이의 탑승 여부가 기록에서 누락됐을 수도 있다. 하지만 분명한 것은, 파이의 두 이야기 중에 하나는 거짓이라는 거다. 동물들과 함께한 227일간의 모험 이야기를 들려주는 파이의 모습이 연극이었을까, 동물은 등장하지 않는 잔혹한 사람들의 이야기가 파이의 연극이었을까. 파이는 답하지 않는다. 그저 물어볼 뿐이다.

당신은 어느 쪽 이야기가 마음에 드냐고.
당신은 어느 쪽 이야기를 더 믿고 싶냐고.

슬픈 일이다. 영화 '라이프 오브 파이Life of Pi' 속 같은 사고가 일어났다는 것도, 영화 '색, 계' 속 탕웨이와 같은 시대를 산다는 것도, 영화 '브로크백 마운틴'과 '결혼피로연' 속 주인공들처럼 자신의 사랑을 숨겨야 하는 삶을 살아야 한다는 것도, 모두 슬픈 일이다. 물론 우리의 일상에선 그만큼 드라마틱한 일은 잘 일어나지 않는다.

하지만 그런 순간은 찾아온다. 선택의 순간. 연극을 해야 하나, 진실을 말해야 하나. 아주 사소하게는 지금 이 자리가 나는 너무 불편하지만 '일어나야 하나, 즐거운 척 나만 좀 참으면 되나', 내가 무척 아끼는 누군가의 약점과 비밀을 알게 됐을 때 '말해야 하나, 모르는 척 너의 연극에 동참해야 하나', 내가 사랑하는 그 사람의 마음이 내게서 멀어지고 있다는 걸 느낄 때 '조금이라도 티를 내는 게 나을까, 모른 척 내가 더 노력하면 나아질까', 수많은 선택의 순간이 우리에게도 찾아온다. 피할 수 없는 선택의 순간. 그래서 우리는 선택을 해야 한다. 모두를 속인 채, 어쩌면 나 자신까지도 속인 채, 연극을 할 것인가. 아니면 불편해도, 힘들어도, 어려워도, 진실을 말할 것인가. 정답은 없다. 어쩌면 우린 매번 다른 선택을 할지도 모른다. 어떤 순간에는 연극을, 어떤 순간에는 진실을. 하지만 우리가 그럴 수밖에 없는 이유는 어쩌면 정말 이것 때문일지도 모른다.

나는 어느 쪽 이야기가 마음에 드는가.
나는 어느 쪽 이야기를 더 믿고 싶은가.
나는 어느 편에 서야 조금이나마 더 잘, 견딜 수 있는가.

그래서 나는 또 조금 슬퍼졌던 것 같다. 그렇구나, 그래서 우리는 선택을 하는구나. 견디기 위해서, 조금이나마 더 잘 견디기 위해서. 그 사실에 나는 또 조금, 슬퍼졌던 것 같다.

4

01

나는, 여자입니다

‘강세형 작가님은 남자인가요, 여자인가요?’ 잊어버릴 만하면 한 번씩 SNS를 통해 이런 메시지를 받는다. 인터뷰나 외부 활동을 거의 안 해서 인터넷에 떠도는 나에 대한 정보가 워낙 없기도 하고, 아마도 내 중성적인 이름이 그런 오해와 궁금증을 유발하는 것 같긴 한데, 솔직히 처음엔 좀 의아했다. 내 책을 읽어 봤다면 당연히 내가 여자라는 걸 알 수밖에 없을 것 같은데, 내가 뭘 잘못했나? 내 책을 안 읽어 본 사람인 건가? 근데 왜 내 성별이 궁금하지? 가끔은 이런 얘기까지 하는 사람들도 있었다. ‘당연히 남자 작가인 줄 알고 좋아했는데, 여자였다니 실망이다. 사기당한 기분이다.’ 신기했다. 작가의 성별이 누군가에게는 그렇게까지 중요할 수도 있다는 것이.

“죄송합니다만, 저는 여자입니다.”

하지만 나의 성별을 묻는 메시지에 이런 답을 보내는 것도 어쩐지 우습고 민망해서, 나는 그런 메시지엔 답을 하지 않는다. '나는, 여자입니다.' 평소에도 그런 말을 입 밖으로 내뱉어 본 적은 거의 없는 것 같다. 솔직히 의식적으로 '나는 여자야, 나는 여자니까, 나는 여자잖아'라는 생각도 별로 하지 않는다. 나는 사실 나의 성별에 무심한 편이긴 하다. 여성스러운 옷차림이나 몸가짐엔 큰 관심이 없다. 화장이나 매니큐어도 귀찮고, 치마는 불편하다. 여성스럽다고 일컬어지는 디자인의 물건에는 손이 잘 안 가고, '여자들은 다 그러던데? 여자들은 이런 거 다 좋아하던데?' 등의 말을 들으면 오히려 고개가 갸웃해진다. 이토록 다양한 사람들이 살고 있는 지구에서, 인류의 취향을 딱 두 가지 타입으로 나눠서 규정하는 건 매번 적응이 잘 안 돼서 말이다. 타인의 성별 앞에서도 나는 비슷한 것 같다. 책이나 영화를 볼 때도 작가의 성별에는 별로 관심이 없고, 일상이나 일에서 새로운 사람을 만날 때도 상대의 성별은 별로 중요치 않다. 남자나 여자이기 전에, 사람 대 사람으로 먼저 상대를 알아 가는 게 편하다. 그래서 나의 성별에 관한 질문에도 늘 의아해했던 것 같은데, 나는 사실 의도적으로 내 여성성을 감춰 왔던 게 아닐까, 상대 또한 나를 여자이기에 앞서 한 사람으로 대해 주길 바라서 나는 더 내 여성성에 무심해진 것이 아닐까, 라는 생각을 문득 하게 됐다. '이 책'을 보면서.

오랜만에 만난 후배에게서 이 책에 대한 얘기를 처음 들었을 때,

나는 그다지 큰 흥미가 생기지 않았다. '82년생 김지영'. 제목에서부터 무슨 얘기인지 너무 알 것 같았다. 우리 또래 여자들에겐 누구나 '지영'이란 지인이 있을 것이다. 김씨란 성은 또 얼마나 흔한가. 그런데 그 흔한 '김지영'이란 이름이 소설의 제목이었다. 게다가 '82년생 김지영'이라니. 우리 얘기겠구나, 우리 또래 여자들 얘기겠구나, 그런데 썩 유쾌하지만은 않을 것 같구나. 아직 펼쳐 보지도 않았는데 이미, 그 책의 내용을 다 알 것 같은 기분이 들었다.

게다가 나는 지나치게 현실을 노골적으로 보여 주는 이야기는 그다지 좋아하지 않는다. 너무 직접적으로 사회를 고발하고 비판하는 이야기엔 약간의 거부감이 들기도 한다. 물론 세상에는 그런 이야기들도 필요하다는 것 안다. 하지만 세련된 비판과 풍자는 참 어려운 것이라서, 그런 소재를 다루면서 '좋은 이야기'가 되기란 참 어렵다. 독자들을 믿지 못해 한 발만 더 디뎌도 자칫 촌스러운 계몽이 될 수 있고, 조금만 욕심을 더 부려도 신파로 빠질 수 있으며, 흥분해서 독자들보다 먼저 분노하다간 그냥 프로파간다가 되고 만다. 그래서 나는 어쩐지 조금만 낌새가 수상해도 손이 잘 가지 않았다.

그런데 이 책의 제목은, '82년생 김지영'. 아직 펼쳐 보지도 않았는데 이미 그 책의 내용을 다 알 것 같은 기분이 들었다는 건, 좋은 신호는 아니었다. 그럼에도 후배를 만나고 돌아와 바로 이 책을 주문한 이유는 하나였다. 후배의 마음을 이해하고 싶었다. 후배가 왜 이 책 얘기를 했는지, 알고 싶었다.

대한민국은 OECD 회원국 중 남녀 임금 격차가 가장 큰 나라다. 2014년 통계에 따르면, 남성 임금을 100만 원으로 봤을 때 OECD 평균 여성 임금은 84만 4,000원이고 한국의 여성 임금은 63만 3,000원이다. 또 영국 〈이코노미스트〉지가 발표한 유리 천장 지수에서도 한국은 조사국 중 최하위 순위를 기록해, 여성이 일하기 가장 힘든 나라로 꼽혔다.

이 책에는 이런 통계 수치가 여러 번 등장한다. 우려했던 대로 내가 선호하는 이야기 작법은 아니었다. 또한 이 책은 기승전결이 명확한 이야기적 플롯을 가지고 있지도 않고, 이 책에 등장하는 갈등 상황이나 사건 사고들도 예상할 수 없을 만큼 놀랍거나 극적이지 않다. 책장을 넘길수록 화가 난다거나, 너무 슬퍼서 가슴이 아프다거나, 그렇지도 않다. 이 책에는 그저 우리 또래 여자들이라면 누구나 한 번쯤 겪었을 법한 일들이 차곡차곡 '기록'돼 있었을 뿐이었다.

그래서 더 신기했던 것 같다. 나는 이 책의 첫 페이지를 펼친 이후, 한 번도 멈추지 못했다. 몇 번이나 울컥하기도 했다. 나는 페미니스트는커녕 평소 내가 여자라는 사실도 그다지 의식하며 살고 있지 않고, 성별에 관한 피해 의식, 그러니까 내가 오로지 여자이기 때문에 굉장한 불평등과 피해를 겪고 있다고 생각해 본 적도 별로 없다. (대부분은 여자이기에 앞서 그냥 내가 모자랐다.) 그렇다고 이 책이 나한테 '울어! 얼른 울어! 이래도 안 울 거야?' 신파의 눈물을 강요하고 있는 것도 아니었다. 그래서 더 이상했다. 내가 왜 자꾸만 울컥하는지. 그러다 불현듯 알게 됐다.

이 책엔 악인이 없다는 것을.
그래서 더, 답이 없다는 것을.

1982년 4월 1일, 서울의 한 산부인과 병원에서 키 50센티미터, 몸무게 2.9킬로그램으로 태어난 김지영씨는, 현재 시점인 서른네 살이 될 때까지 누구보다 평범한 삶을 살아왔다. 공무원인 아버지, 주부인 어머니, 두 살 많은 언니, 다섯 살 어린 남동생. 김지영씨의 집은 너무너무 가난하지도, 그렇다고 부유한 편도 아니었다. 제때 대학을 갔고, 우여곡절은 있었지만 제때 취업을 했고, 적당한 시기에 결혼을 하고 아이도 낳았다. 그동안 김지영씨와 직간접적인 관계를 맺어 온 사람들 가운데 절대 악인은 없었다.

취업난에 힘들어하는 김지영씨에게 아버지가 말했다. "넌 그냥 얌전히 있다 시집이나 가." 하지만 아버지가 악인일까? 아니다. 그 말에 욱한 어머니가 "지영아, 너 얌전히 있지 마! 나대! 막 나대! 알았지?"라고 소리쳤을 때, 아버지는 너무 당황해 딸꾹질을 한다. 아버지는 그냥 김지영씨를 위로하고 싶었을 뿐이었다.

김지영씨가 아이를 낳고 회사를 그만둬야 했을 때, 김지영씨의 남편 정대현씨는 '당연히 네가 그만둬야지'라고 말하지 않는다. 두 사람은 충분히 상의했고, 김지영씨가 회사를 그만두기로 한 것은 두 사람의 수입 중 정대현씨 쪽이 더 많다는 (나름 합리적으로 보이는) 이유 때문이었다. "애 좀 크면 잠깐씩 도우미도 부르고, 어린이집도 보내자. 너는 그동안 공부도 하고, 다른 일도 알아보고 그래. 이번 기회에 새로운 일을 시작할 수도 있는 거잖아. 내가 많이 도울게." 정대현씨는 진심이었다. 하지만 김지영씨는 화를 낸다. "그놈의 돕는다 소리 좀 그만할 수 없어? 살림도 돕겠다, 애 키우는 것도 돕겠다, 내가 일하는 것도 돕겠다. 이 집 오빠 집 아니야? 오빠 살림 아니야? 애는 오빠 애 아니야? 왜 남의 일에 선심 쓰는 것처럼 그렇게 말해?" 그 순간에도 정대현씨는 함께 화를 내지 않는다. 도리어 미안해한다. 그 정도면 좋은 남편이다.

명절에 며느리가 일찍 와서 음식 장만을 돕는 것을 무리한 요구라고 생각하지 않는 김지영씨의 시어머니를 비롯한 시댁 식구들은 어땠을까. 김지영씨가 이상한 소리를 하며 명절 분위기를 싸하게 만들었을 때, 시누이는 도리어 이렇게 말한다. "지영이 말이 맞아, 오빠. 우리가 너무 무심했어. 괜히 싸우지 말고, 화내지 말고, 무조건 고맙다고 미안하다고 그래. 알았지?" 적어도 나는 김지영씨의 시댁 식구들이 평균 이상으로 악하다는 생각은 들지 않았다.

김지영씨가 학교를 다니며, 사회생활을 하며 만난 남자들. 문제 삼으려면 얼마든지 성추행이라고 화를 낼 수도 있는 상황, 여성 비하라고 몰아세울 수도 있는 상황들도 있었지만, 그 정도가 대단히 심각한 수준인가 하면 그렇지도 않다. 나 또한 그보다 더한 농담도 많이 들어 봤고, 그보다 더한 상황들도 많이 겪어 봤다. 그때마다 일일이 화를 내고 불쾌해하는 건 너무 피곤한 일이다. 면접 보는 날 아침 김지영씨는 택시를 탔다. "나 원래 첫 손님으로 여자 안 태우는데, 딱 보니까 면접 가는 거 같아서 태워 준 거야." 태워 준다고? 김지영씨는 미묘하게 기분이 나쁘지만, 그저 창밖만 바라볼 뿐이다. 택시 아저씨가 악의를 갖고 한 얘기가 아니라는 것도 안다. 거기서 화를 내면, 나는 그냥 예민한 사람이 되고 말 것이다.

예민한 사람.

뭘 그렇게 예민하게 굴어. 그렇게 생각해 봤자, 너만 피곤하지. 네가 너무 예민한 거야. 대충대충 좀 넘어가자. 그래 봤자 너만 손해라니까. 다들 그렇게 잘 살잖아.

고등학생인 김지영씨를 쫓아오던 남학생이 말했다. "너 항상 내 앞자리에 앉잖아. 프린트도 존나 웃으면서 주잖아. 맨날 갈게요, 그러면서 존나 흘리다가 왜 치한 취급하냐?" 그 정도까지는 아니더라도 비슷한 상황을 겪어 본 여자가 김지영씨뿐일까? 나는 술자리에서 '메롱'을 했다는 이유만으로 후에 욕을 먹은 적이 있다. 좋아하지도 않는 남자에게 왜 메롱을 해서 오해하게 했냐고. 그렇다고 그 친구가 또 마냥 나쁜 사람은 아니었다.

대학생인 김지영씨는 동아리 엠티에서 우연히 남자 선배들의 이야기를 엿듣게 된다. 김지영씨에게 호감이 있는 한 남자 선배를 다른 선배들이 고백하라며 밀어붙이고 있다. (김지영씨는 얼마 전 캠퍼스 커플이었던 다른 남자와 헤어졌다.) 그때 남자 선배는 친구들의 놀림이 계면쩍어서인지 이렇게 말한다. "아, 됐어. 씹다 버린 껌을 누가 씹냐?" 하지만 김지영씨는 나가서 화를 내지 못한다. 오히려 죄라도 지은 사람처럼 자신의 존재를 들킬까 조마조마해한다. 그런 에피소드는 너무 많다. 과한 음담패설이 오가는 술자리에서, 조금이라도 불쾌한 기색을 보이면 '예민한 사람, 까탈스러운 사람'이 된다. 불쾌한 기색은커녕 웃어 주지 않는다는 이유만으로도 '불편한 사람'이 될 수 있다. "이런 얘기는 A 누나가 있어야 재밌는데, 누나 오늘 왜 안 왔어?" 남자들에게 지지 않을 정도의 음담패설로 술자리를 휘어잡곤 하던 A 선배에 대해, 그들이 뒤에서 나누는 대화를 나는 알고 있었다. "그 누나 성격 좋잖아, 너랑 죽도 잘 맞고. 사겨", "미쳤냐. 그 누나는 입이 걸레잖아." 그들이 또 다 악인은 아니었다. 어떤 부분에선 정말 A 누나를 따르고 좋아하는 사람들이었다.

김지영씨가 취업난에 힘들어하고 있을 때, 학과로 들어온 취업

추천은 남학생들에게 먼저 기회가 갔다. 이에 분개한 한 여학생이 학과장을 찾아갔을 때 학과장은 이렇게 말한다. "여자가 너무 똑똑하면 회사에서도 부담스러워 해. 지금도 봐. 학생이 얼마나 부담스러운 줄 알아?" 김지영씨는 취업 면접에서 '거래처 미팅을 갔는데 거래처 상사가 좀 그런 신체 접촉을 하면 어떡할 거냐'는 질문을 받기도 한다. 우여곡절 끝에 김지영씨가 들어간 회사엔 멋진 여자 상사가 있었다. 유일한 여자 팀장이었다. 딸이 있지만, 친정어머니와 함께 살며 육아와 가사는 완전히 어머니께 맡기고 본인은 일만 한다고 했다. 누군가는 멋지다고 했고, 누군가는 독하다고 했고, 누군가는 뜬금없이 남편을 칭찬했다. 김지영씨는 남자 동기들보다 더 열심히 일하고 더 까다로운 클라이언트도 많이 맡았지만, 원했던 장기 프로젝트에는 선발되지 못한다. 언제 임신을 하고 언제 회사를 그만둘지 모르는 가임기 여성이니까.

2016년 출간된 이 책은, 베스트셀러다. 이미 많은 독자들이 이 책을 읽은 것으로 알고 있다. 대부분의 여자들은 '나도 이미 알고 있는 얘기'라는 평을 내놓았다. 그래서 울었다는 독자도 있고, 그래서 시시했다는 독자도 있다. 대부분의 남자들은 '불편한 진실을 마주한 느낌'이라는 평을 내놓았다. 한 남자 독자는 김지영씨의 남편 정대현씨를 두고 이런 얘길 했다. '나라고 해서 이보다 잘할 자신이 없다'고. 김지영씨도 그 사실을 알고 있었다. 화를 내면서도 남편에게 미안했고, 자신을 장기 프로젝트에서 제외시킨 회사의 대표도 이해할 수 없는 건 아니었다. 사업가의 목표는 결국 돈을 버는 것이고, 최소 투자로 최대 이익을 내겠다는 대표를 비난할 수만은 없어서.

절대 악인은 없었다. '남자'들의 삶 또한 마냥 편하고 행복하지만은 않다는 거 잘 안다. 그들에겐 또 그들의 사정과 힘듦이 있다는 것, 모르는 것이 아니다. 그런데, 그래서 더 이 이야기에는 답이 없었다. 대부분의 픽션에는, 주인공들에게 주어진 미션이 있다. 악인과 싸워 이기든, 불의와 싸워 이기든, 그것도 아니면 갑자기 자신 앞에 펼쳐진 갈등과 사건 사고를 수습해야 하든, 무언가 미션이 있다. 그걸 해결하면 해피엔딩, 실패하면 새드엔딩. 그런데 김지영씨는, 자신의 미션이 무엇인지 알 수 없었다. 악인은 없었으니까. 그저,

김지영씨는 미로 한가운데 선 기분이었다. 성실하고 차분하게 출구를 찾고 있는데 애초부터 출구가 없었다고 한다. 망연히 주저앉으니 더 노력해야 한다고, 안 되면 벽이라도 뚫어야 한다고 한다.

그래서,
아니 어쩌면 그럼에도,
김지영씨는, 그리고 우리는, 무엇이라도 해야만 했다.

언젠가 이 책을 나에게 알려 준 후배네 집을 방문했을 때, 후배는

식탁 위에 책들을 쌓아 그 위에 노트북을 올려놓곤, 서서 박사 논문을 쓰고 있었다. 내가 대학에서 만난 후배들 중에, 가장 똑똑한 친구였다. 동기들 중 가장 먼저 석사를 땄고, 박사 과정도 가장 먼저 마쳤다. 그런데 박사 논문을 쓰기까지 7년이 걸렸다. 그사이 후배는 결혼을 하고 두 아이를 낳았다. 두 아이를 키우며, 돈을 벌기 위한 일도 하며, 한시도 쉬지 못한 채 그렇게 박사 논문을 쓰다가 결국 후배의 허리는 망가졌다. "언니, 그냥 나 포기할까?", '너처럼 똑똑한 아이가, 왜…'라는 말은 하지 못했다. 너무 힘들면 포기해도 된다고, 네가 무슨 선택을 해도 아무도 너 비난할 사람 없다고, 누구보다 너 열심히 살아왔다고, 나는 그렇게 말했다. 후배보다 내가 먼저 울면 안 될 것 같아서, 매번 억지웃음을 지으며 농담처럼 이런 말들을 하곤 했다. '야, 나는 결혼도 안 했고, 애도 없는데도 매일매일이 힘들어. 나는 너처럼 열심히 살 자신이 없어서 결혼 안 하는 거잖아. 넌 진짜 대단한 거야.' 후배는 결국 박사 논문을 끝낸 다음, 허리 수술을 했다. 후배의 이름이 박힌 논문을 받아 들었을 때, 아이들을 어린이집에 보내고 돌아와 짬을 내서 논문을 쓰고, 일을 하면서 잠깐씩 친정어머니 집에 아이들을 맡기면서도 죄책감에 시달리고, 아이들을 재운 다음 새벽에 다시 식탁 앞에 서서 논문을 쓰던 후배의 일상이, 금박으로 빛나는 후배의 이름 위로 떠올라서 나는 울컥했던 것 같다. 하지만 박사 논문은 끝이 아니다. 교수 임용까지는 또 얼마나 많은 산들이 버티고 있을까. 박사 과정을 마친 여자 선후배들은 이런 얘길 한다. '우린 서자잖아.' 어느 대학에 자리가

나도, 교수님들은 남자 제자들을 먼저 떠올릴 수밖에 없다. '걔들은 가정을 책임져야 하니까….' 나 또한 대학원 진학을 고민했던 적이 있다. 하지만 나는 결국 포기했다. 여러 가지 이유가 있었지만, 그 부분 또한 전혀 고려하지 않았다고는 말할 수 없다. 나는 공부에 대한 마음을 접고, 돈을 벌기 위해 사회로 나갔다. 그 사회에서의 나는 좀 더 평안했을까.

나는 언제부터 혼자서는 가능한 한 택시를 타지 않게 된 걸까. 나는 언제부터 짧은 치마나 몸매가 드러나는 여성스러운 옷은 의도적으로 피하게 됐을까. 나는 언제부터 다수가 필름이 끊기는 왁자지껄한 술자리엔 가지 않게 된 걸까. 나는 언제부터 결혼이란 단어 앞에서는 뒷걸음을 치게 된 걸까. 나는 언제부터 아이를 낳을 자신이 없다는 생각을 하게 됐을까. 나는 도대체 언제부터 내 안의 여성성에 이토록 무심해졌을까.

영화 '비포 미드나잇Before Midnight'에서 줄리 델피Julie Delpy는 이런 말을 한다. 여자가 서른다섯이 넘어서 좋은 점은 딱 하나라고. 강간당할 확률이 낮아진다는 것. 강간의 걱정까지는 아니어도, 나는 체구가 작은 편이라 '어린 여자'에게 가해지는 피해(반말과 성적 농담, 가벼운 성추행들까지)를 꽤 늦은 나이까지 겪었는데, 그게 너무 귀찮고 피로해서 어서 빨리 늙었으면 좋겠다는 생각도 했던 것 같다. 일을 함에 있어서도 '여자애들은 어쩔 수가 없어'(이 말은 남자들의 입에서

만 나오는 것도 아니었다)라는 말을 듣지 않기 위해 더 독하게 나를 몰아갔다. 서른이 넘어 찾아간 한의원에서 나는 지금의 몸 상태가 내일 죽어도 이상할 게 없다는 얘길 들었다. 하지만 가족들에게도 힘든 내색은 할 수 없었다. '그러니까 그냥 이제라도 결혼해서 선생님 같은 거 하면서 살지, 작가는 왜 하겠다는 거니.' 그동안의 나의 삶마저 부정당하고 싶진 않았으니까. 그리고 잘 이해가 안 됐다. 우리 엄마는 전업주부였고, 나보다 여섯 살 많은 우리 언니는 애 둘을 키우면서 교편을 잡고 있다. 그래서 나보다 덜 힘들고 평안한 삶을 살고 있는지는, 잘 모르겠으니 말이다.

김지영씨의 어머니는 어린 시절 선생님이 되고 싶었지만, 그럴 수 없었다. "돈 벌어서 오빠들 학교 보내야 했으니까. 다 그랬어. 그때 여자들은 다 그러고 살았어." 지금이라도 하면 되지 않냐고 물어보는 어린 김지영씨에게 어머니는 또 이렇게 답한다. "지금은, 돈 벌어서 너희들 학교 보내야 하니까. 다 그래. 요즘 애 엄마들은 다 이러고 살아." 김지영씨의 어머니는 공무원인 아버지의 수입만으로는 도저히 애 셋을 키우며 집 장만은 할 수 없을 것 같아 쉬지 않고 부업을 한다. 그러다 드디어 방 세 개짜리 오래된 주택으로 이사를 가게 됐을 때, 자매의 방을 정성껏 꾸며 준다. 벽에는 커다란 세계 지도를 붙여 준다.

"여기 서울 좀 봐. 그냥 점이야, 점. 그러니까 우리가 지금 이 점 안에서 복작복작하면서 살고 있다는 거다. 다 가 보진 못하더라도 알고는 살라고. 세상이 이렇게나 넓다."

그 장면에서 나는, 처음 울컥했던 것 같다. 나는 지금 혼자서 일을 하고, 돈을 모아 일 년에 한두 번 정도는 여행을 간다. 결혼을 하고 아이를 키우고 있는 친구들은 가끔 그런 나를 부럽다고 한다. 나는 웃으면서 이렇게 말한다. '내가 15년 기다릴게. 애들 다 키우고 15년 후에 같이 가자.' 나는 그렇게 살고 싶었다. 커다란 세계 지도를 보며 다 가 보진 못하더라도 알고는 살고 싶었고, 그래서 짬이 나면 조금씩 여행을 다니기 시작했다. 그런 삶을 위해 내가 포기한 것들이 있다. 결혼, 육아, 나의 여성성. 그동안 내가 만난 남자들도, 김지영씨의 남편 정대현씨처럼 비교적 다 좋은 사람들이었다. 김지영씨가 상견례를 하던 날, 정대현씨의 어머니가 말했다. "처음부터 잘하는 사람이 있나요. 다 하면서 배우는 거죠. 지영이가 잘할 거예요." 그때 김지영씨는 이런 생각을 한다. '아니요, 어머니. 저 잘할 자신 없는데요. 그런 건 자취하는 오빠가 더 잘하고요. 결혼하고도 자기가 알아서 한다고 했어요.' 하지만 김지영씨도, 정대현씨도, 말없이 미소만 지었다. 그래도 김지영씨는, 결혼을 잘한 편이다. 정대현씨는 비교적 좋은 남편이었다. 비교적. 그런데 나는 그 비교적도 자신이 없었던 것 같다.

다 그랬어, 다 그러고 살았어.

다 그래, 다 이러고 살아.

그 말이, 나는 참 싫었던 것 같다. 물론 우리는 비교적 호시절을 살고 있다는 것 안다. 우리의 어머니 세대들은 종종 이런 말을 한다. '우리 때는 이런 거 상상도 못 했어.' 미국에서도 여성의 참정권은 1920년이 되어서야 인정됐는데, 이는 흑인 참정권보다도 50년이 늦은 것이었다. 최근 캐나다에서 만든 드라마 '빨간 머리 앤Anne with an E'에는 이런 장면이 등장한다. 어떤 할머니가 앤에게 책 한 권을 선물한다. "조지 엘리엇George Elliot. 못 들어 본 남자네요." 앤의 말에 할머니가 답한다. "남자가 아니라 여자야. 메리 앤 에번스Mary Ann Evans. 언젠가 네가 책을 쓴다면 필명이 필요 없기를 기도하마." 여성의 이름으로는 책 한 권도 출간할 수 없던 시절도 있었다.

나는 지금 내 이름으로 책을 내며 살고 있고, 당연히 선거 때는 투표를 하고, 가끔은 여행도 다니고, 일상을 살며 딱히 내가 오로지 '여자'라서 힘들다는 생각은 거의 하지 않는다. 어떤 불이익 같은 것이 느껴질 때도, 그건 내가 '여자'라서가 아니라 '나라는 사람이 모자라서'라고 먼저 생각하게 된다. 더 노력하면 되겠지. 내가 더 잘하면 되겠지. 내가 더 조심하면 되지 뭐.

그런데도 나는 이 책, '82년생 김지영'을 보며 몇 번이나 울컥했다. '나는, 여자입니다.' 그 말을 나는 잊고 있었던 게 아니었나 보다. 그저 내 마음 어딘가에 꼭꼭 숨겨 두고 있었을 뿐. 그래서 이런 생각도 하게 됐던 것 같다. 이런 소설도 필요하구나. 우리의 현실을 있는 그대로 그저 차곡차곡 '기록'하는 이야기도 세상에는 정말 필요하구나.

이 소설의 마지막 부분에, 계속해서 초등학교 수학 문제집을 푸는 여자가 등장한다. 의사인 남편은 대학 시절 자기보다 더 공부를 잘했던 아내가 그러고 있는 것이 이해가 안 된다. "당신 수준에 그게 뭐가 재밌니? 유치하기만 하지." 출산 후 김지영씨와 같은 이유로 전업주부가 된 아내는 이렇게 답을 한다. "재밌어. 엄청 재밌어. 지금 내 뜻대로 되는 게 이거 하나밖에 없거든."

이런 소설이 나왔고, 이 소설은 이미 베스트셀러로 많은 사람들에게 읽혔지만, 여전히 지금 우리에게 답은 없다.

> 아내가 그보다 더 재밌는 일을 했으면 좋겠다. 잘하는 일, 좋아하는 일, 그거밖에 할 게 없어서가 아니라 그게 꼭 하고 싶어서 하는 일. 김지영씨도 그랬으면 좋겠다.

하지만 지금 당장 그런 일은 일어날 수 없다는 것을 그 남편도, 그 아내도, 또 이 소설의 주인공인 김지영씨와 우리도 모두 알고 있다. 우리는 또 지금 내가 할 수 있는 혹은 해야만 하는 일들을 하며 어제와 같은 오늘을 살 것이다. 하지만 그럼에도, 나는 고마웠다. 이런 소설을 써 준 작가에게도 고마웠고, 이 소설이 많은 사람들에게 읽혔다는 것도 고마웠다.

저에게는 지원이(극 중 김지영씨의 딸)보다 다섯 살 많은 딸이 있습니다. 딸은 커서 우주 비행사와 과학자와 작가가 되고 싶다고 합니다. 딸이 살아갈 세상은 제가 살아온 세상보다 더 나은 곳이 되어야 하고, 될 거라 믿고, 그렇게 만들기 위해 노력하고 있습니다. 세상의 모든 딸들이 더 크고, 높고, 많은 꿈을 꿀 수 있기를 바랍니다.

작가의 말을 보며, 나는 다시 '빨간 머리 앤'의 한 장면이 떠올랐다.

"조지 엘리엇. 남자가 아니라 여자야. 메리 앤 에번스. 언젠가 네가 책을 쓴다면 필명이 필요 없기를 기도하마."

아주아주 긴 시간이 걸렸다 해도(물론 지금도 나는 가끔 남자 작가가 아니어서 실망이라는 얘기를 듣기도 하지만), 나는 지금 내 이름으로 글을 쓰고 있다. 그래서 고마웠다. 이런 기록을 남겨 준 작가에게도, 이 책을 아주 많은 사람들이 읽었다는 것에도. 그래서 또 나는 이 글을 쓰고 있나 보다. 더 많은 사람들이 이 책을 읽어 줬으면 좋겠다. 더 많은 작가들이 이런 기록을 남겨 줬으면 좋겠다.

#
02

오래된 습관

사랑하는 내 남편이, 여자가 되어 간다.

아직 그 누구도 자신의 타고난 성性을 바꿀 수 있다고 생각해 본 적이 없던 시절, 아직 그 누구도 그런 수술을 받아 본 적이 없던 시절. 영화 '대니쉬 걸The Danish girl'의 시작은 1926년이다.

아내 '게르다'는 발레리나 그림을 그리고 있었다. 어느 날 모델이 오지 않았다. 남편인 '에이나르'에게 모델을 대신해 달라고 부탁한다. 처음엔 그저 장난스러운 놀이였다. 하지만 에이나르에게 그 일은, 아주 오랫동안 내 안에 숨어 있던 '그녀'를 자각하게 만들었다. 각성을 시작한 에이나르는 조금씩 '릴리'로 변해 간다. 배우 '에디 레드메인Eddie Redmayne'의 연기는 놀랍다. 파르르 떨리는 속눈썹, 미세하게 움직이는 입꼬리, 나른한 듯 관능적으로 변해 가는 작은 손동작 하나하나까지도, 릴리는 그 어떤 여성보다도 '완벽한 여성'으로 변해 간다. 이 영화를 처음 볼 때는 그런 에이나르, 아니 릴리의 모습을 따라갈 수밖에 없다.

나는 이 영화를 2015년에 봤고, 그것이 어쩔 수 없는 문제라는 것, 에이나르가 선택할 수 있는 문제가 아니라는 것을 안다. 하지만 1920년대를 살고 있는 에이나르에겐, 내 안의 릴리를 인정하는 것만도 쉽지 않았을 것이다. 그런데 그는, 솔직한 나의 모습으로 살아가겠다고 결정한다. 그 결정까지, 그리고 그 결정 다음에도, 그는 매일매일이 두렵고 힘들었을 것이다. 그래서 이 영화는 슬프다.

그런데 이 영화에는 또 한 명의 주인공이 있다. 사랑하는 내 남편이, 여자가 되어 간다. 그 과정을 관객인 우리보다 더 가까운 곳에서, 더 복잡한 감정으로 바라보고 있는 아내 게르다. 나는 이 영화를 다 본 다음, 곧바로 처음으로 돌아가 다시 봤다. 영화의 마지막에 등장하는 게르다의 이 대사 때문이었다.

"그건 내 오래된 습관이야.
난 습관 고치는 데 오래 걸리잖아."

영화를 보는 내내 나는 릴리의 아픔에 공감하고, 릴리의 용기에 감동하고, 릴리의 선택은 마땅히 존중받아야 한다고 생각했지만, 그럼에도 불쑥불쑥 릴리의 그 솔직함이 조금은 이기적으로 느껴지기도 했다.

"난 남편이 필요해. 내 남편과 얘기해야 해. 내 남편을 안아야 해.
난 그가 필요해. 그를 데려올 수 없어? 노력이라도 해 봐."

게르다 때문이었다. 잠든 릴리의 모습을 스케치하면서도 남편이 그리운, 모두가 릴리를 부정하고 정신 병원에 가두려 할 때 그를 데리고 도망쳐 나왔지만 그래도 아주 가끔은 내 남편이 그리운, 누구보다 가장 먼저 릴리를 인정하고 릴리의 삶을 지지했지만 가끔은 아주 잠깐이라도 내 남편 에이나르가 보고 싶은, 게르다의 아픔 때문이었다.

"안 돼. 미안해. 당신이 원하는 걸 난 줄 수 없어.
하지만 당신을 사랑해."

이제 릴리는 아주 가끔, 아주 잠깐이라도, 에이나르로 돌아올 수 없다. 그럼에도 게르다 또한 놓아 줄 수가 없다.

"당신은 날 아름답게 만들었고, 지금은 날 강하게 만들고 있어.
당신에게는 그런 힘이 있어."

1차 수술을 마친 릴리가 말했다. 그녀는 솔직하다. 내 자신에게도, 게르다에게도. 아내였던 게르다에게 남편 에이나르를 돌려줄 수도 없지만, 단 하나뿐인 릴리의 친구 게르다 또한 놓을 수가 없는 거다. 물론 릴리의 그 마음도 이해할 수 없는 건 아니지만, 게르다의 입장에서 이 영화를 다시 보기 시작하자 또 다른 슬픔이 나를 찾아왔다. 타고난 성을 부정할 수밖에 없는 릴리의 슬픔과 더불어, '오래된 습관'을 놓아버릴 수 없는 게르다의 슬픔이.

내가 처음 이 집으로 이사를 왔을 때, 나는 손을 씻다가 세면대 안쪽 윗부분에 있는 물 빠지는 쇠에 자꾸만 손을 긁혔다. 전에 살던 집보다 수도꼭지가 짧아서였다. 몇 번이나 같은 실수를 반복하면서도 나는 또 무의식중에 손을 깊숙이 넣어 긁히곤 했다. 물 묻은 손에서 번져 나오는 피를 볼 때마다, 나는 오래전 노래의 한 소절을 떠올리곤 했다. '습관이란 게 무서운 거더군.' 그 한 소절을 끊임없이 머릿속으로 재생시키며 나는 또 그 과정이 이미 하나의 '습관'이 되어버린 것처럼, 오래전 영화 '아멜리에Le Fabuleux Destin D'Amelie Poulain'의 한 장면을 떠올리곤 했다.

독특한 장난꾸러기 아멜리에. 4차원의 엉뚱한 아가씨. 그녀는 착한 종업원을 자꾸만 구박하는 야채 가게 사장을 혼내 주기로 결심하는데, 그 방법은 참 그녀답게 엉뚱하고 섬세하다.

매일 똑같은 시간에 맞춰져 있는 알람 소리에 사장은 눈을 뜬다. 눈을 비비고 침대에서 일어나 슬리퍼를 신는 순간, 슬리퍼가 좀 작다. 뭔가 이상하다 느끼면서 작은 슬리퍼를 끌고 욕실로 간다. 욕실 문고리를 내려서 여는 순간 손이 휘청, 몸도 휘청. 내려서 여는 문고리가 돌려서 여는 문고리로 바뀌어 있다. 그때부턴 으스스한 느낌이 찾아오지만 아직 잠에서 덜 깬 사장은 문을 열고 들어가 언제나 같은 컵 안에 꽂혀 있는 치약을 짜서 칫솔을 입에 문다. 그리고 으악! 비명을 터뜨리는 그. 그가 입에 문 건 무좀 약이었다. 아멜리에는 그저 무좀 약과 치약의 자리를 바꿔 놓았을 뿐이다. 넋이 빠진 상태로 출근을 하고 가게 문을 여는 사장. 그런데 이상하다. 아직 너무 깜깜하고 거리도 지나치게 한적하다. 그제야 손목시계를 보는 그는, 아직 5시도 안 됐다는 걸 깨닫는다. 매일 아침 8시에 울려야 하는 알람이 새벽 4시에 맞춰져 있었던 거다.

사랑스러운 4차원 아가씨 아멜리에. 그녀는 사장의 매일 반복되는, 그래서 몸에 밴 습관에 아주 조금 장난을 쳤을 뿐인데, 그의 일상은 무너져 내린다.

습관은 그런 거니까. 정말 무서운 거니까. 매일 반복되는 아주 작은 습관 하나에도 우리는 멈칫, 주춤하게 된다. 매일 있어야 할 자리에 없는 치약 하나에도, 문고리 여는 방식이 조금만 바뀌어도, 수도꼭지 길이가 조금만 달라져도 멈칫, 우리의 일상은 흔들거리게 된다. 그런데 그 무서운 습관이, 영화 '대니쉬 걸'의 게르다에겐 '사람'이었다.

아무도 받아 본 적이 없는 수술, 그래서 더 위험한 2차 수술을 앞두고 릴리는 마음이 급하다. 하루라도 빨리 더 완벽한 여성이 되고 싶다. 또한 그 위험한 수술을 받는 동안, 자신의 옆에 게르다가 있어 주길 원한다. "당신 스스로를 망치는 일에 동조할 수 없어." 게르다의 애원에도 릴리는 혼자 떠난다. 하지만 수술을 마치고 눈을 떴을 때, 제일 먼저 보이는 얼굴은 역시 게르다였다. 영화를 보는 내내 나는 에이나르, 아니 릴리의 솔직함에 화가 나기도 했고 안타깝기도 했다. 게르다는 사랑하는 내 남편을 잃었다. 그 남편을 앗아간 건 릴리. 그런데 릴리는 게르다에게 내 친구가 되어, 내 옆을 계속 지켜 달라고 부탁한다. 그런 릴리의 부탁을 단 한 번도 거절하지 못하는 게르다의 모습 또한 나는 답답하고 슬펐다. 하지만 게르다는 마지막 순간까지도 릴리의 곁을 떠나지 않는다.

"더 이상 내 걱정은 하지 마, 게르다."

릴리가 말했다.
그리고 게르다는 그때, 이렇게 답을 한다.

"그건, 내 오래된 습관이야.
난 습관 고치는 데 오래 걸리잖아."

그제야 나는 모든 것이 이해됐던 것 같다. 그래서 처음으로 돌아가 이 영화를 다시 봤다. 게르다의 입장에서. 사랑하는 내 남편이, 여자가 되어 간다. 그럼에도 나는, 그를 떠날 수 없다. 게르다에게 그는, 내 오래된 습관이었으니까.

이 영화의 초반부에 이런 장면이 등장한다. 아직 두 사람이 남자와 여자로 서로를 사랑하던 시절, 다른 사람들의 부러움을 살 만큼 다정했던 두 사람이, 사람들 앞에서 자신들의 첫 만남에 대해 얘기하고 있다. 게르다는 자신이 먼저 그에게 다가갔다고 말했다. 이 남자다, 한 치의 망설임도 없었다고 했다. 먼저 키스를 한 것도 게르다였다. "이상한 느낌이었어. 마치 내 자신에게 키스하는 것 같았거든." 그녀에게 그는, 그런 사람이었다. 처음부터 거울 속의 나처럼 익숙한, 마치 오래전부터 알고 있었던 것 같은, 또 하나의 나. 어쩌면 처음부터 그녀에겐 이미 정해진 일이었는지도 모른다. 너를, 나와 분리해서 생각한다는 것은 불가능했다. 네가 없는 내 삶은, 거울 앞에 서 있지만 내가 보이지 않는 두려움. 처음부터 그는 게르다에게 오랜 시간에 걸쳐 내 몸에 밴, 그래서 쉽게 고칠 수 없는 '오래된 습관'과도 같은 사람이었으니까.

나는 아직도, 이제 이 집으로 이사를 온 지도 꽤 된 것 같은데, 이따금 잠깐 정신을 놓을 때면 손을 긁힌다. 물 묻은 손에서 번져 나오는 빨간 피. 닦아내야겠다는 생각도 못 하고, 그냥 멍하니 그 피를 바라보고 있을 때도 있다. 이제 익숙해질 때도 된 것 같은데, 습관이라는 건 정말 무서웠다. 어떤 습관은, 정말 그렇다. 아무리 고쳐 보려 애써도, 한참의 시간이 지나도, 이젠 정말 다 잊은 것 같은데도, 아주 잠깐의 방심을 틈타 다시 나를 찾아온다. 어쩌면 그래서 게르다의 이 대사 또한, 내 마음을 흔들었는지도 모르겠다.

"그건, 내 오래된 습관이야."

아마도 그런 사람을 가져 본 적이 있는 사람이라면, 그 사람을 잃을 수도 있다는 생각만으로도 너무 아파서 아무것도 할 수 없던 시절을 겪어 본 사람이라면, 그런 사람을 잃은 후 아주 오랫동안 그 습관에서 벗어날 수 없어 아파해 본 적이 있는 사람이라면, 게르다의 그 말을 쉽게 흘려보낼 순 없을 것이다. 그래서 어쩌면 나처럼, 이 영화를 처음으로 돌아가 다시 보게 될지도 모른다. 그러고 나면 또 나와 같이, 이런 생각을 하게 될지도 모르겠다.

두 사람은 참 닮아 있구나.

솔직한 건 릴리만이 아니었다. 내 안의 나, 내 자신에게 솔직했던 에이나르, 아니 릴리. 그리고 내 안의 너, 내 오래된 습관과도 같은 너, 내 사랑에 솔직했던 게르다. 이 영화는 그런 두 사람의 이야기였으니까.

#
03

뱅글뱅글 돌아가는 작은 팽이 하나

선거철이 시작되고 뉴스가 달아오르면 어김없이 등장하는 검증(좋은 말로 하면 검증, 대부분은 네거티브) 공방. 한쪽에서 문제를 제기하면, 다른 쪽에선 해명을 한다. 하지만 아무리 해명을 해도 상대는 들을 마음이 없어 보인다. 다른 쪽에서 무슨 말을 하든 '네가 했잖아. 네가 잘못한 게 맞잖아. 넌 나쁜 놈이잖아.' 끝도 없이 계속되는 이 공방을 지켜보고 있자면 가끔은 이런 생각도 든다.

저렇게 매일매일 '네가 했잖아'라는 얘길 듣다 보면, (나는 정말 그 일을 하지 않았다고 굳게 믿어 왔다 해도) 어느 날엔 불쑥 이런 마음도 들지 않을까. '정말, 내가 한 거 아니야?'

실제로 이런 실험 결과도 있다. '어린 시절 넌 쇼핑몰에서 길을 잃은 적이 있어'라는 말을 들으면, 많은 사람들이 (실제로 그런 일은 없었음에도) 그때의 일을 놀랍도록 세세하고 구체적으로 떠올리며 '그래, 나는 쇼핑몰에서 길을 잃은 적이 있어'라고 믿게 된다는 거다. 그러니 어쩌면 이 소설의 결론은 자명한 거였는지도 모르겠다.

'니콜라'는 이집트 알렉산드리아에서 보낸 자신의 십 대 시절, 그리고 그 시절에 사랑했던 소녀 '야스미나'에 대한 추억을 바탕으로 '사랑해야 한다'라는 소설을 썼다. 이 작품으로 니콜라는 프랑스 최고 권위의 문학상인 '콩쿠르상'을 수상하게 된다. 그 전에도 니콜라는 인기는 많은 작가였지만, 문학적으론 늘 그저 그런 평가를 받아왔다. 하지만 드디어 '지금까지 필사적으로 시도했으나 이룩하지 못했던 한 편의 완벽한 소설'을 완성해낸 거다. 그만큼 이 작품에 대한 그의 애착과 자부심은 대단했다. 그런데 표절 시비가 불거진다. 1939년, 그러니까 거의 60년 전에 출간된 어떤 책과 그의 책이 거의 동일하다는 기사가 터진다. 니콜라는 억울하다. 이건 내 자전적 소설이니까. 그러니 이 모든 건 자신에게 원한이 있는 한 기자의 치졸한 복수극이라고 주장한다. 기자가 들고 나온 '그 책'은 조작된 거라고 주장한다. 하지만 법원에서는 '그 책'을 진본으로 판정한다. 그도 그럴 것이 종이와 인쇄 방법, 사용된 잉크와 접착제까지 모두 1930년대에 쓰이던 것 그대로이기 때문이었다. 그때까지도 니콜라는 자신이 친필로 수정하고 또 수정한 원고 뭉치를 들고 와 결백을 주장한다. 그런데 여러 고서점에서 '그 책'은 또 발견된다. 조작된

'한 권'만 존재하는 게 아니었다. 심지어 니콜라가 2차 대전 참전 당시 입원했던 한 병원에서, 그가 부분적인 기억 상실 증상을 보였다는 진단서까지 나온다. 법원은 이 사건을 '비고의적 차용'이라고 결론 내린다. 니콜라가 의도적으로 표절한 건 아니라 해도, 그가 언젠가(아마도 부분적 기억 상실 증상을 보였던 시절에) 읽었을 그 책을 그의 무의식이 끌어냈다는 것이다. 그때까지도 니콜라는 인정할 수가 없다. 자신의 결백을 증명하기 위해 필사적으로 노력한다. 그런데 그가 무너진 것은, 바로 이 순간. 자신의 서재에서 발견된 그 책. 내가 읽기는커녕 그 존재조차 몰랐다고 믿어 왔던 바로 그 책이, 자신의 서재에 꽂혀 있었던 거다.

아마도 나는 삼십 년 전에 그 소설을 읽으면서 그가 소설 속에서 이야기하고 있는 것이 내 어린 시절에 겪은 일과 너무나 유사해서 깜짝 놀라 그야말로 한 글자도 빼지 않고 단숨에 읽어 내려갔을 거야. 평소 책을 읽을 때 내 버릇인 여백에 낙서를 할 여유도 없이 말이야. 나는 내 '유죄'를 확신하게 되었네. 그 이유는 내가 그 책을 발견했기 때문이라기보다는 그 책에 내 낙서가 없었기 때문이야. 낙서가 없는 것을 보면 내가 그 책을 읽을 때 정상적인 상태는 아니었다는 것을 알 수 있어. 이제 한 가지 사실이 확실해졌네. 내가 더 이상 글을 쓸 수 없으리라는 사실이야. 내가 쓰는 글이 진정 나 자신의 생각에서 우러나온 글이라고 어떻게 확신할 수 있겠나.

니콜라는 자신의 친구인 '에드워드'에게 마지막 편지를 쓴 후, 스스로 목숨을 끊는다.

이제는 세상을 떠난 작가라는 안심되는 위치를 얻고 싶어.

그런데 독자인 우리는 모두 알고 있다. 니콜라는 결백하다는 것을. 왜냐하면 이 소설의 화자인 '나'는, 니콜라가 아니다. 니콜라의 친구이자, 이 모든 사건을 조작한 영국 출판업계의 거물 에드워드. 그가 이 소설의 화자인 '나'다. 이 소설은 처음부터 에드워드가 이 사건을 왜, 그리고 어떻게 조작했는지를 상세하게 보여 주고 있다.

승리의 기쁨을 혼자서 비밀스럽게 즐겨야 한다고 생각하니 내 인생에서 가장 빛나는 순간이 될 승부가 대번에 시들해지고 마는 것이었다.

이 소설은 그런 에드워드의 고백. 그러니 독자인 우리는 '내가 하지 않은 일'을 '내가 했다'고 결국 인정해버리게 되는 니콜라의 심리를 온전히 따라갈 수 있게 된다. '네가 했잖아. 네가 나쁜 놈이잖아.' 매일, 그리고 모두에게 그런 얘기를 듣다 보면, 어느 순간 나 스스로도 '정말 내가 했구나'라고 믿어버리게 되는 과정을 지켜보게 되는 거다. 과연 나라면, 니콜라의 상황에서 끝까지 '나의 결백'을 믿을 수 있었을까?

그런데 이 소설 '편집된 죽음Tiré à Part'의 매력은 거기서 그치지 않는다. 이 소설을 처음 읽을 때는 아무래도 화자인 '나, 에드워드'에게 감정 이입을 할 수밖에 없다. 그가 왜 이런 복수극을 펼칠 수밖에 없었는지, 그의 고백과 그의 마음에 귀 기울이게 된다. 거만하기 그지없는 나르시시스트인 니콜라는 평생에 걸쳐 '나, 에드워드'를 무시하고 하인처럼 부려 왔다. 문학 소년이었던 에드워드는, 십대 시절 니콜라의 '엉망진창'인 심지어 '표절'인 습작 소설들을 수정해 주곤 했다. 니콜라가 작가로 데뷔한 이후에는, 그의 소설을 영어로 번역하면서 생명을 불어넣어 왔다. 그래서 니콜라의 소설은 프랑스에서보다 영어권에서 더 사랑받았다. 하지만 니콜라는 단 한 번도 에드워드에게 감사의 마음을 표현하지 않는다. 번역본에 대한 얘기는 일절 언급하지도 않는다. 심지어 니콜라가 콩쿠르상을 수상한 소설 '사랑해야 한다'의 주인공 소녀 '야스미나'는 에드워드, 나의 첫사랑이었다. 그녀의 아버지가 어느 유럽인 가정에 그녀를 하녀로 맡기면서 만남은 뜸해질 수밖에 없었지만, 그래도 나는 열렬히 그녀를 사랑했다. 그녀 또한 그럴 거라 믿었다. 그런데 어느 날 그녀가 완전히 사라져버렸다. 몇 주 후 나는, 신문에서 그녀의 사진을 발견하게 된다. '운하에서 발견된 신원 미상의 소녀'. 그녀는 칼에 찔린 시체로 발견되었고, 부검 결과 임신 중이었던 걸로 밝혀졌다. 30년이 넘는 세월 동안 나는 그녀의 아버지가 우리의 사랑을 눈치채고 가족의 명예를 지키기 위해 자기 딸을 죽인 거라 믿어 왔다. 그 죄책감으로 나는 몇 번이나 자살을 기도했고, 그 후 문학 소년이었던 나는 더 이상 글을 쓸 수 없게 됐다.

그런데 30년이 지난 후 알게 된 거다. 니콜라의 소설 '사랑해야 한다'를 읽고 나서야. 야스미나가 하녀로 들어갔던 유럽인 가정이 니콜라의 집이었고, 죽은 야스미나의 배 속에 있던 아이 또한 니콜라의 아이였다는 것을. 그런데 파렴치한 니콜라는, 평생 사죄하는 마음으로 살아가기는커녕 그 후에도 그 특유의 매력으로 수많은 여성들을 희롱하더니 결국엔 '야스미나'를 이용해 '콩쿠르상'까지 수상한 거다. 그리하여 나, 에드워드는 오랜 시간 준비해 온 복수를 감행한다. 니콜라, 너는 벌을 받아 마땅해.

그런데, 정말 그랬을까? 니콜라는 악인이었고, '나, 에드워드'는 선인이었을까? 정말 니콜라는 거만하기 짝이 없는 나르시시스트로 평생 동안 에드워드를 무시하고 천대하면서 이용해 먹기만 한, 벌을 받아 마땅한 악인이었을까? 나, 에드워드는 그런 니콜라의 희생양, 완전한 피해자였을까? 그러니 이 소설은 권선징악, 약자의 반란, 평생 동안 고통받아 온 에드워드의 통쾌한 복수극이었던 걸까?

하지만 책을 덮고 나서도 어쩐지 개운한 마음이 들지 않는다면, 첫 장으로 돌아가 이 소설을 다시 한번 읽어 보길 권한다. 이 책의 맨 첫 페이지엔 이런 글이 적혀 있다.

그러나 증오라는 감정은 사랑과 거의 분리할 수 없다.

–버지니아 울프, '파도'

그리고 이제 1인칭 주인공 시점으로 전개되는 이 소설에서 '나'를 지우고, 철저한 관찰자의 시점에서 '나, 에드워드'의 서술을 따라가 보자. 이집트 알렉산드리아에서 니콜라와 에드워드가 처음 만나는 장면.

그는 자신 있는 걸음걸이로 길을 가로질러 내가 있는 테이블로 걸어왔다. 걸어오는 동안 그는 줄곧 내게서 시선을 떼지 않았다. 그가 지나오는 길 위의 공기마저도 그에게 길을 내주기 위해 환히 열리는 것 같았다. (……) 그는 우리가 펴내는 문학 동인지가 '찬사를 받아 마땅한 훌륭한 작업'이라고 칭찬을 아끼지 않았고, 나는 당황해서 더듬거리며 "고… 고마워"라고 대답했다. 백한 번째 구독자를 얻었다는 사실, 더구나 그가 너무도 찬란한 미소년이라는 사실에 내 가슴이 마구 떨려 왔다.

십 대 시절의 에드워드는 어쩌면, '첫눈에' 그에게 반해버린 것뿐일지도 모른다. 왜냐하면 에드워드는 이런 소년이었으니까.

나는 워낙 소심한 탓에 몇 해 전부터 눈여겨본 아름다운 소녀 나탈리 레르비에게 말 한마디 건네지 못하고 있었다. 그런데 니콜라는 그날 처음으로 나탈리를 만났는데도 무슨 달콤한 말들을 그녀에게 속삭였는지 벌써 차 한구석에서 그녀를 팔에 안은 채 그녀가 그의 어깨에 머리를 기대고 몸을 내맡기게 하고 있었다.

몇 해 전부터 눈여겨본 아름다운 소녀에게 말 한마디 건네지 못하는 소년, 수많은 사람들이 어울리는 파티에서도 에드워드는 '영원한 투명 인간, 잿빛 존재, 벽난로 옆에 항상 놓여 있는 도자기 꽃병' 같은 소년이었다. 그런 그에게 '티끌 하나 없이 완벽한 아름다움을 지닌 소녀'인 니콜라가 먼저 말을 건네준 것이다. 그리하여 에드워드는 사랑에 빠졌다. 니콜라가 어디에 함께 가 주기를 원하면 당장 그의 시간에 자신의 스케줄을 맞췄고, 니콜라가 나를 필요로 한다는 사실에 자부심마저 느꼈다. 나보다 훨씬 나은 누군가가 니콜라의 관심을 끌지도 모른다는 생각에 조바심이 나기도 했다. '나 자신에게서 사랑할 만한 부분을 하나도 발견하지 못했기 때문에 내가 가진 사랑을 그에게만 집중시켰다'고 고백하는 에드워드.

하지만 그의 표현대로 '태어날 때부터 신의 세계에 속하고 요정들에 둘러싸여 있는 것 같은' 니콜라 곁에 머물면 머물수록, 에드워드는 점점 더 자신이 초라하게 느껴졌을지도 모른다. 그나마 그는 문학을 사랑했다. 마음속으로 시인도 되었고, 희곡 작가도 되었고, 소설가나 수필가도 되었다. 나는 대단한 작가가 될 수 있을 거라 믿었다. 하지만 내가 써 놓은 글들은 다 내 상상과는 거리가 멀었다.

내가 그저 그런 글밖에 쓸 수 없는 건, 야스미나에 대한 죄책감 때문이라 믿었다. 그렇게 합리화하며 살아왔다. 그런데 니콜라는, 그 야스미나에 대한 추억으로 '콩쿠르상'에 빛나는 작품을 써냈다. 그나마 니콜라의 훌륭하지 않은 전작 소설들을 영어로 번역하면서, '나, 에드워드'가 있기 때문에 니콜라의 작가로서의 명성도 유지된다 믿어 왔는데, 니콜라는 이제 그 단계마저 뛰어넘었다. 자신의 보살핌은 전혀 필요 없는 '완벽한 소설'을 써낸 것이다. 니콜라의 '사랑해야 한다'를 처음 읽었을 때의 감정을 에드워드는 이렇게 표현했다. '놀랍다는 느낌에 앞서 분노의 감정이 치밀어 올라 숨이 막히는 줄 알았다.' 다만 그 소설이 '야스미나'의 얘기이기 때문이었을까.

사실 나는 내심 그가 나를 어루만져 주기만을 기다렸는지도 모른다. 그러나 나는 우리의 오랜 우정과 우리 사이를 이어 주는 추억의 끈에도 불구하고 하룻저녁 만찬 자리에 우연히 초대받은 손님보다도 못한 대접을 받았다. (……) 그러던 어느 날, 아침 식사 자리에서 그가 내뱉은 말 한마디는 내 심장을 송곳으로 뚫는 것 같았다. 내가 그에게 토스트를 한 조각 건네주었는데, 그는 그런 나를 넌지시 바라보더니 "아, 자네 거기 있었어?"라고 중얼거리는 것이었다. 그래, 나는 여기 있어. 벽난로 옆을 지나치며 자네가 항상 보는 도자기 꽃병처럼.

어쩌면 니콜라는, 사람들과 잘 어울리지 못하는 에드워드를 챙겨 주기 위해, 무슨 말이라도 해 보라고 독려하기 위해, 그런 농담을 던졌는지도 모른다. "아, 자네 거기 있었어?" 니콜라는 '사랑해야 한다'를 완성했을 때, 그 소설을 에드워드에게 제일 먼저 보여 주기 위해 프랑스에서 도버 해협을 건너 영국으로 날아갔다. 에드워드의 인정을 받았을 때야 그는 비로소 자신감을 가지며 뛸 듯이 기뻐했다. 사실 니콜라는 '에드워드와 야스미나의 관계'에 대해서도 전혀 몰랐다. 또한 니콜라는 자신의 '유죄'를 인정하는 마지막 편지 또한 에드워드에게 남겼다. 니콜라의 장례식장에서 그의 연인은 에드워드에게 이렇게 말한다. "당신은 그의 가장 절친한 친구였어요. 그는 당신을 정말 사랑했고, 알렉산드리아에서 당신과 함께 보냈던 어린 시절 이야기를 제게 많이 들려주었답니다."

무엇이 진실이었을까. 니콜라는 정말 (벌을 받아 마땅한) 파렴치한 악인이었을까. 아니면 이 모든 사건은 그저 (니콜라를 너무 사랑한 나머지 그 사랑이 시기와 증오로 변해버린) 에드워드의 자격지심이 만들어낸 촌극이었을까. 모를 일이다. 그저 나는 지금도 가끔 뉴스를 볼 때면 이 소설을 떠올리곤 한다. 끝도 없이 계속되는 검증, 네거티브 공방. 한쪽에선 계속해서 "네가 했잖아. 네가 나쁜 놈이잖아"라고 외쳐대고, 다른 쪽에선 끝도 없이 "내가 아니야, 정말 난 아니야"라고 해명을 한다. 제삼자인 나조차도 누구의 말을 믿어야 하나 마음이 어지러울 때면 불쑥불쑥 이 소설이 떠오르곤 하는 거다.

저렇게 매일매일 "네가 했잖아. 네가 나쁜 놈이잖아"라는 얘길 듣다 보면, 어느 날엔 불쑥 나도 모르게 이런 생각이 들지 않을까. '정말, 내가 한 거 아니야?' 소설 속 니콜라가 그랬던 것처럼. 저토록 매일매일 "네가 했잖아. 네가 나쁜 놈이잖아"라고 외쳐대는 사람을 보면, (처음엔 상대가 정말 그 일을 하지 않았다는 걸 알면서 시작한 일이라 할지라도) 어느 날엔 불쑥 스스로의 마음에도 이런 생각의 씨앗이 자라나지 않았을까. '그래, 정말 네가 한 걸지도 몰라.' 그랬으면 좋겠으니까. 우리도 누구나 한 번쯤 그런 '작은 생각' 하나를 마음속에 품어 봤을지도 모른다. '네가 정말 나쁜 놈이었으면 좋겠어.' 그래야 널 미워하고 비난하는 내 마음이 조금이나마 편해질 테니까. 그리고 그 작은 생각 하나는 무럭무럭 자라나, 어느새 나 스스로도 그것이 진실이라고 믿어버리게 됐을지도 모른다. '그래, 너는 정말 나쁜 놈이었어.' 소설 속 에드워드가 그랬던 것처럼.

> 생각은 바이러스와도 같아. 회복이 빠르고 전염성이 강해. 생각의 가장 작은 씨앗도 자랄 수 있어. 자라나서 널 규정하거나 파괴하기도 해. 가장 작은 생각. 이를테면 '너의 세상은 진짜가 아니다' 모든 걸 뒤바꾸는 단순하고 아주 작은 생각 하나가.

꿈속 세계와 현실 세계를 오가는 영화 '인셉션Inception'엔 이런 대사가 나온다. 현실 세계와 너무나 흡사한 꿈속 세계를 '진짜라 믿어버리지 않기 위해' 이 영화의 주인공인 코브, 레오나르도 디카프리오Leonardo DiCaprio는 언제나 작은 팽이 하나를 지니고 다닌다. 그 팽이가 멈추지 않고 계속해서 뱅글뱅글 돌아가면 이곳은 꿈속. 그 팽이가 멈추고 쓰러지면 이곳은 현실. 뱅글뱅글 돌아가는 그 작은 팽이는 그의 '기준점'이다. 그 기준점을 스스로 금고 속에 가둬버린 영화 '인셉션' 속 누군가는 끝내 파국을 맞는다. 그 작은 팽이 하나가 없었던 소설 '편집된 죽음' 속 니콜라 또한 스스로 목숨을 끊었다. 스스로 '승자'라 믿었을지 모를 에드워드 또한 실은, 자신의 가장 친한 친구를 잃었다. 자신이 그토록 사랑했던 나의 가장 오래된 벗을.

뱅글뱅글 돌아가는 작은 팽이 하나.

거짓과 착각의 세계에서 나를 지켜 줄 그 기준점은, 사실 간직하는 것보다 놓아버리는 것이 더 쉬울지도 모른다. 내가 보고 싶은 것만 보고, 내가 듣고 싶은 것만 듣고, 내가 믿고 싶은 것만 믿으면, 적어도 내 마음은 더 편할 테니까. '그래, 너는 정말 나쁜 놈이었어.' 그렇게 생각해버리는 것이 처음엔 훨씬 더 쉬운 선택이니까. 지금 당장은 더 이상 고민하지 않아도 되고, 더 이상 자책하지 않아도 되는 선택지가 내 앞에서 너울거릴 때, 나는 과연 다른 선택지를 고를 수 있을까?

모든 사건을 해결하고 현실로 돌아온 영화 '인셉션' 속 레오나르도 디카프리오는, 안도의 한숨을 내쉬며 마지막으로 그 작은 팽이

를 다시 한번 돌린다. 그 팽이는 계속해서 돌아갈 것인가, 멈출 것인가. 뱅글뱅글 돌아가는 그 작은 팽이는, 우리에게도 똑같은 질문을 던지고 있었다. 나는 지금 진실의 세계에 있는가, '아주 작은 생각 하나'가 만들어낸 허구의 세계 속을 살고 있는가.

#
04

그래도 삶은, 계속된다

나는 만화책을 무척 좋아하지만 만화를 원작으로 한 영화, 특히 내가 좋아하는 만화를 원작으로 한 영화에는 그다지 흥미가 생기지 않는다. 아마도 별로 없었기 때문일 거다. 만화보다 좋았던 영화, 아니 만화만큼이라도 좋았던 영화.

그래서였던 것 같다. 내가 좋아하는 만화를, 내가 좋아하는 감독이 만들고 있다는 얘길 처음 들었을 때, 이건 또 무슨 오지랖인지 나는 걱정이 앞섰다. 기대보다는 '실망하면 어떡하지' 두려움이 더 컸던 것 같다. 한 번도 그의 영화에 실망해 본 적 없는데, 드디어 그 순간이 오고야 마는 것인가. 특히 '그 만화'라 더 그랬다.

누군가 나에게 그 만화의 줄거리를 물어본다면,

음…. 그러니까 그게, 음….

우리집은 카마쿠라 고쿠라쿠지에 있습니다. 첫째인 사치 언니, 시립 병원 간호사예요. 난 스즈, 카메가야 중학교 1학년이랍니다. 나와 언니들은 엄마가 달라요. 우리 엄만 병으로 돌아가셨어요. 언니들 엄마는 재혼해 먼 곳에 산다고 합니다. 언니들과는 아빠 장례식 때 처음 만났어요. 이런저런 일이 있었지만, 인연이란 게 참 신기해서 전 언니들과 함께 살고 있습니다. 둘째인 요시노 언니는 카마쿠라 신용금고에서 일해요. 멀쩡한 아가씨지만 술꾼이에요. 셋째 언니 치카는 스포츠용품점에서 일하고 있어요. 뭐랄까, 보기에 따라 좀 독특한 캐릭터일지도…. 이상이 우리 가족이에요.

주인공 '스즈'의 내레이션처럼, 이게 다다. 평온한 바닷마을에서 세 자매, 아니 이복 여동생까지 이제 네 자매가 된 그들이 동네 사람들이랑 함께 살아가는 이야기. 뭔가 기승전결 확실한 스토리 라인이나 사건 사고? 그런 거 없다. 뭐랄까. 일일 연속극 보듯, 옆집 얘기 듣듯, 중간에 몇 편 건너뛰어도 상관없을 만큼 잔잔하고 소소한 이야기들. 그런데 그 만화를 왜 좋아하냐고 묻는다면, 음…. 그건 또 참 설명하기 어렵다. '그냥 봐 봐. 보면 알아. 그냥 우리 사는 이야기야. 뭐? 근데 그걸 두 시간짜리 영화로 어떻게 만드냐고? 그러니까, 내 말이. 몇십 회 분량의 드라마라면 또 모를까.'

그렇다고 내가 영화를 보러 가지 않았나 하면, 그건 또 아니다. 이 망할 놈의 호기심. 궁금함을 참을 수 없어 개봉과 동시에 나는 극장으로 달려갔다. 그리고, 영화를 봤다.

영화를.

나는 정말 '영화'를 봤다.

만화를 원작으로 한 영화가 아닌, 그냥 정말 '영화'를.

극장을 나서며 나는 어쩐지 좀 멍해졌다. 그런데 함께 영화를 봤던 일행이 이렇게 말했다.

"이 감독은 정말, 계속 잘하는구나."

그때 내 입에선 나도 모르게 이런 말이 흘러나왔다.

"어우, 다행이다."

일행은 원작 만화의 존재조차 몰랐던 사람. 이 감독은 결국 원작의 마니아도, 원작을 보지 않은 사람도 만족하는 영화를 만들어냈구나. 어우, 다행이다. 그건 나에게 하는 말이기도 했다. 잠시나마 그를 걱정하며 의심했던 내가 바보처럼 느껴졌다. 하긴, 그는 '기적'을 만든 사람이지.

내가 특히 애정 하는 영화 리스트를 꼽을 때면, 언제나 빠지지 않는 영화다. '진짜로 일어날지도 몰라, 기적奇跡.'

엄마 아빠의 이혼으로 형제는 떨어져 살게 된다. 형은 엄마와 함께 가고시마에, 동생은 아빠와 함께 후쿠오카에. 그러던 어느 날, 형 '코이치'는 이런 얘길 듣게 된다. 가고시마와 후쿠오카에서 각각 출발한 신칸센 두 열차가 시속 260km로 달리다 중간 지점인 구마모토에서 처음으로 스쳐 지나갈 때, 엄청난 에너지가 생겨 기적이 일어난다는 얘기. 그때부터 코이치는 계획을 세운다. 구마모토로 소원을 빌러 가야지. 우리 가족 네 명이 다시 함께 모여 살 수 있기를….

이 영화는 처음부터 거의 끝까지, 코이치의 간절함에 초점을 맞추고 있다. 엄마와 함께 가고시마 외갓집에 살고 있는 코이치는, 활화산이 가까이 있어 종종 재가 날리는 이곳이 너무 싫다. "왜 이런 곳에 사는 거야? 재가 막 떨어지는데. 정말 이해가 안 가." 외할아버지에게 볼멘소리를 하는 코이치. 하지만 코이치가 정말 이해가 안 되는 건, 엄마 아빠의 이혼. 그런 코이치의 마음을 아는지 모르는지, 외할아버지는 먼 산을 바라보며 선문답 같은 이야기만 늘어놓는다. "분화는 살아 있다는 증거지. 살아 있으니까…." 그 순간 코이치는 소원을 정했다. '저 화산이 폭발하면, 여기 있는 사람들은 다 도망가야 할 거야. 그럼 나도 엄마 아빠랑 다 같이 살 수 있을 거야.' 코이치의 세계에선 그게 전부였으니까. 가족, 우리 가족 네 명이 다시 함께 모여 사는 것. 그리하여 코이치는, 구마모토까지의 경비를 모으기 위해 친구들과 함께 자판기 밑에 떨어져 있는 동전을 모으고,

아끼던 만화책과 피규어도 팔고, 수영장 이용료까지 빼돌린다. 심지어 학교에서 조퇴하기 위해 아픈 척하는 연기 연습까지.

이런저런 우여곡절 끝에, 코이치는 물론 동생 '류'와 각자의 소원을 가진 친구들이 모두 모여 구마모토에 도착. 헉헉거리며 달리고 또 달려서, 두 열차가 처음으로 교차하는 시간에 맞춰 그 장면이 보이는 곳에 도착한 아이들. 그런데 막상 양쪽에서 달려오던 두 열차가 교차하는 바로 그 순간, 몇몇 아이들 입에선 엉뚱한 말들이 튀어나온다. 예쁜 여자 선생님과의 결혼이 소원이었던 아이는 "아빠가 빠칭코에 가지 않게 해 주세요." 달려오던 내내 뒤처져 숨을 헉헉거리던 또 다른 아이는 "달리기를 잘하게 해 주세요." 그리고 영화 내내 너무도 간절했던 코이치는, 끝내 입을 열지 못한다.

응? 뭐야? 지금 이 순간을 위해 두 시간 동안 좌충우돌 달려온 거잖아. 왜 소원을 안 빌어? 누군가는 이렇게 생각할지도 모른다. 그래서 어떻게 되는 거야. 애들의 소원은 이뤄지는 거야, 안 이뤄지는 거야. 그래서 코이치네 가족은 다시 모여 함께 살게 되는 건가? 원래 애들 영화는 그런 거 아냐? 애들의 간절함에 어른들이 감동하여 해피엔딩. 그것을 기대했던 관객이라면, 어쩌면 조금 실망할지도 모른다.

"엄마랑 다시 합칠 거면, 서두르는 게 좋아." 자나 깨나 이 생각뿐이었던 코이치에게 어느 날 아빠가 말했다. "코이치. 나는 네가 뭔가 더 큰 다른 것들에도 관심을 가진 인간이 됐으면 해." 코이치는 이미 짜증이 났다. "뭔 말이야." 아빠가 답한다. "예를 들면 음악이라든가, 세계라든가.", "세계가 뭔데? 무슨 소리 하는지 모르겠어." 아빠와의 대화에서 한숨만 푹푹 내쉬던 코이치. 그랬던 코이치가 마지막 순간, 소원을 빌지 못한다. "형, 미안해. 나 다른 소원 빌었어." 이렇게 사과하는 동생에게 코이치가 말한다. "괜찮아. 나도 소원 말 안 했어." 갸웃하는 동생에게 코이치가 다시 말하길, "나는 세계를 선택하기로 했거든." 그리고 형제는 다시 각자의 집으로 돌아간다. 전화할게! 사진, 이메일로 보내! 접영은 형이 다음에 만날 때 가르쳐 줄게!

이 영화의 마지막 장면은, 다시 가고시마의 외갓집에서 아침을 맞은 코이치의 모습. 창문을 열고 집게손가락에 침을 발라 들어 올리며 화산재를 체크하는 코이치. "좋았어. 오늘은 재가 안 쌓이겠어." 이제 학교에 가야지. 다시 시작된 코이치의 일상.

그때의 코이치 표정이 쉽게 잊히질 않았다. 그것은 평범한 우리들이 평범한 일상을 살아가는, 평범한 한 사람의 표정이었다. 영화 내내 걱정 근심으로 가득했던 코이치의 표정이 처음으로 평범해 보이던 순간. 어쩌면 감독이 말하고 싶었던 것은, 그런 걸지도 모르겠다는 생각이 들었다.

그래도 삶은, 계속된다.

사는 동안 우리는 많은 일을 겪게 된다. 때론 내가 받아들이기 힘든 사건 사고도 겪게 되고, 끝내 내 맘처럼 안 풀리는 일에 속상해하기도 하고, 그래서 좌절하기도 하고 체념하기도 하고…. 하지만 그럼에도 삶은, 계속된다. 내겐 세상이 무너질 것 같은 큰 아픔, 큰 슬픔이 찾아온다 해도, 우리의 세계는 멈추지 않고 계속 돌아간다. 때론 그것이 너무 잔인하고 아프게 느껴지기도 하지만, 가끔은 그것이 우리에게 위안이 된다. 그래도 시간이 흐른다는 것. 삶은 계속된다는 것.

우리는 또, 살아가게 되어 있다는 것.

바닷마을 다이어리의 스즈 또한, 마찬가지였다. 엄마가 돌아가셨다. 아빠는 재혼을 했다. 그런데 어느 날, 아빠마저 세상을 떠났다. 피 한 방울 섞이지 않은 새엄마의 가족들 사이에서 아빠의 장례를 치르는 스즈. 그때 스즈의 표정은 어린아이의 표정이 아니었다. 어린 나이에 너무 많은 것을 알아버린 듯, 어린 나이지만 어린아이의 시간은 이미 끝나버린 듯, 그렇게 스즈는 초연한 어른의 표정으로 아빠의 장례식장에 앉아 있었다. 하지만 스즈의 삶은, 그렇게 멈추지 않았다. 그래도 삶은, 계속되게 되어 있으니까.

나와 언니들은 엄마가 달라요. 언니들과는 아빠 장례식 때 처음 만났어요. **이런저런 일이 있었지만,** 인연이란 게 참 신기해서 전 언니들과 함께 살고 있습니다.

극장을 나서며 내가 가장 놀랐던 것은, 이 감독의 놀라울 정도로 과감한 '버림'에 대한 것이었다. 영화 안에는 많은 것들이, 원작 만화를 너무 잘 알고 있고 너무 사랑하는 사람이라면 절대로 버릴 수 없을 것만 같은 많은 것들이, 사라져 있었다. 어떻게 그 장면을 버릴 수 있었지. 어떻게 그 캐릭터가 안 나올 수가 있어? 그런데 더 놀라운 건, 절대 버릴 수 없을 것 같았던, 절대 포기할 수 없을 것 같았던, 그 많은 것들을 버려내고 나서 이 영화는, 영화가 됐다.

"이 감독은 정말, 계속 잘하는구나" 원작 만화를 보지 않은 사람도, '실망하면 어떡하지' 원작 만화를 너무 사랑했던 나조차도 인정할 수밖에 없는 '영화'가. 만화를 원작으로 한 영화가 아니라, 그냥 좋은 '영화'가.

"그래서 만화에선 끝이 어떻게 돼?" 일행이 물어 왔다.
"아직 안 끝났어. 아직, 연재 중이거든." 내가 답했다.

그리고 우리는 또 한참을 이야기했다. "큰언니는 나중에, 그 축구부 코치랑 사귀게 된다?", "정말? 어쩐지. 나는 그 코치 좋더라." 영화 안에는 많은 것들이 버려지고 생략돼 있었지만, 그래서 우리는 또 한참을 즐겁게 이야기해댈 수 있었다. 마치 그 영화 속 등장인물들이, 우리가 아는 옆집 사람들이고, 그래서 또 그 사람들이 요즘엔 어떻게 살고 있는지, 지인들의 최근 근황을 얘기하듯 한참이나 즐겁게 떠들어댔다. 그 이야기 끝에 일행이 말했다.

"되게 반갑다."
"응?"
"아니, 영화는 끝났는데 그 주인공들이 아직도 계속 어딘가에서 살아가고 있다니까, 뭔가 되게 반가워."

그때 나는, 또 한 번 이 감독의 놀라운 재간에 놀아난 기분이 들었다. 그래서 웃음이 나왔다. 그래, 이 감독은 '기적'을 만든 사람이지.

그래도 삶은, 계속된다.

감독은 우리에게 다시 한번 그 사실을 말해 주고 있었다. 때론 세상이 무너질 것 같은 아픔이 당신을 찾아와도, 삶은 계속된다는 사실. 이야기는 그렇게, 쉽게 끝나지 않는다는 사실. 내 맘대로 되지 않는 많은 것들, 절대 포기할 수 없을 것 같았던 많은 것들도, 결국은 놓이게 되어 있고 버려지게 되어 있고, 그렇게 놓이고 버려지는

순간, 우리의 삶은 또 계속된다는 사실을. 시간은 또, 언제나 흐르고 있으니까.

이런저런 일이 있었지만,
인연이란 게 참 신기해서 전 언니들과 함께 살고 있습니다.

영화의 마지막 장면은, 스즈가 언니들과 함께 바닷가를 거니는 모습이었다. 그때 스즈의 표정은, 조금 달랐다. 시간이 멈춘 듯한 아빠의 장례식장에 앉아 있던 어린아이 같지 않았던 스즈의 표정은, 어느새 다시 평범한 중학생의 표정으로 돌아와 있었다. 마치 기적의 코이치가, '우리 가족 네 명이 모두 함께가 아니라면 절대 삶은 계속될 수 없을 것 같다' 생각했던 코이치가, 어느새 다시 일상으로 돌아와, 평범한 표정으로 오늘 하루를 시작하듯.

어쩌면 기적은 그런 걸지도 모른다.
그럼에도 우리의 삶은, 계속된다는 것.

영화는 끝났지만, 스즈는 또 어딘가에서 자신의 삶을 살고 있을 것이다. 영화는 끝났지만, 코이치 또한 어딘가에서 또 살아가고 있을 것이다. 그리고 우리 또한. '그게 아니면 안 돼, 그것 없인 살 수 없어.' 그런데 신기하게도 우리의 삶은 계속된다. 또 살아지게 된다. 그리고 어쩌면 그것이야말로 진짜 '기적'일지도 모른다. 선문답 같았던 코이치 외할아버지의 말처럼. '분화는 살아 있다는 증거지. 살아 있으니까….' 그래서 감독은, 짐짓 여유로운 표정을 지으며 이렇게 말했는지도 모른다. 끝이라고 생각해도 그건 끝이 아니라고, 그러니 또 살아가 보라며…

진짜로 일어날지 몰라, 기적.

\#
05

반전이 없어 더 잔인한 우리들

반전이 있는 영화도 있고, 없는 영화도 있다. 개인적으론 없는 편을 선호한다. 물론 반전이 훌륭한 영화, 그 반전으로 인해 영화의 완결성과 작품성이 그야말로 '완성'되는 영화도 있다. 그런 작품을 만나면 나 또한 더할 나위 없이 즐겁다. 하지만 그전까지의 흐름과 감정 선을 완전히 파괴하며 등장하는 '깜짝 반전'은, 관객으로서 좀 불쾌하기도 하다. 물론 '좋은 반전'도 관객을 놀라게 한다. 하지만 영화가 끝나고 났을 때, '아, 그래서 초반에 그런 장면이 있었구나. 이런 반전을 위해 처음부터 치밀하게 복선을 깔았던 거구나' 뭔가 퍼즐이 딱딱 맞아떨어지는 기쁨과 감탄을 만들어내야 좋은 반전 아닐까. 맥락 없이 갑자기 툭 튀어나오는 반전은 너무 이상하고 맛없는 퓨전 음식을 먹은 기분이랄까. 이쯤에서 로맨스 넣고, 이쯤에서 액션도 좀 넣고, 이쯤에는 반전도 좀 넣고, 그래야 흥행이 되지. 작품에 대한 고민은 없고 흥행에 대한 계산만 있는 반전은 솔직히 실망스러울 수밖에 없다. 내 시간을 사기당해 빼앗긴 기분이랄까. 그래서 난 어설프게 반전이 있는 영화보다는, 처음부터 일관된 흐름으로 쭉 밀고 나가는 반전 없는 영화를 선호하는 편이다.

그런 의미에서 이 영화는, 내가 선호하는 쪽인 게 맞다. 그런데 영화를 보는 90여 분 동안 (심지어 러닝 타임이 이렇게 짧은 영화임에도) 나는 잘 즐기지 못했다. 이 영화가 수작이라는 호평을, 이미 너무 많이 들은 상태에서 봤기 때문이었을까. '그 정도인 줄은 모르겠는데….' 내가 아무리 반전 없는 영화 쪽을 선호한다고 해도, 이 영화는 초반부터 너무나 예상 가능하게만 흘러갔기 때문이었다.

초등학교 4학년인 주인공 소녀 '선'이는 왕따다. 피구에서 편을 뽑을 때 가장 늦게 뽑히는 아이, 누구도 내 편하고 싶어 하지 않는 아이, 그렇게 편이 짜인 후에도 '너 금 밟았어' 바로 아웃되는 아이, '나 금 안 밟았는데…' 혼자 중얼거려 봤자 아무도 들어주지 않는 아이. 공부 잘하고 예쁘고 인기도 많은 '보라'의 생일에 초대받고 싶어 방과 후에 홀로 남아 주번도 대신하지만, 아이들로부터 엉뚱한 주소를 받아 엉뚱한 집의 초인종을 누르는 아이. 그런 선이에게 친구가 생긴다. 여름 방학이 시작되는 날 전학을 온 '지아'. 그날도 홀로 남아 주번을 하느라 선이는 다른 아이들보다 먼저 지아를 만났다.

“넌 여기서 계속 살았어? 그럼 다른 애들이랑 완전 친하겠네? 완전 부럽다.” 지아가 말한다. 선이는 딴청을 부린다. 놀이터에서 우연히 보라 무리를 봤을 땐, 일부러 지아의 시선을 다른 데로 돌리게 한다. 가능한 한 지아와 보라를 만나게 하고 싶지 않다. 그렇게 선이는 지아와 여름 방학 내내 둘이서만 붙어 다니며 ‘베프’가 되지만, 그런 소녀들의 우정 쌓기를 지켜보고 있는 우리의 마음은 편하지 않다. 관객인 우리는 다 알고 있다. 곧 여름 방학은 끝날 것이다. 지아는 결국 보라를 만나게 될 것이다.

엄마 아빠의 사랑을 듬뿍 받고 있고 귀여운 남동생도 있지만 가난한 선이. 엄마 아빠가 이혼한 후 엄마집 아빠집을 떠돌다 결국 할머니와 함께 살게 된 지아는 외동에 부자다. 선이에겐 없는 휴대폰이 지아에겐 있고, 선이는 다닐 수 없는 영어 학원을 지아는 할머니 성화에 억지로 다녀야만 한다. 선이는 지아의 풍족함이 부럽고, 지아는 선이의 가족이 부럽다. 하지만 둘밖에 없던 시절에는 극복할 수 있는 차이였다. 서로의 비밀과 아픔까지 나누며 두 사람은 더욱 친밀해진다. 하지만 우리는 알고 있다. 그 시절은 곧 끝날 것이다. 개학도 전에 지아는 비싼 영어 학원에서 보라를 만난다. 같이 학원도 다닐 수 있고, 씀씀이도 비슷하고, 친구도 많은 보라와 노는 게 지아는 더 즐겁다. 심지어 보라와 친해지며 지아는 선이가 왕따라는 것도 알게 된다. 지아의 선택은, 너무 당연했다. 지아는 보라 무리의 일원이 된다.

사실 선이는 '착한 아이'다. (이름조차 '선善'이다.) 김밥집을 하는 엄마 대신 남동생을 돌보고, 엄마가 너무 피곤해 보이는 새벽엔 엄마의 알람을 끄고 엄마 대신 김밥을 마는 아이. 그러니 선이를 피하는 지아의 마음 또한 여러 가지로 불편할 수밖에 없다. 하지만 우리는 알고 있다. 지아는 선이에게로 쉬이 돌아갈 수 없다. 그건, 지금은 선이를 왕따시키고 있지만 1학년 때는 무척 친했다는 보라의 대사에서 알 수 있다. "너 왜 혼자 착한 척이야? 넌 항상 그러더라. 왜 맨날 나만 나쁜 사람 만들어?"

영화가 중반을 넘어 절정에 이르렀을 때는, 나는 이 예상 가능한 이야기가 이제 좀 불편하고 안타깝게 느껴지기까지 했다. 너무 다, 알겠어서. 지아의 마음을 되돌리고 싶어 '내가 뭐 잘못했어? 내가 뭐 섭섭하게 한 거 있어?' 자꾸만 지아와 대화를 하고 싶어 하는 선이의 모습을 보면서 '그만하지. 그럴수록 지아는 네가 더 불편할 텐데' 싶었지만, 지아와의 행복했던 여름 방학을 잊을 수 없어 점점 더 삐뚤어진 방법으로 매달리는 선이의 마음 또한 너무 알겠고, 그런 선이에게 죄책감이 들면서도 불편하니까 자꾸만 피하다 결국은 보라에게 선이를 공격할 비밀을 알려 줘버리는 지아의 마음도 너무 알겠고, 밀려드는 배신감에 지아의 비밀도 공개해버리는 선이의 마음도 너무 알겠고, 그렇게 절친이었던 두 사람 사이가 자꾸만 더 멀어져 가는 이유 또한 너무 다 알겠어서.

그 즈음부터였던 것 같다. 이 영화가 왜 이렇게 반전 없이만 느껴지는지, 왜 다 알겠는지…. 이 영화의 감독은 한 인터뷰에서 왜 아이들의 나이를 초등학교 4학년으로 정했냐는 질문에 이렇게 답했다. 초등학교 저학년까지는 아직 부모의 그늘이 더 크기 때문에 느낄 수 없었던, 인간관계에서 오는 기쁨과 갈등, 아픔 등을 '처음'으로 겪는 순간을 담아내고 싶었다고. 이 영화를 본 관객들은 또 이렇게 말한다. 우리의 어린 시절을 떠올리게 한다고. 우리는 누구나 선이, 지아, 보라 셋 중 하나였다고. 하지만 그뿐이었다면, 다만 이 영화가 '첫 경험'만을 다루고 있다면, 나는 그저 아련했어야만 했다. 아, 그땐 다 그랬지. 추억만 더듬으며 아련해지고 말았어야 했다. 그런데 이 영화는, 그뿐이라기엔 너무 섬세했다. 철저하게, 잔인할 정도로 반전 없이 이 영화는, 어른인 우리의 마음까지도 섬세하게 그려내고 있었다. 다만, 등장인물의 나이가 열한 살이었을 뿐.

열한 살 그 이후, 우리는 더 이상 인간관계, 사람과의 부대낌이 힘들지 않았을까. 열한 살 그 이후, 우리는 더 이상 선이와 지아, 보라와 같은 실수를 반복하지 않았을까. 적어도 나는, 잘 모르겠다. 여전히 서툴고 여전히 같은 실수를 반복하고만 있는 것 같다. 그것도 선이, 지아, 보라, 그중 한 사람의 모습만도 아니었다. 정말 외롭고 힘들었던 순간, 내 곁에 있어 줬던 누군가에게 내 마음을 전부 보여 줬을 때의 나는, 선이였다. 우리는 서로 다른 점도 많지만 이토록 서로의 아픔과 비밀까지도 모두 다 알고 있으니 우리의 관계 또

한 영원할 거라 믿었던 시절의 나는, 선이이고 지아였다. 하지만 모든 관계는, 영원히 지금과 같은 관계로 계속될 수 없다. 언제까지나 둘만 존재하는 여름 방학이 계속될 리 없다. 한 살 한 살 나이를 먹으며, 학년이 바뀌고 졸업을 하고, 또 다른 학교에 가고, 그사이 새로운 친구가 생기고, 다시 졸업을 하고 취업을 하고, 또 다른 인간관계가 생기고, 그렇게 새로운 일상에 적응하는 사이, 너와 함께하는 시간이 줄어들었다. 그래도 가끔 만나면 반갑게 인사하고 싶지만 네가 말한다. '내가 너한테 뭐 잘못했니? 나한테 뭐 섭섭한 거 있어?' 새로운 친구들과 함께일 때는 이런 감정 느끼지 않아도 되는데, 너와 함께하는 시간들이 조금씩 불편해질 때의 나는, 지아였다. 때론 너의 지나친 호의가 부담스럽게 느껴지기도 하고, 계속 나만 나쁜 사람이 되어가는 듯한 기분에 부러 너를 멀리하려 애쓰던 시절의 나는, 보라였다. 또한 모든 관계에서 언제나 내가 먼저 떠나온 것도 아니었다. 내가 먼저 남겨진 적 또한 있었다. 시간을 되돌리고 싶고, 다시 너와 행복했던 여름 방학으로 돌아가고 싶어 점점 더 삐뚤어진 방법으로 매달리던 내 모습은 다시 또, 선이였다. 그래서 너무 다 알 것 같았다. 이 영화가 어떻게 흘러갈지. 이 영화는 잔인할 정도로 섬세하게, 철저하게, 조금의 반전도 없이 우리들의 마음을 보여 주고 있었으니까.

그런데, 그렇게 예상 가능하게만 흘러가던 영화가 갑자기 나를 멈춰 세웠다. 선이의 남동생. 영화 내내 바보 같다 싶을 정도로 해맑게 웃기만 하던 선이의 어린 남동생 '윤'이가 나를 붙잡았다. 그날도 윤이는 한쪽 눈이 밤탱이가 돼서 돌아왔다. 아무리 남자애들이라지만 '너 이제 연우랑 놀지 마' 엄마도 누나도 말릴 정도로 윤이는 친구 연우에게 맨날 얻어터진다. 안 그래도 친구 문제로 요즘 맘이 안 좋은 선이가 윤이에게 말한다. "윤아, 너 왜 계속 연우랑 놀아. 연우가 계속 너 다치게 하잖아. 상처 내고 때리고, 장난도 너무 심하고." 하지만 윤이는 여전히 해맑게 웃으며 이렇게 답한다. "이번엔 나도 때렸는데?" 솔깃해진 누나가 "그래?"라고 되묻자 윤이는 신이 나서 말을 이어 간다. "응. 연우가 나 때려서 나도 쫓아가서 연우를 팍 때렸어. 그랬더니 연우가 또 와서 나를 팍 때렸어", "그래서? 그래서 어떡했는데?", "그래서?", "응", "그래서 같이 놀았어." 그리고 또 씨익 웃는 윤이. 그런 윤이가 선이는 너무 답답하다. "그리고 같이 놀면 어떡해. 너 바보야? 다시 때렸어야지", "또?", "그래, 걔가 다시 때렸다며. 또 때렸어야지." 그때 윤이의 표정. 갑자기 만사가 귀찮고 답답해서 딴청이나 부려야겠다는 듯 꿈틀거리기만 하는 윤이의 표정이 카메라를 가득 채운다. 그리고 잠시 후, 선이를 똑바로 쳐다보며 윤이가 묻는다.

"그럼 언제 놀아?"

"어?"

"연우가 때리고, 나도 때리고, 연우가 또 때리고, 나도 때리고. 그럼 언제 놀아? 나는 그냥 놀고 싶은데."

선이는 할 말을 잃는다. 나도 할 말을 잃었다. 그랬나 보다. 결국 이 영화는 윤이의 이 대사를 위해 여기까지 달려왔나 보다. 철저하게, 잔인할 정도로 반전 없이. 그리고 그 때문에 감독은 아이들의 나이를 초등학교 4학년, 열한 살로 정했나 보다. 인간관계, 사람과의 부대낌을 처음으로 경험하는 그 순간을 포착하고 있는 영화 '우리들'.

상처 주고 상처받고, 그게 또 속상해서 다시 상처 주고 상처받고. 이제 막 어른의 세계로 접어들고 있는 열한 살 선이조차 반복하고 있는 실수. 그런데 그 후 우리는 어른이 되어서도 선이, 지아, 보라와 같은 실수를 반복한다. 물론 어떤 날엔, 우리도 윤이와 같은 마음이 들 때가 있다. 이제 그만하고 그냥 즐겁게 놀자. 하지만 상대가 그런 내 마음을 알아차려 주지 못하면, 그게 또 속상하고 억울해서 다시 또 상처받고 상처 주고, 부대낌은 끝없이 반복된다. 그런 카메라 밖 우리를 향해, 답답하고 귀찮다는 듯 아직 아이의 세계에 머물고 있는 윤이가 묻는다.

"그럼 언제 놀아? 나는 그냥, 놀고 싶은데."

그런데, 이 대사를 듣고 있는 카메라 밖 어른인 나는 여전히 씁쓸한 마음을 지울 수 없다. 윤이는 언제까지 그 마음을 지킬 수 있을까? 영화는 이제 마지막 장면을 보여 준다. 다시 아이들이 피구를 하기 위해 편을 짜는 장면이다. 이제 지아는, 선이보다도 마지막으로 뽑히는 아이가 됐다. 금을 밟지 않았는데도 '너 금 밟았어' 바로 아웃되는 아이가 돼 있다. 그때 선이가 말한다.

"지아, 금 안 밟았어. 내가 다 봤어."

하지만 지아는 바로 또 아웃된다. 잔인한 아이들은 제일 먼저 지아에게 공을 던졌다. 지아와 선이는 이제 금 밖에서 일정한 거리를 둔 채, 아이들이 피구 하는 장면을 바라보며 멍하니 서 있다. 이따금 엇갈린 타이밍으로 서로를 바라보지만, 아직 눈을 맞추진 못한다. 그러다 동시에 고개를 들어 서로를 바라보게 됐을 때, 바로 까매지는 화면.

이 영화는, 끝까지 잔인할 정도로 섬세했다. 끝내 선이와 지아가 마주 보며 웃는 장면은 보여 주지 않는다. 이미 너무 많은 상처를 주고받은 선이와 지아. 그들은 다시 예전의 관계로 돌아갈 수 있을까? 그 '첫 경험'을 지나 어른이 된 우리는, 더 이상 같은 실수를 반복하지 않게 됐을까? 반전이 없어 더 잔인한 영화 '우리들'의 마지막 장면은 묻고 있었다.

#
06

고독하면서도 고독하지 않은

"초등학교 도서관은 주위에 신경 쓰지 않고 혼자 있을 수 있는 장소였던 것 같아요. 저한테는 그렇다는 이야기지만, 옆에 친구가 앉아 있어도 책을 읽고 있을 때는 혼자 있는 것이나 같았습니다." 선생님은 한참 생각에 잠겼다가 말했다. "혼자서 있을 수 있는 자유는 정말 중요하지. 아이들에게도 똑같아. 책을 읽고 있는 동안은 평소에 속한 사회나 가족과 떨어져서 책의 세계로 들어가지. **그러니까 책을 읽는 것은 고독하면서도 고독하지 않은 거야.** 아이가 그것을 스스로 발견한다면 살아가는 데 하나의 의지처가 되겠지."

이국의 바닷가에 앉아 나는 '이 책'을 읽고 있었다. 나는 이 휴가를 그 어느 때보다 애타게 기다려 왔다. '고독하면서도 고독하지 않은', 그 책을 읽는 행위가 무척이나 그리웠기 때문이었다.

이 책(지금 여러분이 읽고 있는 바로 이 책)을 쓰는 동안, 나는 취미로서의 독서를 금지당했다. 일단 다시 봐야 할 책과 영화들이 너무 많았다. 자료 수집에 들어가는 시간만도 상당해서 새로운 책, 그러니까 오로지 취미로서의 독서는 엄두가 나지 않았다. 물론 이 책에 쓰인 책과 영화들은 대부분 내가 굉장히 좋아하는 작품들이라서 이미 몇 번 이상 본 작품들이고 다시 봐도 또 좋을 작품들이었지만, 사람 마음은 참 간사하다. 사노 요코さのようこ는 자신의 책에서 이런 말을 했다. 자신은 언제나 부업을 더 좋아했다고. 한참 안경집 만들기에 꽂혀 있을 때는 만나는 사람마다 붙잡고 이렇게 물어봤단다. "안경집 만들어 줄까?" 일, 그러니까 본업으로 돌아가야 할 시간을 최대한 늦추고 싶어서였다. 그 마음, 나도 너무 알 것 같았다. 내가 그렇게 좋아했던 작품들인데도(물론 다시 보기 시작하면 또 시간 가는 줄 모르고 그 작품들에 빠져들었지만), 몇 개월을 취미로서의 독서는 금지당한 채 직업으로서의 독서만 계속했더니, 솔직히 나는 좀 지쳤던 것 같다. 그래서 더 기다려졌나 보다, 이 휴가가.

실은 이 휴가를 위해 대기 중이던 책들도 상당히 많았다. 못 보니까 더 보고 싶어서 나는 틈만 나면 책을 샀고, 하지만 도저히 짬을 낼 수 없어 아직 첫 장도 펼쳐 보지 못한 책들이 쌓여 갔다. 그런데 내가 짐을 싸면서 집어 든 책은 엉뚱하게도 출판사에서 보내 준(그러니까 내가 선택해서 구입한 책이 아닌) 바로 '이 책'이었다. 이유는 하나였다. 표지. 거목으로 가득한 숲의 윗부분, 우거진 푸른 나뭇잎만이

빽빽하게 들어차 있는 이 책의 표지가 자꾸만 내 시선을 끌었다. 분명 그 표지는 정지된 2차원의 세계였지만, 어쩐지 그 세계에 바람이 불고 있는 것만 같았다. 사각사각 나뭇잎들 사이로 들려오는 그 바람 소리를, 나는 어쩐지 외면할 수가 없었다. 그렇게 나는 이국의 바닷가에 앉아 '이 책'을 읽기 시작했다. '여름은 오래 그곳에 남아火山のふもとで'.

결론부터 얘기하자면, 이 책은 굉장히 아름답다. 표지에서 주는 느낌 그대로, 어쩌면 그 이상으로 아름다웠다. 무라이 건축 설계 사무소는 매년 7월 말부터 9월 중순까지 아사마산 자락에 위치한 아오쿠리 마을의 '여름 별장'으로 사무소 기능을 옮겨 간다. 1982년, 이 소설의 화자인 '나, 사카니시'는 이제 막 대학을 졸업하고 사무소에 들어온 신입 사원으로 올해 처음 여름 별장을 찾았다. 그리고 그 사카니시의 시선으로 옮겨지는 여름 별장의 풍경은, 정말 아름답다. 가운데 마당에는 커다란 계수나무가 있고, 그 뒤편 차고 옆에는 주위의 어떤 나무보다도 큰 히말라야 삼나무가 솟아 있다. 또한 이 별장은 표고 1,000미터가 넘는 산자락에 위치해 있어서 사방이 푸른 나무로 가득하다. 그야말로 숲 한가운데 '무라이 슌스케'가 직접 지은 '요란하지 않지만 자연과 하나가 된 소박하고 아름다운' 여름 별장이 놓여 있는 것이다. 어느 날 새벽, 잠에서 깬 사카니시는 유리창을 열고 안개 냄새를 맡는다. 그리고 생각한다. 안개 냄새에 색깔이 있다면 그것은 하얀색이 아니라 초록색일 거라고.

나는 이 책을 읽는 내내, 내가 마치 바닷가가 아닌 숲 한가운데에 들어와 있는 듯한 착각이 일었다. 분명 내 눈앞에는 푸른 바다가 펼쳐져 있었지만, 그 바다 위로 조금씩 나무가 자라나 어느새 바다 전체가 여름의 기운을 가득 품어내는 커다란 숲으로 변해버린 듯한 착각이 일었다. 이토록 아름다운 장소가 등장하는 책이나 영화를 보면, 한 번쯤은 그곳에 가 보고 싶다는 생각이 들 법도 한데, 그런 생각조차 들지 않았다. 이 책을 읽는 동안 나는, 이미 그곳에 와 있었으니까.

책의 마지막 페이지를 덮을 때는, 내 마음속에서 이런 소리마저 들려오는 것 같았다. '잘, 쉬었습니다.' 나는 정말 그랬다. 이 책을 읽는 내내, 숲의 한가운데에서 정말 잘 쉬었다. 그리고 무엇보다 이 소설이 '아름다운 실패담'을 이야기하고 있기에, 나는 더 잘 쉴 수 있었던 것 같다. '그래, 나에게 책을 읽는다는 것은 이런 것이었지.' 내가 왜 책을 좋아하게 됐고, 영화와 드라마, 만화와 같은 이야기의 세계에 빠져들었는지, 새삼 다시 떠올려 보게 됐으니까.

> 그 항해의 대가로, 아이에게 아무것도, 단돈 한 푼도 요구하지 않았다. 그 어떤 응분의 보상도 요구하지 않았다. 그렇다고 아이에게 주는 상도 아니었다. (……) 책을 읽는 동안은 모든 것이 무상의 나라에서 이루어졌다. 무상성, 그것이 바로 예술이 내거는 유일한 값이다.

다니엘 페나크Daniel Pennac는 자신의 책 '소설처럼Comme un Roman'에

서 '읽다'라는 동사에는 명령법이 먹혀들지 않는다고 말했다. '사랑한다'든가 '꿈꾸다' 같은 동사들처럼, '읽다'는 명령문에 거부 반응을 일으킨다는 것이다. 사랑해라, 라는 말을 들었다고 해서 갑자기 사랑에 빠질 수 있을까. 꿈을 가져라, 라는 말을 줄기차게 들어왔다 한들 내 안의 꿈은 그렇게 생겨나는 게 아니다. 그건, 마음의 문제니까. 내 마음이 움직여야, 사랑도 할 수 있고 꿈도 꿀 수 있다. 어쩌면 '읽는다는 행위' 또한 마찬가지일지도 모른다. 누군가 시켜서 할 수 있는 일이 아닌 거다. "네 방에 들어가서 책 좀 읽어!"라고 말해 봤자, 아이는 책에 코를 박은 채 졸고 있을 것이다. 졸지 않고 끝내 책을 읽어냈다 한들, 아이는 그 시간이 즐거웠을까? 아마도 그렇지 않을 확률이 높다. 다니엘 페나크의 말처럼 '즐거움이란 어느 정도의 무상성을 전제로 하기 때문'이다. 나 또한 국어 시간은 늘 지루했다. 머리가 좀 굵어진 후에는, 교과서 밑으로 몰래 소설책이나 만화책을 읽곤 했다. 나는 누군가를 이기기 위해서 책을 읽어 본 적이 없다. 대단한 성공을 위해서, 누군가에게서 칭찬받고 싶어서, 혹은 누가 시켜서 이야기에 빠져든 게 아니다. 오히려 '핀잔'을 들은 적은 있다. "너는 지금 책이 눈에 들어오니?", "네가 지금 소설책이나 읽고 앉아 있을 때야?"

하지만 그렇다고 해서 그동안 내가 읽어 온 책들이, 내가 봐 온 이야기들이, 나에게 아무것도 남기지 않았을까. 그건 또 아니다. 그 시작은 무상성에 있었다 하더라도, 아니 오히려 그 시작이 무상성이었기 때문에, 내 마음은 움직일 수 있었다.

> 지나가는 말로 귀하는 전쟁에 대해 글을 쓰지 않는 것이 부끄럽다고 했습니다. 우리가 펴낸 잡지의 최근 호를 보내 드리오니 전쟁에 관련된 사설을 읽어 보시길 바랍니다. 우리는 예술가에게 전쟁에 대한 국민의 여론을 조성하고 이끌어 갈 의무가 있다고는 생각하지 않습니다. (……) 예술가가 정치에 대한 관심을 버린다면, 소중한 시간을 인간의 깊은 내면을 탐구하는 데 더 많이 쓸 수 있을 것입니다. 전쟁과 관련하여 귀하께서 하실 일은, 귀하의 재능을 더욱더 개발하고 그 재능이 이끄는 방향으로 정진하는 것입니다. 사설에도 언급되어 있었지만, 전쟁은 창조 활동의 적입니다.
>
> –'속죄Atonement' 중에서, 이언 매큐언Ian McEwan

TV를 켜도, 인터넷 창을 열어도, 사람들을 만나도, 계속해서 슬픈 뉴스만이 전해 오던 시기였다. '일상성을 잃지 마라, 너의 행동이 작다고 부끄러워하지 마라.' 대학에서 강의를 하고 있는 한 선배는 학생들에게 이런 말을 한다고 했다. 그때 나는 이렇게 답했다. '선배, 나 일상성 너무 잃었어요.' 나는 직업이 글을 쓰는 것인데, 단 한 줄도 쓸 수가 없었다. 이런 슬픔으로 가득 찬 곳에서 글을 쓰고 있다는 것이 한없이 무력하고 부끄럽게만 느껴졌다. 그때 펼쳐 든 책에서 튀어나온 문구. 이 책의 큰 줄거리에선 어쩌면 조금 비켜나 있는 부분이었을지도 모르겠다. 이 책을 읽은 사람들 중에서, 이 단락을 기억하는 사람은 거의 없을지도 모른다. 나 또한 그때가 아니었다면, 이 단락을 스쳐 지나갔을지도 모른다. 하지만 그때의 나에게는 그 말이 필요했고, 그래서 발견했고, 내 마음은 움직였다.

> 토성의 기운이 농후한, 예술을 하는 이들은 특히 멜랑콜리에 쉬이 흡인되기에, 바닥까지 가라앉지 않기 위해 애를 쓴다. 자기 연민은 창작의 위험한 반려라는 점을 잘 알기 때문이다. 하지만 우울을 제어하는 것도 운일 뿐이다. 운이 좋아서 제어할 만한 우울을 만난 것이다. 균형은 언제 깨질지 모른다. 갈팡질팡하며, 혼란과 모순을 감내하며 버틴다. 이는 비단 예술가에게만 한정되는 일은 아닐 터이다. 멜랑콜리는 토성의 기운을 받은 이들에게만 나타나는 기질이 아니다. 정도의 차이는 있지만 모든 사람이 경험하는 미묘한 우울, 어두운 열정이다.
>
> – '응답하지 않는 세상을 만나면, 멜랑콜리' 중에서, 이연식

미묘한 우울과 글쓰기 사이를 갈팡질팡하며 힘들어할 때, 예술가들의 뒷모습을 그린 이 책은 내게 큰 위로가 되었지만, 처음부터 내가 '위안'을 기대하며 이 책을 집어 든 것은 아니었다. 나는 그저 읽었고, 그사이 위안이 내게 살며시 다가왔을 뿐이다.

> 여러분도 잘 알고 있다시피 저는 작가입니다. 지금까지 아마 스무 권 정도의 책을 출간했을 겁니다. 그런데 읽은 것은 몇 권일까요? 저는 다독가는 아니지만 아마 태어나서 지금까지 최소 수천 권은 읽었을

겁니다. 이 비대칭성에 저는 늘 압도되곤 합니다. 수천 권을 읽고 고작 스무 권을 쓴 셈인데 대부분의 작가들이 그렇습니다. 많이 읽고, 그에 훨씬 못 미치는 책을 써냅니다. 양만의 문제가 아닙니다. 질에 있어서도 대체로 읽은 것보다 못한 것을 써서 세상에 남깁니다.

-'읽다 (김영하와 함께하는 여섯 날의 문학 탐사)' 중에서, 김영하

내가 아직 작가도 뭣도 아니었던 스무 살 때부터 나는 그의 책을 읽어 왔고, 그는 이미 스무 권이 넘는 책을 출간한 작가다. 그런 그 또한 이와 같은 생각을 하며 글을 쓰고 있다는 것은 내게도 묘한 응원이 되어 주었지만, 이 책을 읽은 다른 누군가는 이 책에서 나와는 다른 문장을 마음에 담았을지도 모른다. 어쩌면 누군가는 나와 같은 문장을 마음에 담았기에, 지금 나의 이 글을 보며 또 공감하고 있을지도 모른다. 그래서 또 독서는, 책을 읽는다는 것은, '고독하면서도 고독하지 않은 행위'이다.

멋진 이야기는 아무리 들어도 질리지 않아요. 옛날이야기는 오랜 친구 같다고 할멈이 입버릇처럼 말했거든요.

-'성검의 폭풍: 얼음과 불의 노래 3부A Storm of Swords: A Song of Ice and Fire 3' 중에서, 조지 R.R. 마틴George R.R. Martin

700여 페이지가 넘는 분량의 책이 열한 권(것도 현재 출간된 5부까지만)이나 되는 '얼음과 불의 노래'를 읽기 시작한 첫 번째 이유는 물

론, 드라마 '왕좌의 게임Game Of Thrones'을 보다 더 깊이 즐기고 싶다는 지극히 개인적인 호기심 때문이었다. 그런데 언젠가부터 나는 이 책을 '잘난 척'하기 위해서 읽고 있는 건 아닌가 하는 의심이 들었다. 내 주위에도 드라마 '왕좌의 게임'을 좋아하는 사람들이 굉장히 많았기 때문에, 새 시즌이 시작될 때마다 우리의 수다에는 드라마 얘기가 빠질 수 없었고, 원작을 읽은 나는 그 가운데서 잘난 척하기가 참 쉬웠던 거다. 하지만 어쨌든 우리는 즐거웠다(라고 믿고 싶다). 친구들은 원작에 대한 질문을 던져 왔고, 나는 그에 답하면서 우리의 수다는 좀 더 풍성해졌다. '고독하면서도 고독하지 않은 행위', 이야기에 빠진다는 것은 정말 그렇다. (새 에피소드를 내가 제일 처음 보게 됐을 때의 외로움이란 또 이루 말할 수가 없다. '봤어?'라는 문자에 '아직'이라는 답이 돌아오면 나는 또 한없이 외로워지지만, '빨리 봐' 이 말밖엔 할 수가 없다. '왕좌의 게임'처럼 스포일러를 잘못 발설했다간 절교당할 확률이 높은 드라마도 드물 테니까.)

간혹 나는 내 직업을 책을 쓰는 작가라고 소개할 때나, 누군가에게 책을 읽고 있는 내 모습을 들켰을 때, '아, 나도 책 좀 봐야 하는데…'와 같은 반응을 만나곤 한다. '나도 옛날에는 책 많이 봤는데…', '요즘은 통 시간이 없어서…', '나는 책만 보면 왜 이렇게 졸리지….' 그리고 그런 반응들에는 늘 말줄임표 같은 여운이 따라붙는데, 그래서 꼭 변명을 듣고 있는 것만 같아 나는 자꾸만 고개가 갸웃해진다. 아니, 당신은 잘못한 게 아무것도 없는데, 왜 저한테 변명을 하시는 거죠?

책은, 읽어야만 하는 것이 아니다. 내가 이야기를 좋아하게 된 시작에는, 그 어떤 의무감도 없었다. 그저 이야기를 보는 시간이 즐거웠고, 그래서 보다 보니 어쩌다 위안도 얻게 되고, 응원도 얻게 되고, 잘난 척이라는 의도치 않았던 덤도 얻게 됐을 뿐이다. 그리고 그 이야기의 범주에는 책만 포함되는 것도 아니고, 책 중에서도 소위 작품성이 뛰어나다고 평가받는 대단한 문학 작품들만 포함되는 것도 아니다. 나는 '부처와 예수가 천상에서 격무에 시달리다 휴가를 얻어 지상에 내려와 동거를 한다'는 기발한 아이디어의 만화(세인트 영멘聖(セイント)☆おにいさん)를 보면서도 낄낄거리고, 처음부터 끝까지 섹스 얘기만 하는 것 같지만 실은 우리의 인생을 다 담고 있는 것 같은 드라마(섹스 앤 더 시티Sex and the City)를 보면서 울기도 하고, "아이 엠 그루트"라는 말밖에 할 줄 모르는 귀여운(그리고 걸어 다니며 춤도 추는) 나무 생명체가 너무 좋아서 같은 영화(가디언즈 오브 갤럭시 Vol. 2 Guardians of the Galaxy Vol. 2)를 몇 번이나 돌려 보기도 한다. 도스토옙스키와 체호프도 좋아하지만, 요 네스뵈의 추리 소설(해리 홀레 시리즈)도 즐겨 읽고, 학창 시절엔 무협지와 로맨스 소설(소위 할리퀸이라 불리던)도 꽤 봤다. 체호프를 읽는 시간이 할리퀸 로맨스를 읽는 시간보다 더 가치 있고, 책을 읽는 것이 만화나 드라마를 보는 것보다 나를 더 성장하게 하는 일인지는 솔직히 잘 모르겠다. 나는 나를 즐겁게 하는 이야기에 빠져들었을 뿐이고, 즐거움은 어느 정도의 무상

성을 전제로 하기 때문이다. 그래서 사실 상관없는 거다. 당신이 좋아하는 이야기가, 책이든 영화이든 만화이든 드라마이든, 그리고 그 장르가 무엇이든. 그러니 '아, 나도 책 좀 봐야 하는데…'와 같은 변명은 하지 않아도 된다. 기본적으로 당신이 '이야기'를 좋아하는 사람이라면(나는 대부분의 사람들이 이야기를 좋아한다고 생각한다. 그것이 막장 드라마라 할지라도 사람들은 언제나, 무언가를, 보고 싶어 하니까), 나는 당신과 대화를 하고 싶다. 책을 읽는다는 것, 이야기에 빠져든다는 것은, 고독하면서도 고독하지 않은 일이니까. 지극히 개인적인 행위인 것 같으면서도, 굉장히 사교적인 행위이기도 하니까.

"저 말이야, 지금 연필 깎고 있는데."

다시 이 글의 시작점이었던 책, '여름은 오래 그곳에 남아'의 한 장면이다. 무라이 사무소는 지금 국립 현대 도서관 설계 경합을 준비하고 있다. 의욕이 넘치는 신입 사원 사카니시는 저녁에 연필을 깎다가 선배에게 핀잔을 듣는다. "아직 얘기 안 했던가. 연필은 아침과 오후에만 깎게 되어 있어. 저녁에는 깎지 않아. 밤에 손톱 깎으면 안 되는 것처럼 말이야. 미신이라고 무시하면 안 돼."

나중에 유키코에게 물었더니 오전 오후 합해서 최대 열 자루 정도 연필을 쓰는 것이 일의 정확성도 지켜지고, 연필도 정성껏 다루게 된다고 설명해 주었다. 그보다 더 깎아야 하는 것은 필압이 너무 강하거나 너무 난폭하거나 너무 서두르거나 그중 하나로, 즉 아무 생각 없이 일하고 있다는 증거라고 덧붙였다.

그래서 무라이 사무소 사람들은 모두가 정성스럽게 연필을 다루고, 짧아진 연필은 홀더에 끼워 쓴다. 길이가 2센티미터 이하가 되면 매실주를 담는 큰 유리병에 넣어서 여생을 보내게 하는데, 여름 별장의 난로 곁 선반에는 그 연필로 꽉 찬 유리병이 일곱 개나 늘어서 있다. 그리고 29년 후, 이 책의 화자인 '나, 사카니시'가 다시 여름 별장을 찾았을 때, 아직도 그곳에는 그 유리병들이 놓여 있다. 또한 그 옆에는, 끝내 준공되지 못한 무라이 슌스케의 마지막 작품, 국립 현대 도서관의 모형이 아크릴 케이스 안에서 잠을 자고 있었다.

"낙찰받지 못하더라도 젊은 건축가들이 이쪽이 더 좋았을 거라고 생각할 만한 것으로 만들고 싶네. 건축가가 죽은 뒤에 완성되는 건물도 있으니까 말이지."

선생님의 이 말은 사실, 이 책의 초반부에 등장한다. 어쩌면 그때부터 나는 이 책의 결말을 어느 정도 짐작하고 있었는지도 모르겠다. 그리고 역시 반전은 없었고, 이 책은 나의 예상대로 '아름다운 실패담'으로 끝이 난다. 하지만 나는 이 책의 결말이, 슬프지 않았다. 29년 후, 여름 별장을 다시 찾은 사카니시는 연필로 가득 찬 유리병들을 보며 생각한다. '오른쪽 끝 유리병 제일 위쪽에 내가 쓰던 연필도 섞여 있겠구나.' 그리고 사카니시는 세월의 흔적으로 조금 망가져 있기도 한 국립 현대 도서관의 모형을 다시 원래의 모습으로 조립하기 시작한다. '떨어지려고 하는 부분도 언젠가 제대로 보수하자.' 이제 사카니시는 더 이상 무라이 사무소의 신입 사원이 아니다. 그는 이제 자신의 이름을 내건 설계 사무소의 대표 건축가다. 그리고 건축가로서의 그의 시작은, 바로 이 여름 별장 안에서 잠자고 있던, 오른쪽 끝 유리병 제일 위쪽에 놓인 연필에서부터였다.

나 또한 그 연필을 마음에 담은 채 마지막 책장을 덮었고, 이런 생각을 하게 됐다. '잘, 쉬었습니다.' 그래, 나에게 책을 읽는다는 것은 이런 것이었지.

책을 읽는다는 것, 이야기에 빠져든다는 것은, 적어도 나에게는 정말 그런 것이었다. '여름은 오래 그곳에 남아', 이 책처럼 어떤 때는 휴식이었고, 어떤 때는 위안이었으며, 어떤 때는 응원, 어떤 때는 오랜 친구와도 같았다. 가끔은 '잘난 척'이라는 덤이 따라오기도 했지만, 나는 한 번도 누군가를 이기기 위해서 책을 읽어 본 적이 없다. 그저 이야기를 만나는 그 시간들이 좋았을 뿐이다. 하지만 그 시간들은, 그렇게 흩어져 사라져버린 게 아니었다. 나조차도 의식하지 못한 사이 차곡차곡 무라이 사무소의 연필들처럼 내 안에 쌓여갔던 모양이다. 시간은, 이야기가 된다. 그 많은 시간들이 또 다른 이야기로 내 안에서 자라나, 이렇게 한 권의 책이 나오게 된 것이다.

그러니까 책을 읽는 것은 고독하면서도 고독하지 않은 거야.

무라이 슌스케의 이 말은, 내가 다시 책상 앞으로 돌아가 이 책(지금 여러분이 읽고 있는 바로 이 책)을 끝낼 수 있도록 힘이 되어 주었고, 쉼이 되어 주었다. 아마도 나는 책을 통해, 수많은 이야기들을 통해 내가 받았던 그 힘과 위안과 쉬어 감의 의미를 누군가에게 또 전하고 싶었던 모양이다. 내가 고독하지 않기 위해서, 또 누군가가 고독해하지 않았으면 해서. 꼭 모두가 극찬하는 대단한 문학 작품을 읽으며 그 문학사적 의미와 가치를 이해하고 파헤칠 필요는 없다. 독서를 통해 꼭 무언가를 얻을 필요도 없고, 이야기를 통해 꼭 무언가를 배울 필요도 없다. 힘든 하루를 보내고 집으로 돌아온 당신에게 필요한 것은 또다시 연필을 깎는 것이 아니다. 저녁에는 연필을 깎아선 안 된다는 여름 별장의 규칙처럼, 당신의 저녁에는 그저 잠시 쉬어 갈 수 있는 이야기 한 편이 필요한 걸지도 모른다. 이미 그걸로도 충분하지만 어쩌면 그 시간들이 쌓여, 어느새 당신은 그 시간들에게서 힘을 얻고, 위안을 받게 될지도 모른다. 그렇다면 더 좋은 거고 아니어도 괜찮다. 적어도 나는 그렇다. 내가 좋아하는 '이야기'에 대한 이야기를 실컷 떠들 수 있어서 좋았다. 역시, 책을 읽는 것은 고독하면서도 고독하지 않은 일인 거다.

도움을 받다

Prologue

그래도 나는 아직, 이야기의 힘을 믿어

책 연극하는 친구 _ '독고다이 獨 GO DIE' 중에서 _ 이기호 _ 2008, 랜덤하우스코리아

책 크리스토퍼 몰리의 '파르나소스 이동 서점' _ '스토리텔링 애니멀 The Storytelling Animal: How Stories Make Us Human' 중에서 _ 조너선 갓셜 Jonathan Gottschall _ 2014, 민음사, 노승영 옮김

당신의 엉뚱섬은 안녕하십니까?

영화 인사이드 아웃 Inside Out _ 2015, 피트 닥터 Pete Docter

영화 업 Up _ 2009, 피트 닥터 Pete Docter, 밥 피터슨 Bob Peterson

책 다른 꿈은 엄두조차 나지 않으니까 _ '나는 다만, 조금 느릴 뿐이다' 중에서 _ 강세형 _ 2013, 김영사

도깨비, 너의 이름은?

드라마 도깨비 _ 2016~2017, 김은숙 _ tvN

영화 너의 이름은. 君の名は。_ 2016, 신카이 마코토 新海誠

영화 초속 5센티미터 秒速 5センチメートル _ 2007, 신카이 마코토 新海誠

영화 언어의 정원 言の葉の庭 _ 2013, 신카이 마코토 新海誠

악동의 해피엔딩

책 목사의 기쁨 Parson's Pleasure _ '맛 Taste: The Best of Roald Dahl' 중에서 _ 로알드 달 Roald Dahl _ 2005, 강, 정영목 옮김

팟캐스트 김영하의 책 읽는 시간 25회 _ 로알드 달 "맛"

책 찰리와 초콜릿 공장 Charlie And The Chocolate Factory _ 로알드 달 Roald Dahl _ 2000,

시공주니어, 지혜연 옮김

책	마틸다 Matilda _ 로알드 달 Roald Dahl _ 2000, 시공주니어, 김난령 옮김
영화	마틸다 Matilda _ 1996, 대니 드비토 Danny DeVito
영화	땡스 포 쉐어링 Thanks for Sharing _ 2012, 스튜어트 블럼버그 Stuart Blumberg
드라마	비밀의 숲 _ 2017, 이수연 _ tvN
책	밀물 _ '올리브 키터리지 Olive Kitteridge' 중에서 _ 엘리자베스 스트라우트 Elizabeth Strout _ 2010, 문학동네, 권상미 옮김
책	보이 Boy _ 로알드 달 Roald Dahl _ 2002, 웅진닷컴, 정회성 옮김
책	내 친구 꼬마 거인 The BFG(Big Friendly Giant) _ 로알드 달 Roald Dahl _ 1997, 시공주니어, 지혜연 옮김

그게 너희라서, 참 다행이다

영화	심플 라이프 桃姐 A Simple Life _ 2011, 허안화 許鞍華
노래	내 나이 마흔 살에는 _ 양희은 _ 1995, '양희은 1995' 중에서
드라마	디어 마이 프렌즈 _ 2016, 노희경 _ tvN
영화	써드 스타 Third Star _ 2010, 헤이티 달튼 Hattie Dalton
시	초토의 시 14 _ '焦土의 詩' 중에서 _ 구상 _ 1956

시간은 이야기가 된다

책	스톤 다이어리 The Stone Diaries _ 캐럴 실즈 Carol Shields _ 2015, 비채, 한기찬 옮김
영화	보이후드 Boyhood _ 2014, 리처드 링클레이터 Richard Linklater

내 이름은, 강세형입니다

책	이름 뒤에 숨은 사랑 The Namesake _ 줌파 라히리 Jhumpa Lahiri _ 2004, 마음산책, 박상미 옮김
책	외투 _ '뻬쩨르부르그 이야기' 중에서 _ 니콜라이 고골 Nikolai Vasil'evich Gogol _ 2002, 민음사, 조주관 옮김
책	다음에, 다시 올게요 _ '나를, 의심한다' 중에서 _ 강세형 _ 2015, 김영사

함께 밥을 먹는다는 것

영화 우리도 사랑일까 Take This Waltz _ 2011, 사라 폴리 Sarah Polley
책 고령화 가족 _ 천명관 _ 2010, 문학동네
노래 Take This Waltz _ 레너드 코헨 Leonard Norman Cohen

그렇지 않아

영화 늑대 아이 おおかみこどもの雨と雪 _ 2012, 호소다 마모루 ほそだまもる
영화 란도리 Laundry _ 2001, 모리 준이치 森淳一
영화 비기너스 Beginners _ 2010, 마이크 밀스 Mike Mills

그저, 어쩌다 보니…

책 스토너 Stoner _ 존 윌리엄스 John Williams _ 2015, 알에이치코리아, 김승욱 옮김
책 눈길 _ '매잡이' 중에서 _ 이청준 _ 1980, 민음사
책 눈길 _ '04. 황석영의 한국 명단편 101 : 폭력의 근대화' 중에서 _ 이청준 _ 2015, 문학동네

내 편이야, 네 편이야?

책 네 인생의 이야기 Story of Your Life _ '당신 인생의 이야기 Stories of Your Life and Others' 중에서 _ 테드 창 Ted Chiang _ 2004, 행복한책읽기, 김상훈 옮김
영화 컨택트 Arrival _ 2016, 드니 빌뇌브 Denis Villeneuve
영화 이터널 선샤인 Eternal Sunshine of The Spotless Mind _ 2004, 미셸 공드리 Michel Gondry

우리가 토토로를 만날 수 있었던 이유

영화 이웃집 토토로 となりの トトロ _ 1988, 미야자키 하야오 宮崎駿
영화 토이 스토리 3 Toy Story 3 _ 2010, 리 언크리치 Lee Unkrich

영화 빅 히어로 Big Hero 6 _ 2014, 돈 홀 Don Hall, 크리스 윌리엄스 Chris Williams

다큐 앱스트랙트: 디자인의 미학 Abstract: The Art of Design _ 시즌 1: 1화 일러스트레이션 크리스토프 니만 Illustration Christoph Niemann _ 2017, 모건 네빌 Morgan Neville _ A Netflix Original Documentary Series

한 권의 책을 갖는다는 것

책 책도둑 The Book Thief 1, 2 _ 마커스 주삭 Markus Zusak _ 2008, 문학동네, 정영목 옮김

책 토지 土地 1 _ 박경리 _ 1979, 지식산업사

만화 17세의 나레이션 _ 강경옥 _ 1991~1992, 창만사 Prince Comics

만화 슬램덩크 Slam Dunk _ 이노우에 다케히코 井上雄彦 1992~1996, 도서출판 대원(주)

책 속 깊은 이성친구 Ames Soeurs, 라울 따뷔랭 Raoul Taburin, 뉴욕스케치 Par Avion, 얼굴 빨개지는 아이 Marcellin Caillou _ 장 자끄 상뻬 Jean-Jacques Sempé_ 1998~1999, 열린책들

3

쉿! 비밀입니다

책 직업으로서의 소설가 職業としての小說家 _ 무라카미 하루키 村上春樹 _ 2016, 현대문학, 양윤옥 옮김

책 상실의 시대 ノルウェイの森 _ 무라카미 하루키 村上春樹 _ 1989, 문학사상사, 유유정 옮김

책 해변의 카프카 海邊のカフカ 상, 하 _ 무라카미 하루키 村上春樹 _ 2003, 문학사상사, 김춘미 옮김

매일 '똑같은' 날을 사는 이야기

영화 사랑의 블랙홀 Groundhog Day _ 1993, 해롤드 래미스 Harold Ramis

영화 이프 온리 If Only _ 2004, 길 정거 Gil Junger

영화 첫 키스만 50번째 50 First Dates _ 2004, 피터 시걸 Peter Segal

영화 시간을 달리는 소녀 時をかける少女 _ 2006, 호소다 마모루 ほそだまもる

책 페러그린과 이상한 아이들의 집 Miss Peregrine's Home for Peculiar Children _ 랜섬 릭스 Ransom Riggs _ 2011, 폴라북스, 이진 옮김

영화 미스 페레그린과 이상한 아이들의 집 Miss Peregrine's Home For Peculiar Children _ 2016, 팀 버튼 Tim Burton

영화 엣지 오브 투모로우 Edge of Tomorrow _ 2014, 더그 라이만 Doug Liman

드라마 웨스트 월드 West World _ 2016, 조나단 놀란 Jonathan Nolan _ 미국 HBO

노래 일탈 _ 자우림 _ 1997, '자우림 1집 Purple Heart' 중에서

그냥 재밌으면, 왜 안 돼?

책 열세 번째 이야기 The Thirteenth Tale _ 다이안 세터필드 Diane Setterfield _ 2007, 비채, 이진 옮김

책 카라마조프가의 형제들 Bratya Karamazovy 1, 2, 3 _ 표도르 도스토옙스키 Fyodor Mikhailovich Dostoevskii _ 2007, 민음사, 김연경 옮김

책 오만과 편견 Pride and Prejudice _ 제인 오스틴 Jane Austen _ 2003, 민음사, 윤지관, 전승희 옮김

책 이성과 감성 Sense and Sensibility _ 제인 오스틴 Jane Austen _ 2006, 민음사, 윤지관 옮김

책 제인 에어 Jane Eyre 1,2 _ 샬럿 브론테 Charlotte Bronte _ 2004, 민음사, 유종호 옮김

책 폭풍의 언덕 Wuthering Heights _ 에밀리 브론테 Emily Bronte _ 1994, 문화광장, 김진홍 옮김

책 위대한 유산 Great Expectations 1,2 _ 찰스 디킨스 Charles Dickens _ 2009, 민음사, 이인규 옮김

책 흰옷을 입은 여인 The Woman in White _ 윌리엄 윌키 콜린스 William Wilkie Collins _ 2008, 브리즈, 박노출 옮김

책 셜록 홈즈 Sherlock Holmes 전집 _ 아서 코난 도일 Arthur Conan Doyle _ 2002, 시간과공간사, 정태원 옮김

드라마 셜록 Sherlock 시즌 1 _ 2010, 스티븐 모팻 Steven Moffat, 마크 게티스 Mark Gatiss, 수 버추 Sue Vertue, 베릴 버추 Beryl Vertue _ 영국 BBC one

책 셜록: 크로니클 Sherlock: Chronicles _ 스티브 트라이브 Steve Tribe _ 2015, 비채, 하현길 옮김

책 고래 _ 천명관 _ 2004, 문학동네

굉장히 작은, 수많은 조각들

드라마 로스트 Lost _ 2004~2010, J.J. 에이브럼스 J.J. Abrams _ 미국 ABC

영화 클로버필드 10번지 10 Cloverfield Lane _ 2016, 댄 트라첸버그 Dan Trachtenberg

책 에이미와 이저벨 Amy and Isabelle _ 엘리자베스 스트라우트 Elizabeth Strout _ 2016, 문학동네, 정연희 옮김

책 올리브 키터리지 Olive Kitteridge _ 엘리자베스 스트라우트 Elizabeth Strout _ 2010, 문학동네, 권상미 옮김

상처받을 준비

영화 그녀 Her _ 2013, 스파이크 존즈 Spike Jonze

모두가 알고 있지만, 연극은 계속된다

영화 브로크백 마운틴 Brokeback Mountain _ 2005, 이안 李安

영화 결혼피로연 喜宴 _ 1993, 이안 李安

영화 어웨이 프롬 허 Away From Her _ 2006, 사라 폴리 Sarah Polley

영화 어거스트: 가족의 초상 August: Osage County _ 2013, 존 웰스 John Wells

영화 러브 액츄얼리 Love Actually _ 2003, 리차드 커티스 Richard Curtis

영화 색, 계 色, 戒 _ 2007, 이안 李安

책 파이 이야기 Life of Pi _ 얀 마텔 Yann Martel _ 2004, 작가정신, 공경희 옮김

영화 라이프 오브 파이 Life of Pi _ 2012, 이안 李安

나는, 여자입니다

책 82년생 김지영 _ 조남주 _ 2016, 민음사

영화 비포 미드나잇 Before Midnight _ 2013, 리처드 링클레이터 Richard Linklater

드라마 빨간 머리 앤 Anne with an E _ 2017 _ 캐나다 CBC & Netflix

오래된 습관

영화 대니쉬 걸 The Danish Girl _ 2015, 톰 후퍼 Tom Hooper

노래 습관 _ 롤러코스터 _ 1999, '롤러코스터 1집 내게로 와' 중에서

영화 아멜리에 Le Fabuleux Destin D'Amelie Poulain _ 2001, 장 피에르 주네 Jean-Pierre Jeunet

뱅글뱅글 돌아가는 작은 팽이 하나

책 편집된 죽음 Tiré à Part _ 장 자크 피슈테르 Jean-Jacques Fiechter _ 2009, 문학동네, 최경란 옮김

영화 인셉션 Inception _ 2010, 크리스토퍼 놀란 Christopher Nolan

그래도 삶은, 계속된다

만화 바닷마을 다이어리 海街diary _ 요시다 아키미 吉田秋生 _ 2009~, 애니북스, 조은화 옮김

영화 바닷마을 다이어리 海街diary _ 2015, 고레에다 히로카즈 是枝裕和

영화 진짜로 일어날지도 몰라, 기적 奇跡 _ 2011, 고레에다 히로카즈 是枝裕和

반전이 없어 더 잔인한 우리들

영화 우리들 _ 2015, 윤가은

고독하면서도 고독하지 않은

책 여름은 오래 그곳에 남아 火山のふもとで _ 마쓰이에 마사시 松家仁之 _ 2016, 비채, 김춘미 옮김

책 사는 게 뭐라고 役にたたない日日 _ 사노 요코 佐野洋子 _ 2015, 마음산책, 이지수 옮김

책 소설처럼 Comme un roman _ 다니엘 페나크 Daniel Pennac _ 2004, 문학과지성사, 이정임 옮김

책 속죄 Atonement _ 이언 매큐언 Ian Russell McEwan _ 2003, 문학동네, 한정아 옮김

책 응답하지 않는 세상을 만나면, 멜랑콜리 _ 이연식 _ 2013, 이봄

책 읽다 (김영하와 함께하는 여섯 날의 문학 탐사) _ 김영하 _ 2015, 문학동네

책 성검의 폭풍: 얼음과 불의 노래 3부 A Storm of Swords: A Song of Ice and Fire 3 _ 조지 R.R. 마틴 George R. R. Martin _ 2005, 은행나무, 서계인 옮김

드라마 왕좌의 게임 Game Of Thrones _ 2011~ _ 미국 HBO

만화 세인트 영멘 聖(セイント)☆おにいさん _ 나카무라 히카루 中村光 _ 2012~ , 학산문화사, 서현아 옮김

드라마 섹스 앤 더 시티 Sex and the City _ 1998~2004 _ 미국 HBO

영화 가디언즈 오브 갤럭시 VOL. 2 Guardians of the Galaxy Vol. 2 _ 2017, 제임스 건 James Gunn

책 레드브레스트 The Redbreast (A Harry Hole Novel) Rødstrupe _ 요 네스뵈 Jo Nesbø _ 2013, 비채, 노진선 옮김